U0147083

日本館・潮 32

織田信長

天下一統之野望

第一章 物語

第二章 人物

第三章 情報

前言：重建信長的形象

以桶狹間合戰爲例，以往大家都認爲在此戰中兵力居劣勢的信長，是以突擊的方式攻打今川軍本營，意即信長率領少數軍隊往上繞行山路，攻擊正在谷底休息的今川軍，取得大將義元的首級。

但近來卻沒有任何歷史學家或研究人員，認爲信長在桶狹間合戰時曾採取突擊戰術，而實際的情況，應是如同與信長有關的基本資料《信長公記》中記載的，信長率領的少數軍隊是從正面攻擊義元本營的前鋒部隊。

長篠合戰也是如此。一般都以爲織田德川聯軍是採取將3千支火槍分成三排，由第一排展開射擊後第二排接著開火的連續攻擊方式，擊敗武田的騎馬軍團，但這個說法至今仍只是傳說。

此外提起戰國大名，以往大家都認爲他們上洛（前往京都）的目的是統一天下，但這樣的說法最近可說是完全銷聲匿跡，取而代之的是認爲大多數戰國大名並不以統一天下爲目標，而只關心如何保持和擴大自己的領地，這樣的想法逐漸成爲一種常識。

即使是向來被認爲是夢幻之城的安土城，根據較早之前建築學家內藤昌先生的研究所描繪出的全貌，可信度其實相當高；而安土城的相關研究，也確實證明信長企圖讓自己以唯一絕對神的身分君臨天下。

就這樣，一直以來關於信長和信長那個時代的說法陸續遭到推翻，新的論調逐漸成爲一種常識。

事實上，相關人員的研究也陸續在各方面開花結果。

這麼一來，或許可利用上述新的研究成果，寫作一本重新建構信長生涯全貌的作品。

這就是我寫作本書的動機。

第一章

物語

尾張強人織田信秀

誕生！尾張的風雲人物

信長出生於天文3年（1534），一說生日為5月11日，地點為尾張西南部的勝幡城（愛知縣海部郡佐織町），幼名為吉法師。

當時尾張守護為室町時代三管領之一的斯波氏，但因應仁之亂自行削減勢力，實權轉移至斯波氏的家臣守護代織田氏手中。然而織田氏並未以某人為中心團結一致，本家和眾多另立門戶的織田氏互相角力，情況極不穩定。

在你爭我奪的織田家族中最具實力者有二，一為以岩倉城為根據地，管轄上四郡（丹羽、葉栗、中島、春日井）的織田伊勢守信安，另一個則是以清洲城為根據地，管轄下四郡（海東、海西、愛知、知多）的織田大和守達

◆尾張守護和織田氏的尾張統治

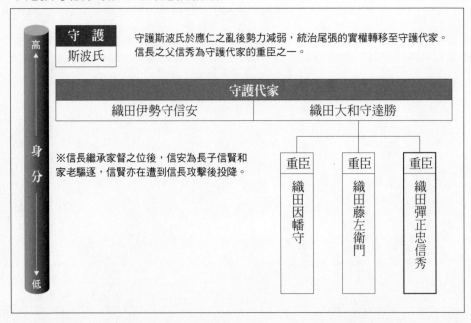

守護斯波氏於應仁之亂後勢力減弱，統治尾張的實權轉移至守護代家。信長之父信秀為守護代家的重臣之一。

守護	守護代家	
斯波氏	織田伊勢守信安	織田大和守達勝

※信長繼承家督之位後，信安為長子信賢和家老驅逐，信賢亦在遭到信長攻擊後投降。

重臣	重臣	重臣
織田因幡守	織田藤左衛門	織田彈正忠信秀

身分：高 → 低

勝。

清洲城的織田達勝有織田因幡守、織田藤左衛門和織田彈正忠這三名奉行，三人中的織田彈正忠即爲信長之父信秀。

也就是說，信長的家族原爲守護代家的家臣，地位在守護和守護代之下，並不算高。

然而在視下剋上爲理所當然的戰國時代，比起地位，當權者更需要的是力量，因此統治一國的當權者結構不斷改變。

❀ 支持信秀的港町津島

在信長的傳記中，由最受他信賴的織田家右筆太田牛一所寫的《信長公記》中提到，信秀的家族爲「代代武篇」之家，而信秀則是「特別靈巧之仁」。

◆織田家家譜

織田家家督之位從①傳到⑥，直到秀信於關原之戰戰敗，死於高野山中斷。

①良信 ──── ②信定 ┬ ③信秀 ┬ 信廣
　　　　　　　　　　├ 信康　├ ④信長 ┬ ⑤信忠 ┬ ⑥秀信
　　　　　　　　　　├ 信光　├ 信行　├ 信雄　├ 秀雄
　　　　　　　　　　├ 信實　├ 信包　├ 信孝　├ 信良
　　　　　　　　　　└ 信次　├ 信治　├ 秀勝　└ 高長
　　　　　　　　　　　　　　├ 信時　├ 勝長
　　　　　　　　　　　　　　├ 信興　├ 信秀
　　　　　　　　　　　　　　├ 秀孝　├ 信高
　　　　　　　　　　　　　　├ 秀成　├ 信吉
　　　　　　　　　　　　　　├ 某　　├ 信貞
　　　　　　　　　　　　　　├ 長益*├ 信好
　　　　　　　　　　　　　　└ 長利　└ 信次

■主要成就
①以勝幡城為據點鞏固實力。
②攻打軍事都市津島，最後談和，將之納入勢力範圍。
③利用津島的財富鞏身為尾張強者的地位。
④統一尾張，開始一統天下。
⑤消滅武田家。
⑥在秀吉的支持下繼承家督之位，於關原之戰遭東軍包圍岐阜城而投降，四處流浪。

※信秀的11男長益，別名有樂齋，為信長兄弟中最長壽者（死於1621年），身為德川幕府的大名之一，子孫後代一直延續到幕末（詳見〈物語〉最後一節）。

「靈巧」一詞現在經常用來讚美他人，例如「你的手很靈巧」，聽來似乎沒什麼大不了的。但當時所說的「靈巧」則不同，不僅是形容一個人驍勇善戰，同時表示此人才華洋溢值得尊敬，是最高級的讚美之詞。

當時信秀的主要根據地是位於勝幡城外的津島，這個非常繁榮的港都為信秀帶來龐大財富。

靠著財富和實力，信秀從守護代的一介家臣搖身一變成為代表尾張的強人。

父親的發展也改變了年幼吉法師的生活。

原本以勝幡城為據點的信秀，不久將勢力拓展至尾張中部，並遷移至那古野城（愛知縣名古屋市中區），隨後再興建古渡城（中區）並移居當地，將那古野城交給年幼的吉法師。如此一來，小小年紀的信長已是一城之主，在林秀貞、平手政秀、青山與三右衛門和內藤勝介這四名家老的守護下成長。

信長一生看似任性且目中無人，這樣的個性或許和他年紀輕輕就成為一城之主有極大的關係。

🏵 父親信秀的放任主義

話說回來，父親信秀是為了什麼，讓年幼的信長離開父母身邊、擔任那古野城主呢？

有人認為信秀讓年幼的信長擔任一城之主，是為了讓他學習帝王之道。

當然這樣的說法並沒有確切的證據。

如果是這樣，下列的說法不也說得過去嗎？

信長是信秀和正室土田御前的第一個孩子，因此名義上信長理所當然是信秀的繼承人，但當時的家臣並沒有天真到會效命有名無實的主君。有別於後來的江戶時代，戰國時代的武士認為選擇自己的主君是理所當然的事，因為如果選擇毫無實力的主君，形同自我毀滅。

而且信秀除了信長之外還有許多兒子，據說信長除了同父異母的哥哥（信廣），還有十個弟弟。

這麼一來，即使信長是名義上的繼承人，想得到家臣的認同還是得看實力。

所以如果信秀認為：「那麼……就靠你自己的力量去爭取吧！」也沒什麼好奇怪的。

果眞如此，信長可說是成功回應父親的期待，而且還是以父親信秀完全沒有想到的獨特方式完成。

❀ 信長的初陣和政治聯姻

年紀輕輕就成為那古野城主的吉法師，在天文15年（1546）13歲時舉行戴冠禮，並改名為織田三郎信長。隔年天文16年（1547）14歲時，於三河國吉良大濱（愛知縣碧南市）初陣（首度披掛上陣）。但這場仗並非正式與敵人開戰，只是燒毀大濱的村莊，讓信長意猶未盡。

天文18年（1549）信長16歲時，迎娶美濃戰國大名齋藤道三之女濃姬（胡蝶、鷺山殿）。這是一椿政治聯姻。

當時的尾張不僅尚未統一國內，同時遭受東、北兩方的大國威脅，北方為美濃的齋藤道三，東方為駿河的今川義元。尾張東側為三河，當時三河松平氏隸屬今川旗下，信長之父信秀於是要求國內諸武將（豪族）派遣援軍，忙著輪流與今川和齋藤軍交戰。

儘管這是因為信秀具有實力才能這麼做，但同時要與兩個大國為敵開戰也是件吃力的事，因此負責照顧信長的平手政秀，可能是在信秀的指示下，為信長與道三之女聯姻奔走。

就信長少年時的經歷而言，他身為信秀繼承人，成長過程十分順遂，從一般人的角度來看極為普通。

但其實當時的他，已走向其他人難以理解的信長之路。

❀ 「傻蛋」行為背後的精明

根據《信長公記》的記載，信長一直到18歲都對娛樂漠不關心，一心一

意學習兵法和武術，當中還提到信長早晚學習馬術，3月至9月間每日在河中游泳，是個高手。此外，還分別從市川大介、橋本一巴和平田三位學習射箭、射擊和兵法。某一回，信長前去查看家臣以竹槍對打的情形，之後表示「槍太短不利作戰，長一點比較好」，便讓槍隊配備握柄長達3間（約5.5公尺。1間約為1.8公尺）和3間半（約6.4公尺）的長槍。

信長令槍隊配備長槍的小故事，在今天經常被認為充分表現他優越的獨創性，當時其他的戰國大名中雖也有人使用3間長的槍，但一般大多只使用2間（約3.6公尺）或2間半（約4.5公尺）的竹槍，織田家的情形應該也是如此。而信長只因為親眼看到「以竹槍對打」，就一口氣讓長槍隊改用3間和3間半的長槍，可說是驚人之舉，因為此舉形同改變織田家的傳統戰術。

不過織田家舊臣又是如何看待信長的改革呢？勢必有人會在私底下說長道短。

但信長仍堅持己見。

《信長公記》中的另一則小故事，應該也和信長的這種堅持己見的精神有密切關係。

故事同樣是發生在信長將滿18歲時，當時他身穿一件

◆「傻蛋」裝

茶筅髻

無袖單層浴衣

葫蘆和雜物袋

紅色刀鞘的大刀

短和服褲裙

無袖單層浴衣、短和服褲裙，腰上掛著打火袋和雜物袋，頭上用繩子綁成茶筅髻，繩子用的還是紅色或黃綠色，藉此引人注意。腰間插著紅色刀鞘的大刀，隨從身上也都配備染成朱紅色的武器。

當時雖為戰國亂世，但室町幕府的嚴格禮法仍然存在，身為強而有力的豪族之子，信長的打扮明顯十分突兀。

但信長的怪模怪樣不只如此，就連太田牛一也看不下去，還在書中預知「此有難堪之事」。根據書中的描述，當時信長常在街上大口吃柿子或瓜果，站著吃得滿嘴年糕，走路時總靠著他人或搭著旁人的肩膀。現在看來常見的光景，當時可非同小可。人們看到這樣的信長都稱他「傻蛋」，傻蛋指的是「沒有常識的蠢蛋」，家臣中一定也有人認為，有這樣的城主，用不著兩天就會被敵人消滅了吧！

信長為什麼會出現這樣的行為？

事實上，他是藉由這樣的方式拉近與當地年輕人之間的距離，另外組織有別於父親信秀安排的家臣，而是屬於他自己、應該稱為「親衛隊」的軍團。

這支親衛隊與舊有的家臣就好像「長槍」對「短槍」。

在父親信秀死後，與叔父、異母哥哥和弟弟等親人爭鬥的同時，信長還要與其他織田族人鬥爭方才統一尾張，在這個過程中，信長軍的主力部隊就是這支親衛隊。

舀水抓蛇的精神

光是從上述幾則少年信長的小故事中，就可看出信長企圖從自己的所在出發，開創某種成就。實際上他也真的創造出驚人的獨創作品。

他為什麼辦得到呢？

以下有則有趣的小故事，或許不能說是發生在信長年輕時，但足以說明他做事的精神。

事情發生的時間雖然不詳，但是在桶狹間合戰之前。

位於清洲東方50町（約5.5公里，1町約109公尺）處，爲佐佐成政的比良城，附近有一道南北狹長的大堤防，堤防西側爲自古傳說大蛇棲息的「天池」。

某年正月一個雨天的黃昏，安食村福德鄉一個名叫又左衛門的人，在這裡看到一條有一個人雙手環抱那麼粗的大蛇，蛇身在河堤上，頭已快到天池，眼亮如星，舌紅似掌。

又左衛門嚇得逃跑，在大野木的客棧向人說起此事。

信長得知此事後，立刻找來又左衛門詢問，次日說是要「抓蛇」，命附近百姓帶著水桶、鋤頭和圓鍬集合，讓他們用數百個水桶從天池四周將池水舀出。不久水被舀出七成，但不知又從哪裡湧出池水，再也不見減少。

疲累的信長提議「到裡頭去確認看看」，便含著短刀跳進池裡，但什麼也沒找到。他接著讓善泳的人再進池子查看，依舊什麼也沒發現，於是便死心返回清洲城。

什麼嘛！這又怎麼樣？各位在仔細思量之前，千萬別說這則故事和信長的獨創精神無關。

因爲從這個故事中，可以將信長試圖找出的大蛇直接代換成「獨創」這個詞。

此時信長絕不是想證明有沒有大蛇，而是打算如果有這種東西，我倒想親眼見識見識。如果順利的話就親手抓住牠，他應該是這麼想的，所以才會馬上採取行動，並在關鍵時刻率先跳入池中。

如果有大蛇一定要親眼看看，此舉不是讓人充分感受到信長的性格和心情了嗎？

這不正是他「獨創」的精神和行動的源頭嗎？

每回只要發生什麼稀奇古怪不可思議的事，信長總是率先行動，想查出個究竟，想知道其中隱藏了什麼樣的力量。

與其說這樣的好奇心是年紀漸長之後培養出來的，倒不如說越年輕越是旺盛，所以小時候的信長經常因爲想要「自己親身體驗」而採取行動。

　　他就是根據自己體驗之後的心得，完成任誰都沒想到、極具獨創性的工作。

　　信長吸收各類經驗，不斷的嘗試錯誤，轉換成新的東西。但不管情況如何，他再不願意也必須走上戰場。

　　因為父親信秀過世了。

◆尾張諸郡

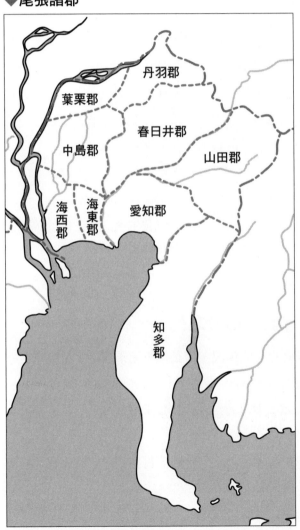

信長時代拉開序幕

🏵 人心動搖的彈正忠家

信長之父信秀在天文21年（1552）3月3日信長19歲時便因病過世，得年僅42歲。由於父親過世，信長繼承織田彈正忠家的家督之位，然而信秀身邊的家臣和豪族卻無法不因此產生動搖。

信秀從尾張西南部的勝幡城往尾張中部發展，之後成為織田氏中勢力最龐大的武將。即使如此，距離統一尾張仍十分遙遠。

在此期間，信秀雖與尾張上四郡守護代織田伊勢守信安、下四郡守護代織田大和守達勝，以及達勝的繼承人織田彥五郎（廣信）等尾張較具實力的族人發生零星戰事，但這些人畏於他的實力，並未與信秀正面衝突。

如今信秀已死，繼承大位的是出了名的「傻蛋」信長。

也有不少家臣心生「織田彈正忠家就這麼完了嗎？」的疑慮。

事實上，在信長繼承信秀之位的一個月後，就發生鳴海城主山口教繼背叛信長勾結今川的大事，信長在尾張的戰爭於焉開打。

父親信秀之死對尾張的意義極其重大。

🏵 葬禮上的怪異行徑與守護者之死

不可思議的是，即使身處這樣的情況，信長仍絲毫不想為了拉攏家臣改變以往作風，不再做出被譏為「傻蛋」的事。

不只如此，他還變本加厲，似乎認為「不了解我的人，用不著跟著我；要當我的敵人，儘管來！」

這雖然是一般人無法想像的事，但如果看到信長在父親信秀葬禮上的怪異行徑，任誰都會這麼想。

正因為兼具財富和實力，信秀的葬禮辦得十分盛大。

◆尾張和周邊諸城

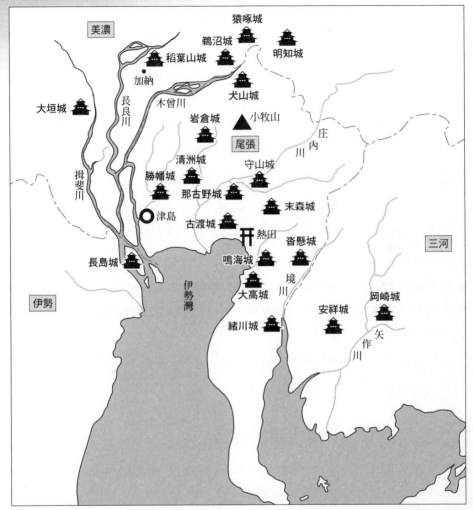

葬禮在萬松寺舉行，僅念經回向的僧人便多達300，除信長的生母土田御前、信長正室濃姬、同母弟信行（信勝）外，同族族人和家臣也正襟危坐列席其間。

此時只有信長依舊梳著茶筅髻，腰上綁著稻草繩，上頭插著長柄大刀和短刀，連和服褲裙都沒穿，以平常的邋遢模樣現身，而且還大搖大擺走到前面，一把抓起沉香末丟往靈位。

簡直是不把在場的人放在眼裡。

大家都非常驚訝，被他嚇得目瞪口呆，還批評道「他還是一樣傻」。

據傳，此時只有一名來自筑紫的和尚，評論信長為「他才是治理國家的人」。雖然只有一人，但竟然有人給予信長這種評價，這才是真的令人不可思議吧！

因為主君信長是這副德行，讓在身邊服侍的家臣傷透腦筋。信秀死後隔年（1553）閏正月，守護信長的家老平手政秀或許是因為自覺未善盡教育責任而深感愧疚，終至切腹。

在此之前，信長看中政秀嫡子五郎右衛門的駿馬，但遭斷然拒絕，因此打壞主僕關係。對政秀而言，他對信長盡心盡力，織田一族的鬥爭卻因為信長而越演越烈，主僕關係也出現嫌隙，才會讓他徹底崩潰吧！

事實上，信長因為被稱為「傻蛋」的舉動，而為自己建立特有的人脈關係，政秀或許是沒發現，但即使發現了，大概也無法接受這種莫名其妙的行為吧！

無論如何，政秀之死讓信長極為震撼。隔年，他聘請澤彥宗恩來到那古野，興建瑞雲山政秀寺替政秀祈求冥福。

🌸 岳父蝮蛇與女婿傻蛋的會面

就連守護信長的平手政秀都未能看出信長真正的價值，可以想見當時信長在眾人眼中就是「傻蛋」，也就是說圍繞在他身邊的，全都是敵人。

然而此時出現一位頗具勢力的伯樂，那就是信長的正室濃姬之父齋藤道三。

道三人稱「蝮蛇道三」，為戰國時代的梟雄，謠傳他從一介賣油郎搖身一變成為統治美濃的戰國大名，是標準下剋上的代表人物。

或許是因為他的背景，道三原本就不太介意有關信長的評價，但因家臣不斷提醒他「駙馬大人是個大蠢材」，所以決定見他一面確定他的為人。美濃人不叫信長「傻蛋」，而是叫他「大蠢材」。

信長與道三在天文22年（1553）4月，於地處美濃和尾張之間的富田聖德寺（正德寺）正式會面。富田是聖德寺的門前町（寺前的城鎮），非常熱鬧，是個自治都市。

當天道三帶著約七、八百名身經百戰的武士，身穿武家社會最高級的正式服裝：折痕明顯的肩衣和褲裙，並排坐在聖德寺大殿的走廊上。

這是「蝮蛇」才有的詭計。他打算讓漫不經心的信長大吃一驚，之後再好好嘲笑他一番。

而且道三還和近侍躲在村外小屋，打算觀察信長的打扮和隨行隊伍。

不久後現身的信長，果如傳言所說穿得像個「傻蛋」：頭上的茶筅髻用黃綠色的繩子打著平結，身穿無袖浴衣，用草繩綁著金銀裝飾的大刀和短刀，手腕上綁著粗麻繩，腰間像耍猴藝人似的掛著打火袋和七、八個葫蘆，下半身穿著染成四種顏色、以虎皮和豹皮縫製而成的短褲裙。

然而眼見此景，道三笑了嗎？

之所以這麼問，是因為乍看之下像是「傻蛋」的信長，隨行的軍團不管怎麼看卻十分壯觀。隨行者有七、八百人，手持3間半紅色長槍的槍隊和持弓箭、槍枝的弓箭槍枝隊各有五百人，帶頭的是精神奕奕小跑步的步卒。

結束短暫觀察的道三，趕往聖德寺。

另一方面信長一抵達聖德寺，便有如電光火石般來個大變身。

他立刻命人在四周架起屏風，有生以來第一次彎曲頭髮梳髻，穿上不知何時染成褐色的長褲裙，插上不知何時命人製作的小刀，一眨眼功夫就穿好正式禮服。

齋藤家的家臣對此大吃一驚。大夥都嚇壞了，心想：「他最近做的那些蠢事都是在演戲嗎？」

將馬繫在大蠢材門前

接下來就是信長和道三的會面，這也是一場好戲。

當身穿正式禮服的信長順利來到大殿前時，在走廊脫鞋處負責接待的堀

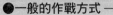

◆長槍的作戰方式

●一般的作戰方式

①面對突擊而來的敵人採守勢者
　將長槍豎起，等到敵人槍尖快
　刺到身體。

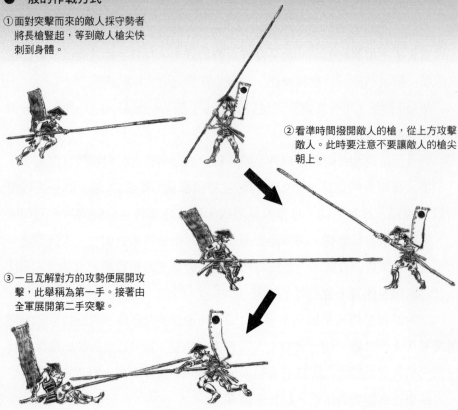

②看準時間撥開敵人的槍，從上方攻擊
　敵人。此時要注意不要讓敵人的槍尖
　朝上。

③一旦瓦解對方的攻勢便展開攻
　擊，此舉稱為第一手。接著由
　全軍展開第二手突擊。

●長槍長度為3間半時

不會遭到對方攻擊，可提高
直接突擊的可能性。

可拉開與對方的距離及早攻
擊，降低給予反擊機會的危
險性。

田道空和春日丹後前去迎接，說道：「您來得眞早。」信長卻裝作若無其事快速通過諸武將面前坐了下來，身體靠在走廊柱子上。

不一會兒道三出現在屏風那頭，信長還是事不關己，堀田道空走向前來向他稟報：「這位就是山城守殿（道三的官名）。」結果信長應了聲：「是嗎？」便走進屋內，向道三致意後坐下。

接著兩人吃了開水泡飯，喝了酒。

會面就此結束。期間道三咬牙切齒說了句：「改天再碰面吧！」隨即離席。

之後信長送道三走了20町（約2.2公里），此時相對於齋藤軍長度較短且參差不齊的槍，信長軍拿的全都是長3間半的朱紅色長槍，隊伍井然有序。道三見此更是不悅，一臉老大不高興的樣子默不作聲。

返家途中來到一個叫做茜部的地方時，近侍豬子高就似乎沒看出道三的心思，說道：「信長大人果然是大蠢材。」道三聞言回答道：

「因爲大家都這麼想，所以不會把他放在心上，不久後我兒子一定都得把馬繫在這個大蠢材的門前。」

「把馬繫在門前」是指投降的意思，從此以後，齋藤家臣再也沒有人稱呼信長爲「大蠢材」了。

不愧是號稱戰國梟雄的道三，他或許看出被眾人當成傻蛋的信長體內前所未有的獨特新力量。對信長而言此事意義重大，自此之後，道三再也不出兵尾張，視情況有時還出兵支援信長。

統一尾張的大業

🏵 親衛隊：第一支軍團

由於「傻蛋」信長繼承織田彈正忠家的家督之位，尾張可說正式進入戰國時代。

某種程度上這也是信長想要的結果。他在父親信秀葬禮上的行為，就某方面而言，是他的宣戰。

信長為什麼要這麼做？如果只是想統一尾張，一般的做法都是用計拉攏成為盟友。

信長卻不做此圖。這大概是因為他早就知道這麼做有其限制。

每個地方的戰國大名都一樣，當時的軍團是由利害關係各不相同的國內百姓、當地武士和族人所組成，所以無論是武田信玄或上杉謙信都無法隨意開戰，必須聽取較具實力的部將意見，信長之父信秀也一樣，也因此決定什麼事都曠日費時無法迅速採取行動，同時也無法貫徹當權者的意圖。

信長應該是受不了這種做法。

比起現狀，他應該是想建立一個能夠完全貫徹自己意志的系統。這麼說來，最好的方法就是從一開始就率領如同自己手腳般可隨心所欲指揮的軍團，逐一打倒敵人。

當然要達到這個目的，必須擁有聽話的軍團。如前所述，信長從小就建立這樣的人脈，也就是他的親衛隊。

接著，信長就率領親衛隊，展開統一尾張的大業。

🏵 八百對一千五百

信長的統一尾張之戰，在父親信秀死後不過一個月就正式開打。

扮演對抗今川前線基地角色的尾張鳴海城（愛知縣名古屋市綠區）城主

山口教繼和兒子九郎二郎一同背叛信長，引今川軍入城。

4月17日信長立刻出征鳴海城。此時他率領的軍團人數據估爲800人，這些可說是他的親衛隊。因爲尾張時代的信長在此戰之後數度率領七、八百名士兵出征，他們被視爲信長最少的兵力。

山口教繼私通今川氏的舉動，不單只是背叛信長，同時也等於是與整個尾張爲敵。要與之抗衡，800名的兵力實在少得可憐。大概是因爲當時尾張較具實力的大將，包括信長自己的家臣在內都未採取行動，而是在一旁靜觀其變。

因此信長只率領自己的親衛隊出征。

相對於此，教繼方面是由九郎二郎率領1,500名士兵出征，兩軍在赤塚正面交鋒。

值得注意的是800對1,500這個數字，信長在人生的第一場仗（因爲初陣並非正式作戰）就與人數爲己軍兩倍的軍隊爲敵。當時他就已經開始爲日後在桶狹間贏得奇蹟式的勝利預做訓練。

戰事從巳時（上午9時左右）一直持續到午時（中午左右），雙方戰了就退，陷入一場混戰。因雙方直到昨日還是盟友，彼此大多認識不能丟臉，一有士兵受傷，兩軍爲拉攏對方，各自抱著傷兵頭腳互相拉扯，戰後還互相交換被活捉的俘虜。

最後信長軍有30人陣亡，因此放棄奪回鳴海城而撤退。雖未戰敗，但未達目的便宣告停戰，應該是考量彼此兵力差距的結果。

然而此戰應該還有別的意義，因爲信長在此戰中無異表明只要有人與尾張爲敵，無論是誰信長都會出面迎戰，也可視之爲在向眾人宣示自己才是尾張的主君。

❀ 深田松葉城爭奪戰

在山口教繼私通今川四個月後的8月15日，輪到清洲城出現推翻信長的行動。此時清洲城由織田彥五郎接任織田達勝的守護代一職，但實權則掌

握在家老坂井大膳手中。坂井攻打屬於信長陣營的深田城和松葉城，擄獲人質，高舉反信長的旗幟。

但這回信長快速反擊，於次日16日拂曉出征。叔父信光的援軍在中途加入，前進至位於清洲城南方4公里處的海津（萱津）。坂井甚介率軍從清洲城出擊，兩軍展開激戰。

戰事從辰時（上午8時左右）一直持續到午時（中午左右）。

最後由信長軍獲得壓倒性勝利。清洲軍的坂井甚介為中條小一郎和柴田權六（勝家）所殺，坂井彥左衛門和黑部源介等50名武士戰死，清洲軍夾著尾巴逃回城內。

信長當然也奪回深田和松葉兩城。

經此一戰，信長證明自己的戰鬥力絕非「傻蛋」。

◆信長居城的變遷

無論是武田信玄的躑躅崎館或上杉謙信的春日山城，幾乎所有戰國大名都以一座居城為主要根據地作戰。在這樣的情況下，信長卻不斷變更居城。身為戰國時代的大名，信長在這方面也非常與眾不同。

❶勝幡城
出生~天文15年
（1546）左右

信長出生於此，直到成為那古野城主，一直在此城生活。
詳細構造請見43頁。

❷那古野城
天文15年（1546）~
天文23年（1554）

為父親信秀於天文7年（1538）從今川陣營手中奪取的城池，之後信秀於天文15年（1546）左右遷往古渡城，並將那古野城賜予年幼的信長。
詳細構造請見45頁。

❸清洲城
天文23年（1554）~
永祿6年（1563）

為信長與叔父信光一同佔領的城池。此城為信長的主軍守護代家之城，據傳為尾張的政治和經濟中心。
詳細構造請見47頁。

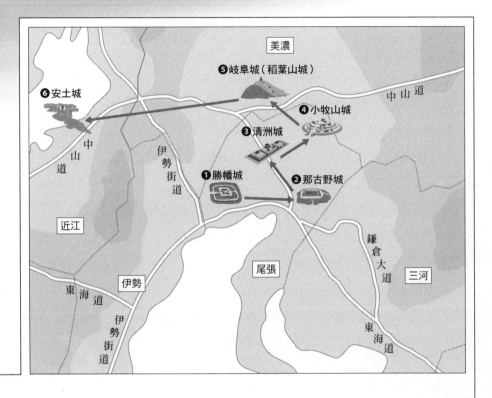

美濃

❺ 岐阜城（稻葉山城）

❻ 安土城

中山道

❹ 小牧山城

❸ 清洲城

伊勢街道

❶ 勝幡城

❷ 那古野城

近江

中山道

鎌倉大道

三河

尾張

東海道

伊勢

伊勢街道

東海道

---

❹ 小牧山城
永祿6年（1563）～
永祿10年（1567）

為方便攻打美濃的主要根據地而興建移居的城池。在取得美濃三城前，信長只在小牧山城居住四年。
詳細構造請見49頁。

❺ 岐阜城（稻葉山城）
永祿10年（1567）～
天正4年（1576）

取得美濃後的居城。佔領該城後改名岐阜城，為信長居城中最堅固的山城，信長以此為據點對抗信長包圍網。
詳細構造請見59頁。

❻ 安土城
天正4年（1576）～
天正10年（1582）

可說是織田信長將家督之位讓給兒子信忠後傾全力興建的巨城，高達七層的巨大天守閣是信長權威的象徵。
詳細構造請見126頁。

✿ 佔領清洲城

清洲城既已出現反信長的行動，就必須教訓他們，此事勢必成為信長迫在眉睫的課題，而機會就在眼前。

隔年天文22年（1553）7月12日，清洲城守護斯波義統遭到殺害，凶手是守護代織田彥五郎和坂井大膳，他們趁義統之子義銀帶著擔任侍衛、身強體壯的年輕武士前往河邊打獵時的空檔下的手。

人在外頭的義銀得知消息後，立刻前往那古野城投靠信長。

7月18日柴田勝家奉信長之命率軍攻打清洲城。此軍似乎以步卒為主，其中還包括《信長公記》的作者太田牛一在內。

清洲軍在山王口迎擊柴田軍，彼此間隔兩三間的距離以槍互鬥。由於柴田軍的槍較長，槍較短的清洲軍被打得一敗塗地，勉強猛攻的結果，清洲軍包括河尻左馬丞和織田三位在內等30名武士陣亡。

有趣的是，柴田軍的主力為沒沒無聞的步卒，而清洲軍多為小有名氣的武士卻陸續戰死，或許是因為信長的戰術與以往完全不同。

無論如何，此戰由信長軍大獲全勝。

結果清洲軍主謀坂井大膳被逼得走投無路。

大膳絞盡腦汁著手計畫新的戰術。他利用與織田彥五郎共同擔任守護代一職為條件，引誘信長的叔父信光背叛信長。然而，此事最後卻要了大膳的命。

接到大膳邀約的信光暗地裡向信長報告，秘密研擬對策，在隔年展開反擊。

天文23年（1554）4月，信光假意接受大膳邀請，與家臣前往清洲城，在南邊的望樓落腳。大膳大喜，4月20日為向信光致意特地前往南邊望樓，但一進城就發現四周有股驚人的殺氣，他大吃一驚立刻飛奔出城，逃得無影無蹤。

大膳的第六感是對的。清洲城已被信光的家臣佔領，不久便命清洲城守

護代織田彥五郎切腹。如此一來，信長不費吹灰之力取得清洲城，並將那古野城賜給立功的信光。

但在半年後的 11 月 26 日，信光卻遭家臣坂井孫八郎暗殺，詳細的情形並不清楚，一般認爲此事乃由信長策劃。

這種說法極爲可能。因爲信光在佔領清洲城與信長合作之際，與信長秘密約定平均分治尾張下四郡。信長理應不會拿這樣的條件當真。因爲如前所述，他希望能夠建立一個由他一個人決定、控制一切的系統。從信光對信長提出交易一事看來，可知他希望與信長建立對等的關係，信長應該是無法容忍這樣的事。

🌸 可怕的男人，隔壁的討厭鬼

讓我們將故事往前倒敘。在解決清洲城的問題之前，信長在堪稱爲桶狹間前哨戰的戰役中獲勝，這場仗甚至讓得知此事的齋藤道三說：「可怕的男人！我們隔壁出現一個討厭鬼。」

天文 23 年（1554）正月，在此之前以岡崎城爲據點監視尾張的今川陣營，攻擊信長陣營的緒川城（愛知縣知多郡東浦町）。緒川城是面對今川的前線基地，爲保衛知多半島最重要的據點。

信長當然想立刻前去救援，但因眼前與清洲的戰事尚未告一段落，不能讓那古野鬧空城。

此時信長只能依靠齋藤道三，道三答應信長所請，派遣安藤守就率領 1,000 名士兵前往那古野城。

正月 21 日，信長在道三的援軍即將抵達之際出發。在從那古野城前往緒川城途中有反信長的鳴海城和大高城，因此不能走陸路，信長於是決定從熱田搭船前往知多半島。

當時正好刮起「荒謬的大風」，船夫堅稱「無法渡海」，信長硬要他們開船前往知多半島，與緒川城守將水野信元的軍隊會合。接著在 24 日黎明，爲了攻打緒川城，先進攻今川陣營興建的村木城。

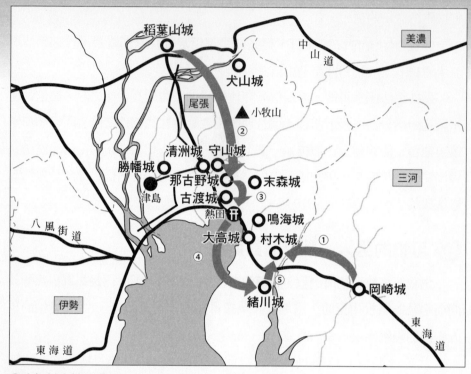

●攻打村木城的過程

① 今川軍攻打尾張。於緒川城對面興建村木城。
② 安藤守就從美濃率領約1,000名援軍抵達，於那古野城擔任守備。
③ 信長出征抵達熱田。
④ 冒著風雨前往知多半島，於緒川城與水野軍會合。
⑤ 攻打村木城，在經過長達九小時的激戰後村木城投降，次日凱旋返國。

　　信長負責南端最不易攻佔的區域。他站在護城河旁不斷更換火槍連續射擊，期間信長的小姓（近侍）等年輕武士陸續爬上城牆殺敵，死傷無數。

　　敵軍當然拚命防守，因此拉長戰事進行的時間。但到了接近黃昏時，城內死傷驚人，終於決定信長一方的勝利。

　　這場仗有如背水一戰沒有明天，戰況十分激烈。一般來說當時的武將不會採用這樣的戰術，因為士兵大多是農民，大量戰死將嚴重影響領國經營。或許信長在這個時候已經實施某種程度的兵農分離了。

無論如何，也難怪齋藤道三會稱讚這場仗使用的戰術。

引發強烈恐懼的存在

到目前為止談到的是信長繼承家督之後兩三年內發動的戰爭，光是從這些戰爭中，就不難了解信長採用的戰術詭異、可怕且殘酷。不久前才被譏為「傻蛋」的信長，此時還有人這麼稱呼他嗎？只怕在尾張國內已經沒有人這麼叫他了。

不！不只如此，對尾張武將而言，信長似乎已是可怕的存在，而且不是半調子，而是引發強烈恐懼的存在。

讓人肯定這個想法的事件，就發生在天文24年（1555）。

那是2月26日的事。當時的守山城（愛知縣名古屋市守山區）城主為信光之弟織田信次，他與隨從前往龍泉寺下的松川渡口打獵。此時不知哪裡來的年輕武士獨自騎馬經過，信次家臣見狀斥責道：「愚蠢之徒！竟敢騎馬行經城主大人面前。」隨即取弓射箭，年輕武士不幸中箭落馬。

信次等人靠近年輕武士一看大驚，此名年約十五、六歲，任誰都覺得貌美的年輕人，確定為信長之弟秀孝。

信次該怎麼辦呢？他當場一躍上馬飛也似的開始逃亡，過了數年流浪的生活。由此可知他多怕信長。

日後信長之所以原諒信次，或許是因為信次不隱瞞自己的過錯，單純只是害怕信長吧！

《信長公記》中也記載與此事有關、充滿信長作風的小故事。

在事件發生後，得知消息的信長單槍匹馬從清洲城出發，一口氣跑了3里（約12公里，1里約4公里）路，家臣發現後即尾隨在後。然而相對於信長的馬奔馳3里路仍若無其事，家臣的馬即使是十分強壯號稱名馬，也陸續在途中出現呼吸急促甚至倒地而死的情形。

這是因為信長早晚騎乘徹底鍛鍊馬匹，但家臣的馬始終關在馬廄中。只要經過訓練，馬就有這樣的能耐。

信長大概也以同樣嚴格的方式訓練自己的士兵。

齋藤道三戰死

就這樣，在繼承家督後的兩三年內信長累積了某種程度的實戰經驗，成為尾張國內令人心生畏懼的武將。當時他在半個尾張國已具有相當程度的影響力，如果情況不變，整個尾張國很可能讓他據為己有。

然而就在此時發生一件對信長不利的事，那就是岳父齋藤道三戰死。

道三於天文21年（1552）流放守護土岐賴藝，佔領美濃一國，兩年後將家督之位讓予長子義龍宣告隱退。孰料義龍竟與道三為敵，義龍之母原為土岐賴藝之妾，土岐賜予道三之後成為道三之妻，一說義龍並非道三之子而是賴藝之子。義龍相信此一傳言，視道三為父親的仇人。

弘治2年（1556）4月20日，道三與義龍終究於長良川河岸開戰，道三因此戰死。

此時信長為援救道三出征大良（岐阜縣羽島市），與義龍軍發生零星戰事，然而當他得知道三已經戰死後，便結束戰事撤兵。

信長以為道三報仇為名攻打美濃，可說是從此時開始。但由於義龍比起道三毫不遜色，讓信長無機可乘。

這樣的局勢對遲遲無法統一尾張的信長而言，勢必成為不安的要素。

一反再反的弟弟信行

事實上道三死後不久，信長就面臨織田一族抗爭中最大的危機。

信長最重要的家老林秀貞、林美作守兩兄弟和柴田勝家合謀，支持信長之弟信行與信長為敵。

林和柴田等人或許是因為無法接受信長嚴苛的做法，相反的，信行穿著正式禮服出席父親的葬禮，是個彬彬有禮的人，他們大概是認為由他擔任主君比較適合。

果真如此，信長既已失去道三這個有力的後盾，現在正是推翻他的大好

時機。

弘治2年（1556）5月26日，在這樣的敵對行爲還是傳聞的階段時，信長採取出人意料的行動。他只帶著同父異母的弟弟信時就前往林秀貞的那古野城。

秀貞之弟美作守立刻建議：「這是讓信長公切腹自殺的大好機會。」他們既與信長爲敵，當然會這麼想。但秀貞卻認爲：「不可用這樣的方式殺了對我們三代有恩的主君。」因而錯失誅殺信長的機會。

信長雖然因此逃過一劫，但他爲什麼要冒這個險？是因爲他相信自己絕不會遭到毒手嗎？信長特別擅長判斷這種火燒眉毛的緊急情勢。

姑且不論這些，末森城的信行在拉攏林秀貞等人力挺自己的數個月後，強行奪取信長直轄的篠木三鄉，明白表示對信長的敵意。

對此，信長在隔著於多井川（庄內川）的名塚（愛知縣名古屋市西區）築砦（堡壘），命佐久間信盛負責守備。

8月23日，柴田勝家與林美作守分別率領1,000和700名士兵冒雨來襲。

24日信長也從清洲城出兵，當時他的手下僅700人。這回再度處於700對1,700的劣勢。

兩軍就這樣在午時（中午左右）於稻生村（西區）東郊開戰。

信長首先以大半兵力迎擊由東向西來襲的柴田軍，但信長陣營的佐佐孫介等人戰死。有趣的是此時信長大吼一聲，柴田軍懾於他的威勢心生恐懼裹足不前，接著四處逃散。這場仗原本就是自家人打自家人，儘管對柴田軍而言信長是主君，但還是足以顯示此時的信長已具有令人懾服的威嚴，十分驚人。

接下來才是信長的眞本事。大吼一聲喝退柴田軍的信長，立刻改變方向攻擊由南而來的林軍。而且身爲主將的信長，親自拿著長槍攻擊林美作守，將他制服砍下首級。信長絕不一味命令士兵，他自己也是士兵，而且十分強悍。

此時有個名叫杉若的賤民表現十分突出，日後信長提拔他晉升爲武士階

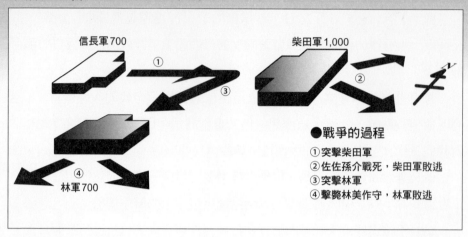

信長軍700

柴田軍1,000

①

③

②

林軍700

④

●戰爭的過程
①突擊柴田軍
②佐佐孫介戰死，柴田軍敗逃
③突擊林軍
④擊斃林美作守，林軍敗逃

級。賤民是替主人拉馬的，階級在步卒以下。如果是一般的軍團，賤民將會是最早逃跑的人，但在信長的軍團中，就連賤民也拚死奮戰。

結果繼柴田軍之後，林軍也跟著瓦解，此戰由信長軍獲勝。這場仗雖然是700對1,700，在人數上極為不利的戰爭，但士兵的素質完全不同，可說是信長像馴馬般平日便徹底鍛鍊自己軍隊的結果。

日後信長在桶狹間與今川大軍一戰中奇蹟似的獲勝，原因雖然是信長幸運，但只靠幸運是無法獲勝的，應該是因為他擁有一支能夠讓他確實掌握渺小幸運的強力軍團。

稻生一戰贏得勝利之後，信長原諒與他為敵的信行、柴田勝家和林秀貞等人。這是因為信長與信行的生母土田御前居中協調，讓信行等人向信長謝罪。由此可知，信長雖常被說成殘酷，事實絕非如此。

不過此事還有續集。弘治3年（1557），無法放棄取代信長野心的信行，再度採取敵對行動。然而這回柴田勝家在第一時間便向信長報告此事，也就是所謂的「倒戈」。

曾與信長為敵的勝家，在實際交戰後深深了解信長的強悍，應該是認為自己絕對無法打贏信長吧！

聽到消息的信長裝病躲在清洲城，勝家等人則勸信行前去探望信長。11月2日眾家臣趁信行前來探病之際，一擁而上將他殺害。

統一尾張

信長還有個同父異母的哥哥信廣，他也曾企圖背叛信長。事情發生在弘治2年（1556），信長的親弟弟信行的勢力在稻生一戰中瓦解後，信廣私下勾結美濃的齋藤義龍，企圖攻打清洲城。但由於信長在事前便得知信廣造反一事而宣告失敗，謀反未成的信廣立刻投降，信長也原諒他。

如前所述，就連原是夥伴的人都攻擊信長，但都被他一一擊破，因此使得父親信秀留給信長的家臣團益發團結。

弘治3年（1557），信長在殺害弟弟信行後，尾張國內與信長為敵的實力派，只剩下尾張上四郡守護代岩倉城的織田信安。

齋藤道三死後，信安也曾與美濃的齋藤義龍聯手，展開反信長行動，攻入信長居城所在地清洲附近，燒毀某個村落。信長對此則派軍前往岩倉地區燒毀村落，但未採取進一步的攻擊。

即使如此，信長的基礎穩固，接下來將目標對準岩倉城也是理所當然的事。

此時岩倉城內發生內亂。永祿元年（1558），城主信安為長子信賢和家老驅逐出城，信賢亦企圖與齋藤義龍聯手與信長為敵。7月12日，信長於岩倉西北方的浮野（愛知縣一宮市）布陣，命步卒發動攻擊，岩倉方面則發動3,000名士兵應戰。

兩軍對戰期間，隸屬岩倉軍的射箭高手林彌七郎，還曾與信長的射擊老師橋本一巴展開弓箭對火槍對決的精彩好戲。此役最後由信長軍獲得壓倒性勝利。

隔年永祿2年（1559）3月，信長再度攻打岩倉。這回他燒毀城鎮，摧毀整座城的防守，還圍城兩三個月，並以火箭和火槍連續攻擊。信賢不敵猛攻投降，交出城池，信長則加以破壞。

隨著岩倉勢力被滅，信長統治大半尾張，統一工作幾近完成。

將軍義輝與刺客

信長摧毀岩倉城是永祿2年（1559）的事，前一年在與岩倉軍的浮野之戰中獲得壓倒性勝利時，他就認爲除尾張國內，還必須讓其他國家承認自己是尾張的統治者。

因此在永祿2年（1559）2月，信長帶著80名隨從突然上洛謁見將軍足利義輝。信長此舉當然是政治行動，因爲僅是謁見將軍，就能強調尾張信長

◆織田家的勢力範圍①　統一尾張（1560年左右）

總產量：57萬石
動員兵力：11,400

※參考慶長3年（1598）太閣檢地估算的土地產量製作而成。
※未統治全國時的勢力範圍，僅是大概的區域。
※動員的兵力以每100石2名兵伕的比例計算。

能登　越後　越中　加賀　上野　下野　越前　飛驒　信濃　伯耆　因幡　但馬　丹後　若狹　美濃　武藏　美作　丹波　甲斐　備中　備前　播磨　山城　近江　尾張　相模　讚岐　攝津　伊賀　三河　駿河　伊豆　安房　淡路　和泉　河內　伊勢　遠江　阿波　大和　土佐　紀伊　志摩

■ 德川家的勢力範圍

這個存在的權威。

　　信長興致勃勃盛裝打扮，包括信長在內所有隨從都配戴金銀裝飾的腰刀，光是這樣的打扮就足以吸引京都人的目光。

　　話雖如此，信長根本不相信將軍的權威，此事也可從日後他奉足利義昭之命上洛後的舉動看出。信長之所以謁見義輝，或許只是想能利用就利用，當然也想趁此機會親眼確認京都目前的狀況。

　　信長上洛期間，還因為獨特的作風讓京都人大吃一驚。這個故事是起因於掌握信長上洛消息的美濃，派遣刺客前往京都暗殺他，得知此事的信長命家臣確定刺客所在之後，突然現身在刺客面前，與他們面對面說道：「你們這些毛頭小子想要暗殺我，簡直形同螳臂擋車不管用的，有本事的話就試試看。」此舉讓刺客一頭霧水連忙逃走。

　　此事立刻傳入京都人耳中，有人說「我不認為這是一個大將說的話」，也有人說「他果然是個年輕人」。

　　即使如此，信長為何會經常出現這樣的舉動呢？和聽聞弟弟信行即將造反便獨自前往林秀貞的那古野城時一樣，不管怎麼說都太莽撞了，但或許這就是信長的作風。

桶狹間之戰

今川義元的西行

謁見過將軍義輝並消滅岩倉勢力之後，信長大致雖已完成尾張的統一工作，卻統一得不完整：尾張西南部的海西郡仍爲一向宗的勢力範圍，而東南部的愛知郡和知多郡地區則在今川氏的統治下。

其中最讓當時的信長重視的，是今川氏的動向。

尾張織田氏自古便與東側的三河松平氏因領土問題糾紛不斷，在信長之父信秀的時代，三河成爲更東方的今川氏屬國，結果使得原本的織田氏與松平氏之爭，轉變成織田氏與今川氏之爭。

此番雖由信長繼位，但如前所述，因對「傻蛋」信長失去信心的鳴海城主山口教繼背叛信長私通今川，雙方結下樑子。

事情並未就此結束，在教繼的勸誘下，鄰近的大高城（愛知縣名古屋市綠區）和沓懸城（愛知縣豐明市）也相繼向今川靠攏。今川氏的勢力就這樣深入愛知郡和知多郡地區，爲鞏固勢力，投入大量兵力至鳴海、大高和沓懸三城。

這就是信長在大致完成統一尾張時今川氏的動向。

信長當然無法坐視不管。

爲了切斷今川通往鳴海和大高城的補給與連絡線，信長採取的是興建數座小城（爲攻打敵城興建的臨時砦）的戰略：相對於鳴海城，興建丹下、善照寺和中島三座砦；相對於大高城，興建鷲津和丸根兩座砦。當然每座砦都在城的東側，由於沓懸城在7公里以外的東方，信長只打算奪回鳴海和大高兩城。

今川氏見狀當然也不會一聲不吭。永祿3年（1560）5月12日，今川義元竟親自率領25,000名士兵從主要根據地駿府出發，大張旗鼓的開始西進尾

張。

今川氏是屬於將軍家足利一族的名門世家，此時除駿河外還統治遠江、三河這三國，為勢力龐大的大名，由此觀之，動員25,000名大軍是很有可能的事。

相對於此，信長能夠動員的兵力大約為五、六千名，這個數字雖然不準確，但兩者之間的差距確實極大。

此時堪稱織田信長畢生的決戰即將引爆，指的當然是桶狹間之戰。

一提到桶狹間之戰，長久以來人數極少的織田軍以迂迴突擊的方式，打敗為了統一天下上洛的今川軍故事，被說得煞有介事，但目前少有歷史學家持此看法。

大家都認為戰國大名的目標就是統一天下，事實上並非如此。

因此目前對桶狹間之戰的看法，多傾向最值得信賴的資料《信長公記》中的記載。

✿ 閒話家常的作戰會議

那麼，桶狹間之戰究竟是怎麼回事呢？以下就來看看《信長公記》中是怎麼寫的。

率領大軍從駿府出發的今川義元，於5月17日進入沓懸城。此時織田陣營似乎已探知敵軍動靜，18日傍晚，鎮守丸根砦和鷲津砦的佐久間盛重與織田秀敏分別向信長報告。

「今川軍將在18日晚上補給大高城的軍糧，預定於19日上午攻打織田軍的砦。」此時負責運送糧草到大高城的，是三河的松平元康：日後的德川家康。

因此，當天晚上聚集在清洲城的家老期待信長指示作戰計畫，因為明日上午敵人即將來襲，這可說是理所當然的事。但直到深夜，信長都只是閒話家常，之後就讓家老回去了。

此舉讓眾家老十分意外，甚至批評他「運勢將盡時，智慧之鏡也模糊了

嗎？」

　家老此時所說的「智慧之鏡模糊」一事饒富趣味。以往被稱爲「傻蛋」的信長，應該沒有人覺得他有智慧，但從這句話中不難看出，數年之後每位家老都對信長的智慧有所期待。

　然而這樣的信長，這一次卻無法爲了確保勝利擬定出完美的作戰計畫。

　筆者認爲應該明白面對這樣的事比較好。

　雖然有人認爲信長是個極具獨創性的天才，所以無論遭遇任何一籌莫展的危機，都應該能夠想出勝券在握的完美作戰計畫，筆者對此卻不盡同意。我認爲比起擬定完美的作戰計畫，在窮途末路時還能夠發揮實力才更值得讚

◆今川義元西進尾張的動線　永祿3年（1560）5月

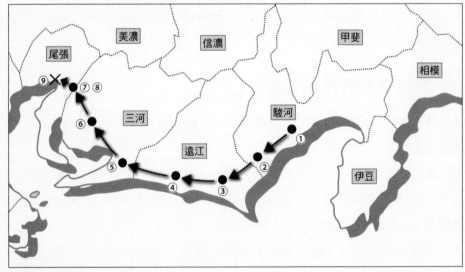

●義元的行動
①5月12日從駿府城率領25,000名士兵出征。
②5月12日於田中城附近紮營。
③5月13日抵達掛川城。
④5月14日抵達引馬城。
⑤5月15日抵達吉田城。
⑥5月16日抵達岡崎城。
⑦5月17日本隊抵達沓懸城，前往大高城和鳴海城的分隊進入池鯉鮒城。
⑧5月18日本隊駐紮沓懸城，分隊運送軍糧前往大高城。
⑨5月19日本隊從沓懸城出發，於桶狹間與信長軍一戰，戰敗。

許。

當然信長腦中絕不會完全沒有像樣的作戰計畫，但從以下描述的戰況便可看出那絕稱不上是「完美的作戰計畫」。

◉「吹響法螺！拿鎧甲來！」

《信長公記》中記載，繼18日晚間的作戰會議後，次日一早佐久間盛重和織田秀敏向信長報告「鷲津山和丸根山兩座砦遭今川軍攻擊」。

得知消息的信長舞了幸若舞〈敦盛〉中的一段，內容為「人間五十年，若與天界中最低等的下天相較如夢似幻，一度得生豈有不滅者乎」。

信長在眾多舞段中特別喜歡〈敦盛〉，經常自舞是眾所皆知的事。此外大家也知道他喜歡吟唱「人是一定會死的，我該留下什麼樣的話題，讓大家想念我呢？」的小歌。

大概是因為這樣的舞蹈和小歌的歌詞，呼應當時信長的心情，在必須迎戰今川大軍的此刻，可說是非常貼切的內容。

信長舞畢，下令「吹響法螺（出征的訊號）！拿鎧甲來！」。他站著扒飯，穿上盔甲後便策馬飛奔出清洲城，與弟弟秀孝遭織田信次家臣射殺時一樣，率先飛奔而出。信長的部下被訓練在這種時候要追隨其後，五名侍童立刻跟著出發。

主從六人一口氣趕了3里（約12公里）路來到熱田的神社，信長在此等候兵力集結。一到辰時（上午8時）鷲津和丸根兩砦早被攻陷，戰火清楚可見。除信長等六人外，聚集了200名小兵，信長先前進丹下砦，再進入佐久間信盛的善照寺砦。

信長在此重新集結官兵，整頓軍容，觀察狀況。根據《信長公記》的記載，此時信長才知道今川義元的主力在桶狹間山休息，筆者不清楚他是怎麼知道的，在《武功夜話》等書中曾記載當地豪族蜂須賀小六和梁田政綱等人暗自活動，但毫無證據可供證明。

桶狹間山的說法也多有爭議。

當地是起源於善照寺砦東南方2公里處的低丘陵地帶，以往曾因桶狹間這個地名而被認為義元的主力在較深的山谷間休息，但藤本正行先生指出即使當地是山谷，也不至於太過陡峭。

此外，義元在休息時得知已攻陷鷲津和丸根二砦，心情大好高歌三首，但絕對不會因此鬆懈。因為即使攻陷鷲津和丸根，仍有善照寺和東邊的中島砦。

於是義元在主力部隊的西北方，大概是丘陵地帶的邊緣或斜坡中間，為因應善照寺和中島二砦的動靜安排前鋒部隊。由於此二砦位於平地，前鋒部隊可完全掌握他們的行動。

人在善照寺砦的信長，雖已偵查戰場的情況，但此時織田軍中得知信長已進入善照寺砦的佐佐隼人正和千秋季忠，卻貿然率領約300名士兵突擊桶狹間山的今川先鋒部隊，他們應該是想搶先立功吧，但反被輕易擊敗，隼人正和季忠雙雙戰死。

雖然今川軍因派兵攻打善照寺和中島二砦，又有松平元康的軍隊留守大高城，兵力勢必因此分散。但即使只有先鋒部隊，人數也一定不少。谷口克廣先生認為兵力應有五、六千（其中有1,000名專業武士），300名的兵力實在無法與之抗衡。

話雖如此，信長卻未企圖前往救援而只是觀戰，此時他應該拿定主意了。因為已知今川義元所在，目標就是他的首級，也或許信長從一開始就只想要這個。

此時，信長從善照寺砦移往中島砦，眾家老皆因敵人可清楚看出己方兵力之少而拉著馬韁阻止他，信長卻不予以理會。他的兵力不到2,000，然而這2,000人中大多數是與他打過尾張統一戰的親衛隊。

🏵 決戰桶狹間

信長就這樣帶兵前往與桶狹間近在咫尺的中島砦，但如果說他事到如今應該已經擬定了什麼特別的作戰計畫，倒也未必。不只如此，信長還突然率

兵朝今川軍的前鋒部隊前進。

家老們大驚，拉著信長企圖阻止他。

事到如今，信長告訴所有人：

「大家仔細聽著！今川軍只在黃昏時填了點肚子，之後就徹夜行軍，將糧草運入大高城，而且還在鷲津和丸根作戰，一定疲累不堪。我們則是一批生力軍，而且俗話說『不因少數就畏懼多數，命運天注定』，敵人如果攻上

◆**桶狹間之戰**　永祿3年（1560）5月19日

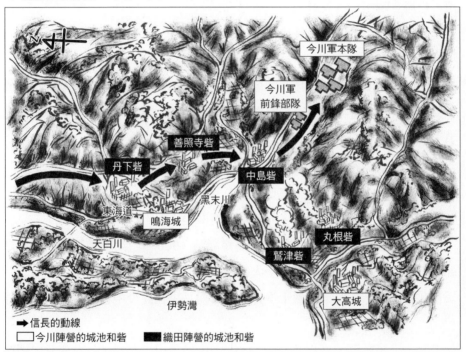

➡ 信長的動線
☐ 今川陣營的城池和砦　■ 織田陣營的城池和砦

●**戰爭過程**

①得知鷲津砦和丸根砦遭到攻擊的消息，單槍匹馬出征。
②抵達熱田的同時，鷲津砦和丸根砦被攻陷。
③經丹下砦進入善照寺砦。
④300名織田軍突擊5,000名今川軍的前鋒部隊，織田軍瓦解，佐佐隼人正和千秋季忠戰死。
⑤將全軍從善照寺砦移往中島砦。
⑥率領全軍瓦解今川前鋒部隊，之後遇上暴風雨。
⑦追擊今川軍發現義元本隊，下令全軍突擊。
⑧服部小平太和毛利良勝依序攻擊並擊斃義元。

來我們就撤，如果我們撤他們就會追。所以無論如何一定要徹底打敗他們，不要搶他們的武器，丟了它們。如果能打贏這場仗，在場的所有人是為自己的家族爭取榮譽，為世世代代立戰功，大家拚了！」

雖然信長說敵軍在攻打鷲津和丸根二砦後疲憊不堪，但他誤會了。今川的先鋒部隊並未參與這些戰事，並不因作戰而疲乏不堪，但可以想像的是，他的這番話鼓舞了官兵的士氣。

他接著率領約2,000名士兵離開中島砦，前往敵軍所在的山腳下。此時下起滂沱大雨，雨勢由西向東打在面朝西北的敵人臉上，己方則背對雨勢。因為這場及時雨，信長軍的士氣更是高昂。

雨一停，信長就手執長槍大吼：

「大夥上！」

織田軍伴隨這句話捲起一陣黑煙向前猛攻，衝上丘陵地帶攻擊今川軍的先鋒部隊。或許是被織田軍的聲勢嚇到，今川軍的前鋒部隊一轉眼便向後撤退，倉皇潰逃。

不久後信長發現義元的主力部隊，下令：

「義元的本營在那裡！進攻！」

信長軍朝東攻打義元的主力部隊，時間是未時（下午2時左右）。

義元的主力部隊似乎已經知道前鋒崩潰，300名士兵圍繞在義元四周準備撤退，然而隨著兩軍數度交手人數逐漸遞減，最後只剩下50多人。

此時信長下馬與年輕武士爭先作戰，信長軍在此役中也有多人受傷、陣亡。

過了一段時間，在信長身邊戒備的服部小平太（一忠）殺向義元，但膝蓋被砍倒地；毛利良勝（新介）接棒再攻擊，最後終於制服義元並砍下他的首級。

桶狹間山的敵軍得知大將首級被砍，完全喪失鬥志作鳥獸散。信長軍的年輕武士乘勝追擊，每個人都提著兩三顆敵人首級回來。

信長當然大喜。

據守在鳴海城、大高城和沓懸城的今川軍，在數日內都交出城池撤退。

❀ 信長的領袖特質

以上就是桶狹間之戰。

大戰結果，織田軍不只驅逐今川軍，還取得今川義元的首級。大獲全勝的原因如果被說成是運氣好，也是莫可奈何的事。

就算只是純然的幸運，事實上畢竟是贏得勝利了，對信長的評價自然也因此提高，尤其是加深其他戰國大名對他的印象。

當然在尾張國內也有類似的情形。信長在繼承父親信秀的家督之位後，評價確實越來越好。然而從桶狹間之戰前一晚家老所說的話，也可看出就連眾家老也未完全信任信長。這樣的情況在桶狹間一戰獲得大勝後完全改變；也就是說，對織田家的家臣團而言，信長已成為不可或缺的存在。

後來，傳教士路易斯‧弗洛伊斯針對於永祿2年（1569）訪問岐阜與信長會面一事記載如下。

在看過美濃之國與其官廳等一切之後，最讓我驚嘆的是國主（信長）以其異常且驚人的方式令家臣效命敬畏：他只用手稍做暗示，家臣們就像是要逃離極其凶暴的獅子般前仆後繼立刻消失。同時即使他只在屋內傳喚一人，屋外便有百人以極其鏗鏘有力的聲音回應。負責傳遞消息的人無論是徒步或騎馬，可說必須行動如飛或如火花四散。

這讓人覺得信長真的是個領袖型人物，但他之所以能夠培養出這樣的特質，與在桶狹間之戰大獲全勝有極大的關係。因此今後的信長與之前的信長，是完全不同的兩個人。

智取美濃

🏵 天下布武的第一步？

在桶狹間之戰奇蹟似獲勝的信長，之後斷然決定前進美濃。

這裡使用「斷然」和「前進」等字眼，或許給人信長攻打美濃是一連串大張旗鼓的戰爭，但實情絕非這樣。

不僅如此，攻打美濃的重要成果可說幾乎是透過策略達成的。而且實際上自桶狹間戰後到拿下美濃，信長花了整整七年的時間，由此可知他絕不躁進，極為慎重行事。

儘管如此，筆者之所以刻意使用「斷然」和「前進」的字眼，當然有其原因。

因為如果不是信長而是其他戰國大名（武田信玄或上杉謙信）於桶狹間砍下今川義元首級，這些人通常會接著搶奪今川位於三河、遠江和駿河的領土。

義元嫡子氏真愚昧不才，沉迷鬥犬和鬥雞，不思為父報仇，當然也無力率領家臣團。如果是以保護自己的領土並加以擴大為首要目標的一般戰國大名，不可能不垂涎這樣的領土。三河雖有松平元康（德川家康），但當時要打敗或收服元康，對信長而言並不困難。

但信長卻沒有這麼做，單從這一點就知道，他接下來的目標集中在美濃一國。

於是他心無旁鶩的朝目標前進。

不過，信長為什麼對如探囊取物的今川氏領土沒興趣呢？

關於這一點已有幾位學者（小室直樹和井澤元彥等）發表過看法。

據他們所稱，信長在贏得桶狹間之戰後不久，便以統一天下為目標，因此需要上洛；而上洛途中的第一個障礙就是美濃。今川的領土和京都方向

相反，如果費時攻打徒然繞路，信長因此直接前進美濃。像這樣爲了達到目的不做任何無益之事，是信長了不起的地方，也是他之所以被稱爲英雄的原因。

事實上，由於並無確切證據足以證明信長在贏得桶狹間之戰後以統一天下爲目標，實情自是不得而知。

即使此時信長並未以統一天下爲目標，在某種程度上還是可以解釋他攻打美濃的原因。美濃與尾張從父親信秀那一代起便是宿敵，對信長而言，當時的領主齋藤義龍又是岳父道三的仇人。

針對此時信長早已以統一天下爲目標這種說法，讓筆者覺得還是應該多了解一下信長比較好。

信長雖然在桶狹間戰後將目標設定爲攻打美濃，但明眼人都知道這個目

◆信長居城的變遷① **勝幡城** 出生～天文15年（1546）左右

本丸

護城河

日光川

標無法輕易達成。不僅因為美濃是大國，同時也因為領主義龍是能幹的武將。

在這樣的情況下，信長首先與三河領主松平元康（德川家康）合作，當然是為了鞏固自己的背後、專心攻打美濃所做的準備。

以下簡單介紹元康。

守護背後的德川家康

元康剛在之前的桶狹間之戰中，以今川軍前鋒的身分運送糧草進入大高城，如今仍是今川氏的屬將。

但他並非自願隸屬於今川氏。三河松平氏是在元康之父廣忠那一代才歸順今川氏，當時廣忠應今川義元的要求，交出一子元康（幼名竹千代）做為人質，但在遣送人質的過程中卻發生意外。

天文16年（1547）8月，從祖父那一代就入住的居城岡崎城出發的元康，中途遭遇三河田原城（愛知縣渥美郡田原町）城主戶田康光攔劫，因而被送往尾張織田信長處，就這樣在尾張織田處展開人質生活。信長比元康大8歲，所以兩人在尾張就認識一點也不奇怪。

元康被送往原本的目的地今川氏的主要根據地駿府是在兩年後，當時信長之兄信廣居城遭今川軍攻擊而被俘，織田和今川於是進行談判交換人質信廣和元康，之後的12年，元康就在駿府度過人質生活。桶狹間之戰時他也參與作戰，但身分是今川人質。

然而今川軍在桶狹間大敗，元康的立場出現極大變化。由於戰敗的結果是領主義元戰死，除入侵尾張的今川軍，就連原本在三河岡崎城的今川勢力也開始撤退。元康託信長的福輕易返回從祖父那一代就開始居住的岡崎城，在歷經漫長的苦難之後，三河譜代家臣當然是滿心歡喜迎接松平本家主君返國。

而尾張的信長就在此時提出談和的要求，介入兩人之間斡旋的，是元康的生母於大夫人之兄水野信元。信元家一直到父親那一代都是跟隨今川氏的

三河豪族，從他開始改爲織田效命。由於信元並未放棄身爲今川氏屬將的立場，這或許讓以一板一眼出了名的元康有些頭痛，但義元死後由眾所皆知的愚蠢兒子氏眞繼位，今川氏沒有未來是顯而易見的事，元康於是決定與信長談和。

此項談和於永祿4年（1561）的春天成立，隔年正月元康造訪清洲城，與信長會面締結正式同盟，結盟隔年談妥信長之女五德與元康嫡子竹千代（日後的信康）的婚事。

元康於永祿6年（1563）與今川氏斷交，將原本以義元之名命名的名字改爲家康。

經歷上述的過程締結的織田與德川同盟持續約20年，直到信長於本能寺戰死爲止，是戰國時代少見的穩固同盟關係。

◆信長居城的變遷② 那古野城　天文15年（1546）左右～天文23年（1554）

本丸　護城河

❀ 未能開花結果的第一個好機會

永祿4年（1561）春天因與三河談和，信長得以正式準備攻打美濃，之後局勢的發展對信長更為有利。

同年5月11日，年僅35歲的齋藤義龍英年病死，由年僅14歲的兒子龍興繼位。

信長認為此乃大好機會，信長軍於是在兩天後的13日渡過木曾川攻打西美濃，當天在勝村紮營。次日齋藤軍冒雨從墨俣出兵前進森部地區。

「這是老天爺賜的大好機會！」

據傳此時信長如是說道，之後便渡過長良川挑起戰事。

戰爭延續數小時，信長軍擊殺超過170名敵軍，獲得勝利。

順帶一提，兩年前殺害信長友人而遭信長斷絕關係的前田利家也偷偷參戰，砍下兩名敵軍首級。桶狹間之戰時利家也擅自參戰，並取得三名敵軍首級，但仍未因此獲得信長原諒，此次的戰果才終於讓他得到赦免，得以再度為信長效命。

在與齋藤龍興的首戰中獲勝的信長，並未直接返回尾張，而是攻佔敵軍砦所在地的墨俣，重建堅固的砦駐紮當地。

位於木曾川與長流川交會處的墨俣，對尾張和美濃而言同為相當重要的戰略要地，齋藤軍不可能坐視信長軍在當地駐紮。

5月23日，龍興從主要根據地井之口（岐阜市）的稻葉山城發動大軍，於名為十四條的村莊布陣。信長軍則由墨俣出發迎戰，但因織田廣良在清晨一戰中戰死而撤退。

齋藤軍乘勝前進至北輕海布陣，信長則將兵力移往西輕海嚴陣以待。之後由步卒展開的戰事延續到晚上仍勝負未明。由於天黑後便無法再戰，齋藤軍於是連夜撤退，信長軍則持續備戰直到黎明，天一亮就返回墨俣，之後撤回清洲。

齋藤義龍過世由年紀尚輕的龍興繼位，對信長而言肯定是大好機會，但

他在這場仗中卻未留下戰果。

為美濃遷移根據地

在之後的一兩年內，信長除了與三河的松平元康締結同盟外，表面上並無明顯動作，或許是在尋找攻打美濃的時機。

永祿6年（1563），信長終於出現新的動作。他決定將主要根據地從清洲遷往小牧山（愛知縣小牧市）。

原本的根據地清洲城位於尾張中央，攻打美濃較為不便；小牧山位於清洲北方12公里處濃尾平原邊陲海拔86公尺稍高的丘陵上，可眺望美濃，光是如此，攻打美濃就方便多了。

另一個原因是，位於尾張北部犬山城（愛知縣犬山市）的織田信清與美濃聯手反抗信長。對信長而言，他必須牽制這樣的行動。

◆信長居城的變遷③ 清洲城　天文23年（1554）～永祿6年（1563）

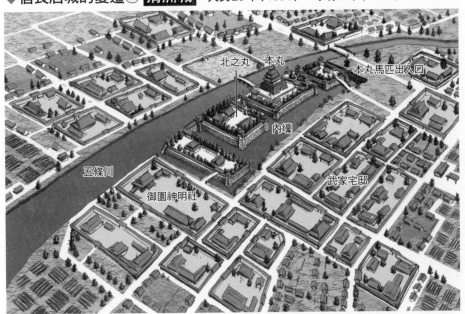

北之丸　本丸
本丸馬匹出入口
內壕
五條川
御園神明社
武家宅邸

※插圖中於本丸處繪有天守閣，但在信長的時代是否有天守閣則不詳。織田信雄於天正14年（1586）
　改建後才有天守閣。

但將根據地遷移至小牧山城還有其他更重要的目的，那就是這麼一來就可以進一步推行兵農分離。

❀ 兵農分離第一人

當時的士兵都是農民，農忙時必須從事莊稼的工作，較具勢力的武士也都擁有祖先留下的領地和領民，與土地關係十分密切。因此雖名為戰國時代，但作戰一定選擇農閒期。

因為這樣的背景，所有戰國大名只能接受某種程度的大規模和長期戰爭，如果規模和時間超過可以忍耐的程度，就必須在自己的領國內將農兵分離，區分出可長期作戰的單純士兵和單純農民的身分。第一個注意到這件事的人是信長。

那麼，為什麼遷移根據地能夠進行兵農分離呢？因為這麼一來就可以強制家臣團進行領地更換，所謂領地更換就是指收回祖先傳下的領地，再賜予新領地，如此就可切斷武士與領地間的穩固連結，讓他們不受土地束縛。

當然即使是信長的家臣團，還是十分反對如此大膽的改革。

《信長公記》中記載道，信長因此使用某種計謀，將根據地遷移至小牧山城：信長首先選擇比小牧山城更為不便的二宮（愛知縣犬山市）為新根據地，命令家臣遷移至當地。家臣為此傷透腦筋，不明白「為什麼要搬到這樣的深山？」。之後信長再下令遷移至小牧山，眾臣因認為小牧山比二宮方便許多，因此願意遷移。

決定將根據地遷移至小牧山之後，信長在山頂興建壯觀的城池，並在山腳下建設城下町。

信長完成將根據地從清洲城遷移至小牧山城的時間不詳，但應該不至於耗時太久。

❀ 以謀略為主的東美濃攻略戰

在完成小牧山城的遷移工作後，信長就從以往未曾染指的東美濃地區展

開攻打美濃的計畫。

尾張國內雖然還有犬山城與信長爲敵的織田信清，但因此城與東美濃之間隔著木曾川，攻打此城也被定位爲攻打東美濃的一環。

信長最初的目標，是位於犬山城對岸美濃國的鵜沼城（岐阜縣各務原市）、猿啄城（岐阜縣加茂郡坂祝町）和距離後方10公里處的加治田城（加茂郡富加町）。

此戰在信長陣營的策劃下展開，在這場謀略戰中特別活躍的則是丹羽長秀。結果在永祿7年（1564）加治田城主佐藤紀伊守父子倒戈成爲內應，美濃國內有人支持，讓信長大喜，於是賜給佐藤50枚黃金購買糧草。

同一時間，在丹羽長秀的活動下，犬山城家老黑田城主和田新介與小口城主中島豐後守等織田信清的大將也倒向信長。此時丹羽長秀攻打犬山，完全摧毀城內的防禦工事，並興建數道柵欄，讓犬山城官兵無處可逃。此一戰術奏效，不久便攻下犬山城，織田信清逃往甲斐投靠武田氏。

◆信長居城的變遷④ 小牧山城　永祿6年（1563）～永祿10年（1567）

本丸

大門

實力派武將宅邸

護城河

油商町

鐵匠町

善光

木津川

針對鵜沼城和猿啄城，信長則在距離兩城不遠處的伊木山築砦。這麼一來，鵜沼城主大澤基康立刻放棄投降，信長派遣丹羽長秀的軍隊前往鄰近猿啄城的大菩提山，佔據猿啄城在山上的水源後攻城，輕易制服猿啄城主多治見修理。

信長就這樣一步步腳踏實地的進行攻打東美濃的計畫。

相對於信長，齋藤氏則在鄰近加治田城的堂洞築砦，將本營置於關（岐阜縣關市），為的就是要奪回加治田城。

永祿8年（1565）9月28日，信長也出征小牧山城，包圍堂洞砦。

人在關的長井道利前往堂洞砦山下，企圖從背後攻打織田軍，但由於織田軍已安排守備隊而無法採取行動。

信長命織田軍製作火把，從四周丟入砦中燒毀二之丸（第二道城牆），長驅直入攻至本丸（主城）。《信長公記》的作者太田牛一也大展雄風，他獨自爬上二之丸入口處的高聳建築，以弓箭展開攻擊且箭無虛發，深獲信長讚賞，之後獲賜領地。

戰事從午時（中午左右）一直持續到酉時（下午6時左右），河尻秀隆和丹羽長秀雖攻入本丸所在，但敵軍也奮起抵抗，形成一場敵我不分的混戰。最後信長軍仍是擊殺了所有敵軍大將，獲得勝利。

信長當晚落腳加治田城，次日（29日）才準備打道回府。結果長井道利從關反擊，齋藤龍興也從稻葉山城率兵前來，人數為3,000。而織田軍僅七、八百人，且多傷者，但在信長的正確指揮下總算平安撤軍。

信長雖從東美濃開戰穩固攻打美濃的基礎，但有趣的是，在這一連串戰爭中信長極力避免可能造成嚴重死傷的決戰，改以恐嚇和策略攻陷敵城。堂洞砦之戰雖然激烈，但激烈的戰事可說只有這一場。這雖然是藤本正行先生的看法，但一般人對信長概括而論的「果敢」印象，似乎有修正的必要。

🌸 不存在的秀吉「一夜城」

接下來談一談曾被當做歷史事實的木下藤吉郎秀吉（日後的豐臣秀吉）

興建「墨俁一夜城」的故事。

如上所述，信長於永祿7至8年（1564~65）之間攻打東美濃，永祿9年（1566）8月左右還曾渡過木曾川入侵美濃，並於河野島（岐阜縣羽島郡）布陣。但因遭遇大雨未能開戰，待雨停後開始撤退之際遭齋藤軍追擊而吃了一場大敗仗。

由於此戰被紀錄在齋藤家的文件中，因此被視爲確有其事。

墨俁一夜城的故事是說，信長爲了攻打美濃，還是只能在鄰近木曾川與長良川交會處的墨俁築砦做爲據點。

墨俁東望齋藤龍興的居城稻葉山城，西控大垣，爲戰略要衝，但由於位於敵人眼前，要在這樣的地點建城當然困難，因此沒有家臣願意接下這份工作。

這個時候接下這個重責大任的是秀吉。他動員包括蜂須賀小六、稻田大炊和青山小介等尾張國內超過1,200名的武裝農民，一邊抵抗齋藤軍的阻撓，成功在極短的時間內完成建城工作。

根據傳聞，秀吉使用的方法是像現在興建組合屋一般，事先做好瞭望台和城牆等零件，之後再運送到當地組合。根據《太閤記》的記載，工期約爲七、八天。

書中還提到由於工期極短，該城因此被稱爲「墨俁一夜城」。秀吉也因爲這次的成果獲得信長認可，得以出人頭地。

這就是以往歷史學家所說秀吉「墨俁一夜城」的大致情形，目前一般都認爲此事純屬虛構。

《信長公記》中當然也沒有相關記載。

✿ 與實力派大名合縱連橫

永祿6年（1563），遷移至小牧山城的信長以當地爲據點進攻美濃，同時強化與具有實力的戰國大名之間的合作。

永祿7年（1564），信長開始與越後上杉謙信互派使者發展友好關係，

這當然是因爲他意識到另一個人物的存在：統治位於美濃與越後交界處的信濃人武田信玄。

此時謙信不斷在川中島與信玄交戰，11月信長讓謙信收養自己的兒子做爲養子，雖然最後並未成眞。

此外，信長也在永祿8年（1565）將養女嫁給信玄的兒子勝賴，成功建立同盟關係。

◆攻打美濃的主要城池　永祿7年～10年（1564~1567）

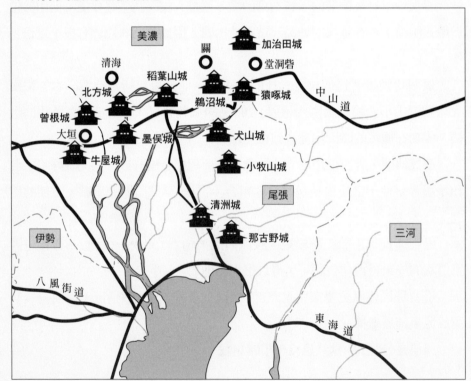

●攻打美濃的過程
①加治田城的佐藤忠能因丹羽長秀的策動倒戈。
②鵜沼城和猿啄城陸續投降。
③齋藤陣營出擊，前進至關，於加治田城的對面堂洞建城。
④信長軍出征小牧山，攻打堂洞，隨後攻陷，控制東美濃。
⑤西美濃的曾根城、牛屋城和北方城的美濃三人眾倒戈。
⑥信長軍出征攻打稻葉山城，齋藤龍興敗走。

永祿10年（1567）5月，信長之女五德完成早已談妥的婚事，嫁給家康之子信康，信長與家康的同盟關係因此更爲穩固。

這一連串的動作當然是爲了有利於攻打美濃，從另一個角度來看，也表示當時信長已成爲能夠和上杉謙信與武田信玄結盟的大名。

永祿7年（1564），信長收到正親町天皇恢復皇室領地的要求，以及將軍足利義輝發出的御內書。中央之所以會出現這樣的動作，應可視之爲認可信長的實力。

⚙ 三好三人眾暗殺將軍事件

接著在永祿8年（1565）5月，發生室町幕府第十三代將軍足利義輝被三好三人眾（三好長逸、三好政康、岩成友通）和松永久秀暗殺的大事。義輝之弟義昭因爲此事開始企圖爭取將軍一職，他也注意到信長。義昭經常寄送書信給上杉謙信和武田信玄等具有實力的大名，要求他們致力復興幕府，信長也收到同樣的信（齋藤龍興也收到了）。由於義昭開始採取行動，信長因此於永祿9年（1566）6月之前在義昭推舉下擔任尾張守，同年12月更表明將陪同義昭上洛。

這一次上洛雖然因遭三好三人眾和六角義賢（承楨）阻止未能成行，但由此可知，在信長的腦海中已出現以「天下」爲目標的構想。

像這樣從外交方面觀察正在攻打美濃的信長動向，可看出大局確實明顯對信長有利而非美濃。

美濃當然也注意到這樣的情勢發展，對他們而言應該是極爲不安吧！

事實上不久後美濃三人眾叛變，信長一鼓作氣攻陷稻葉山城取得美濃。美濃三人眾叛變雖是信長的計謀，但必然也是因爲受到天下局勢的強大壓力影響。

⚙ 電光石火攻佔稻葉山城

美濃三人眾倒向信長，是永祿10年（1567）8月1日的事。

所謂美濃三人眾，指的是稻葉一鐵（良通）、氏家卜全和安藤守就三人，爲道三時代就效命於齋藤氏的耆老。

這一回信長的動作很快。

他趁美濃三人眾叛變約定交出人質之際，也派人前往迎接村井貞勝等人質，但未等到人質抵達便突然出兵佔領與稻葉山相連的瑞龍寺山。

稻葉山城的齋藤軍一頭霧水，搞不清楚發生了什麼事，無法分辨對方是敵是友之際，信長又快手快腳燒毀城下町，摧毀稻葉山城的守備。

次日信長分擔土木工作，製作鹿垣（柵欄）包圍稻葉山城。此時美濃三人眾趕到，信長的動作之快讓三人嚇破膽。

信長從在尾張時就曾單槍匹馬跑出城去，他非常重視軍隊的速度，這個情形眞實呈現信長的這一面。

這麼一來，稻葉山城的齋藤軍已無力回天，8月15日所有官兵都投降，齋藤龍興就近從長良川搭船逃往伊勢長島（三重縣桑名郡長島町）。

信長攻打美濃一事就這麼結束了。

❀「天下布武」印

攻陷稻葉山城的信長，9月將主要根據地從小牧山城移往稻葉山城，並將地名井之口改爲岐阜。

岐阜這個地名，是由中國古代王朝周朝的文王於岐山興起平定天下的故

◆天下布武的印章和「麟」的署名

印章

署名

事而來，為政秀寺住持禪僧澤彥宗恩所選。但由於岐阜之名同時出現在與美濃有關的舊紀錄中，到了信長才賦予新的意義，正式統一。

光是這件事也讓人感受到信長統一天下的鬥志。他在發出的文件上使用上頭刻有著名的「天下布武」四字的印章，也是在這個時候。他最早使用這枚印章是在永祿10年（1567）11月的文件上，信長一生的用印都是這四個字。

所謂「天下布武」乃指「將武力遍佈天下」，也就是以武力統一天下的意思，但選擇這四個字的人是澤彥和尚。

不過從某方面來看，在正式文書上使用刻有「天下布武」四字的印章，形同向世人宣示統一天下，是非常大膽的行為。由此可知信長統一天下的鬥志不容小覷。

所有歷史學家都同意，信長使用「天下布武」印章是表示統一天下的意思，至於他究竟是從何時開始以統一天下為目標的，大家則意見分歧。

之前提到有人認為最早是在他贏得桶狹間之戰後，提出下一個目標是攻打美濃時，就以統一天下為目標。

另外，也有人認為信長大約是在永祿8年（1565）時確定這樣的想法。該年5月將軍足利義輝遭三好三人眾和松永久秀暗殺，信長以此為契機開始使用草體「麟」字做為署名。「麟」指麒麟，為中國古代傳說中的聖獸，只出現在由優秀帝王統治的和平時代。由此可知信長在當時已確定將為統一天下上洛。

但筆者認為從《信長公記》觀之，信長更早就有統一天下的意圖。

我先把時間往前拉一點，信長在攻打美濃的隔年永祿11年（1568），便陪同足利義昭輕鬆完成上洛的願望。根據《信長公記》的記載，距離此事大約十年前發生一件事。

某次鎮守丹波國桑田郡（京都府龜岡市）長谷城的赤澤加賀守前往關東時，得到兩隻優質老鷹。他在返鄉途中前往拜訪人在尾張的信長，說：「這兩隻你選一隻，我送你。」

結果信長回答道：「真謝謝你的好意，不過等我取得天下再收這份禮，在那之前先交給您保管。」

太田牛一繼這個故事之後寫道，赤澤在那之後前往京都時提及此事，大家都笑稱：「像尾張那麼偏遠的國家還指望這種事，怎麼可能實現。」但在那之後不到十年時間信長就完成上洛的願望，大家都覺得不可思議。

距離永祿11年（1568）的十年前，就是永祿元年（1558），也就是說是在永祿3年（1560）桶狹間之戰前的事。要說到當時信長與「天下」有關的事，應該是永祿2年（1559）上洛謁見將軍足利義輝，可想而知，信長在桶狹間一戰前已有統一天下的意思。

當然，十年前的統一天下和攻打美濃後的統一天下，雖然同樣都出自信長之口，但意義完全不同。

十年前的信長連尾張都尚未統一，拿下美濃後的信長則是畿內近郊最強的戰國大名，從身分地位的不同來看，信長決定統一天下，應該是在取得美濃的永祿10年（1567）。

岐阜：天下布武的發源地

信長在攻打美濃之後，直到天正4年（1576）遷至安土城為止，大約有九年的時間都以岐阜為主要根據地，因此對他而言，岐阜可說是統一天下的發源地。

信長修復改建稻葉山城，興建符合以統一天下為目標戰國大名的壯觀城郭，這就是岐阜城。

傳教士路易斯於永祿12年（1569）曾造訪當地，他在報告中曾提到，在從葡萄牙經印度來到日本的途中，從未見過像岐阜城這般華麗的宮殿。

岐阜城不只城郭壯觀，且因尾張百姓大量移入，擴大城下町的規模，這個城下町被稱為加納。信長為了讓這座城市繁榮，還引進樂市（戰國大名禁止商人在市場上有特權和獨佔行為，保證買賣自由並免除稅賦的商業政策）和樂座（為使領地內的工商業發展，禁止屬於朝臣或神社佛寺妨礙自由買賣

的工商業座）制。

這樣的做法非常有效。據路易斯表示，當地的人口據傳爲8,000~10,000人，前來進行交易和洽公的人數眾多，紛亂的情況有如巴比倫，運送鹽的馬匹、買賣布料和其他物品的商人從各國聚集在此，盛況空前。

以統一天下爲目標的信長，今後將動員大批兵力，以雄厚的資產開戰，而支援這場數量戰的大批物資，就是由繁榮的岐阜供給。

此外，岐阜城的結構爲山上的城郭、山腳的宅邸和城下町，分別由服侍信長的家臣居住其間。

山上的城郭除信長的家族外，還有從屬領主的年輕人質。這些年輕人並非遭到幽禁，而是在當地接受各類教育，擔任信長的近侍。山腳的宅邸則有隨侍在信長身邊的近侍待命。城下町住的當然是一般百姓，除此之外也是信長的重臣和與商業關係密切的家臣團居住的地方。

也就是說，岐阜在某方面是個堪稱軍事基地的軍營都市，因此無論何時皆可派遣大型軍團前往畿內地區。

信長就在這樣的經濟和人的背景下，展開日後的戰爭。

上洛之路

🏵 來自天皇的正當名義

信長在攻打美濃後將井之口的地名更改爲岐阜，更進一步使用刻有「天下布武」的印章，由此可清楚看出他已決定統一天下。統一天下具體來說就是上洛掌握政權，最重要的是握有政權，而不單只是揮軍進京。

這麼一來就需要正當名義。如果是武田氏或今川氏之類，流有源氏血脈的名門守護也就罷了，但像信長這種身分的，正當名義更是少不得。

信長最初想用來當做統一天下的正當名義，應該是正親町天皇所下的聖旨。非常巧合的，此一聖旨在信長開始使用刻有「天下布武」印章的同年永祿10年（1567）11月，由負責管理宮內收藏貴重物品倉庫的立入宗繼擔任使者，送至岐阜信長處，文中稱讚統治岐阜的信長爲「古今無雙的名將」，命其恢復尾張和美濃兩國的直轄領地（皇室領地），並實施隨旨附上的各項要求。在這些要求中也有恢復皇室領地的項目，但誠如熱田公先生指出的：「要求中所指皇室領地爲濃、尾兩國以外的地區，信長進行統一天下一事亦爲聖旨所求。」

當時的天皇比將軍更沒權力，但仍是日本的最高權威。天皇對統一天下的期待，可能成爲信長上洛的正當名義。

信長立刻著手準備上洛。

🏵 得自將軍的正當名義

關於取得天皇聖旨的信長如何準備上洛一事容後再續。在準備工作進行到某個階段時，信長取得另一個媲美天皇聖旨的正當名義，那就是從永祿8年（1565）起便勸說信長前往京都的足利義昭。

義昭爲第十三代將軍義輝之弟，原於奈良一乘院爲僧，號覺慶。永祿8

年（1565）5月，義輝光天化日下在京都二條御所爲松永久秀和三好三人眾（三好長逸、三好政康、岩成友通）的軍隊暗殺。

當時覺慶也受到松永勢力的嚴密監視，但於7月28日在近臣細川藤孝等人的協助下逃出一乘院，經伊賀的上柘植逃往近江甲賀的土豪和田惟政宅邸。在此宣示復興幕府的覺慶，之後陸續寄發書信給越後的上杉謙信、甲斐的武田信玄、薩摩的島津貴久和義久父子，促其出兵，信長收到的信件就是其中之一。

11月，覺慶離開交通不便的和田宅邸，投靠近江矢島的六角義賢，隔年永祿9年（1566）2月17日還俗改名義秋。此時最受義秋期待的是上杉謙信，然而正與北條氏政和武田信玄作戰的謙信，雖極想上洛卻動彈不得，情況和正在與齋藤龍興交手的信長一樣。

不久到了8月，三好三人眾的追兵來到近江矢島。三好三人眾在謀殺義

◆**信長居城的變遷⑤** 【岐阜城（稻葉山城）】 永祿10年（1567）～天正4年（1576）

本丸
金華山
城下町
大行門
環壕
長良川

輝後立刻與松永久秀對立開戰，擁立足利義榮，企圖掌握政權。義榮爲第十二代將軍義晴之弟義維的兒子，相當於義秋的堂兄弟。局勢如此，義秋不得已逃往矢島，渡湖投靠若狹的武田義統，11月暫住越前一乘谷朝倉義景的宅邸。

朝倉氏原爲越前守護斯波氏的家臣，代代擔任守護代，在義景前四代的孝景（敏景）時取代斯波氏成爲守護，之後成爲稱霸北陸的戰國大名，在背後策劃讓義秋逃出奈良一乘院的人就是義景。對義秋而言，他和上杉謙信同爲最值得期待的人。但義景雖然熱情款待前來投靠的義秋，卻因苦於加賀一向一揆（一向宗作亂）而無法出兵協助義秋上洛。

時間來到永祿11年（1568）4月，義秋在一乘谷行戴冠禮並改名義昭。但在此之前的2月，足利義榮已就任征夷大將軍（室町幕府第十四代將軍），三好三人眾對朝廷施壓強迫他們承認義榮。然而支持由謀殺前將軍的三好三人眾推舉成爲將軍義榮的勢力極少，最後還是無法進入京都，不久便在攝津（大阪府）富田病逝。

但被義榮搶先一步就任將軍的義昭心情十分焦慮，此時出現一個能夠拉近義昭和信長關係的人物：明智光秀。

光秀爲繼承清和源氏血統的土岐下野守賴兼的後裔，世居美濃國明知城。據傳他在父親遭齋藤龍興攻擊戰死時逃出，前往越前效命朝倉義景。實情如何雖然不詳，但他服侍義景一事是事實，之後結識跟隨義昭來到越前的細川藤孝，往來密切。

然而之後義景因相信讒言辭退光秀，他於是離開越前返回故鄉美濃，效忠已成爲美濃統治者的信長。此時光秀與藤孝取得連絡，向信長強力推薦擁立義昭。

義昭原就要求信長出兵協助他上洛，不過因比起信長他更信賴上杉謙信和朝倉義景，所以不怎麼想投靠這個剛冒出頭來的大名。但在光秀介入後情況跟著改變，義昭放棄拖拖拉拉的義景，決定借用信長的力量上洛。

此事非同小可。信長對義昭而言雖然只是支持者之一，但只要能夠確保

他的身分，信長的立場就遠高於其他支持者。

永祿11年（1568）7月13日，義昭終於離開一乘谷前往岐阜，信長則派遣佐久間信盛、村井貞勝和島田秀順（秀滿）等人與義昭同行。7月22日一行人進入美濃西庄（岐阜市）的立政寺暫居當地。

信長藉此討伐謀殺前任將軍義輝扶立傀儡將軍義榮的三好一夥人，取得復興足利幕府這個非常具體的正當名義。

深謀遠慮的上洛策略

除了天皇的聖旨之外，確保足利義昭的身分，勢必也成為信長上洛的正當理由。

即使如此，要在群雄併起的情況下上洛，需要充分準備。

信長在攻打美濃前便與德川家康締結同盟，也與上杉謙信和武田信玄維持友好關係，因此不需要費心防守背後，問題在於上洛的路線。當時在以京都為主的發達地區如近畿和鄰近國家中，雖然沒有像東國或西國這般巨大的戰國大名，但仍有不少實力派彼此較勁。為確保途中的安全，必須盡可能拉攏這些實力派。

信長早早就開始相關的準備工作。

永祿7年（1564），信長與毗鄰美濃的北近江淺井長政締結同盟，永祿10年（1567）將妹妹阿市夫人嫁給長政，利用政治聯姻鞏固同盟關係。之後在當年12月，成功拉攏稱霸大和的松永久秀。久秀因曾與三好三人眾殺害前任將軍，本不應與之交好，但由於他頗具實力，且在殺害將軍後與三好三人眾為敵，信長發現久秀有其利用價值。由此也可看出對信長而言，擁立義昭單純只是上洛的手段。

這麼一來，最讓信長在乎的就是南近江的六角義賢。義賢不僅勾結在京都四周頗具勢力的三好黨，且與伊勢諸豪族密切合作。

關於伊勢，信長在攻陷稻葉山城前便著手攻打北伊勢地區。永祿10年（1567）春天，信長派遣瀧川一益攻陷伊勢北方諸城，8月在攻陷稻葉山城

的同時也攻打楠城。信長將一益安排在伊勢、美濃和尾張交界處鎮守北伊勢，不過此時攻打的對象僅限於北伊勢的土豪等小型勢力。

隔年永祿11年（1568）2月，信長三度派兵前往北伊勢，以多達數萬人的龐大兵力擊敗鈴鹿郡和河曲郡的神戶友盛，以及奄藝郡和安濃郡的長野具藤。投降的條件是由信長派遣自己的三男三七郎（日後的信孝）和弟弟信良（日後的信包）分別繼承神戶氏和長野氏，就這樣確保北伊勢。

在當年7月足利義昭來到岐阜前，信長已完成上述的準備工作。

此時南伊勢的北畠氏尚未歸順信長，但對準備迎接義昭的信長而言，問

◆織田家的勢力範圍② 平定美濃（1567年左右）

總產量：112萬石
動員兵力：22,400

※參考慶長3年（1598）太閤檢地估算
　的土地產量製作而成。
※未統治全國時的勢力範圍，僅是大
　概的區域。
※動員的兵力以每100石2名兵伕的
　比例計算。

■ 德川家的勢力範圍

題還是在於上洛路途上的南近江六角氏。8月7日信長前往近江，在淺井長政的邀請下停留佐和山城作客，並派遣使者前往六角義賢的觀音寺城請求協助。

信長花了七天的時間和義賢協商，就算是特立獨行的信長，也和其他戰國大名一樣，企圖盡可能避免無謂的戰爭。

即使如此，義賢還是不答應向信長靠攏，反而閉守箕作城與和田山城等屬城，採取阻止信長西行的態勢。

再談下去也沒有用，信長只能以武力打開這條路。

以武力打開上洛之路

做完所有該做的事之後，信長的行動如往常一樣迅速。

他結束和六角氏的談判之後立刻返回岐阜，在領地內發布動員令招兵買馬。

9月7日，信長領先義昭率領總數多達5~6萬的大型軍團從岐阜出發，其中除尾張、美濃和北伊勢的軍隊外，還包括三河德川家康派來、由松平信一率領的援軍。

即使如此，6萬這個數字也實在驚人，與在尾張時率領七、八百名士兵出戰天差地別，與其說信長茁壯成長，毋寧說他已進入另一個階段，六角氏不可能是對手。

出發前信長對義昭說：「我要一口作氣控制近江，之後再去迎接您。」由此可知他信心滿滿。

同月8日，信長抵達近江高宮停留兩天，讓人馬休養生息準備開戰。

11日，織田大軍在愛知川附近紮營，信長親自騎馬視察狀況。無視於附近的敵城，信長將攻擊的目標設定為六角義賢父子藏身的觀音寺城和箕作城。

12日申時（下午4時左右），佐久間信盛、木下藤吉郎和丹羽長秀的軍隊開始攻擊箕作城，入夜之後攻陷城池。在此戰開打的前一年才歸順信長的

美濃眾人，認為自己一定會被派做前鋒，但信長僅以馬迴眾（親衛隊）攻打箕作城，完全出乎意料的美濃三人因而覺得不可思議。他們三人一定十分佩服信長的做法，在日後的本能寺之變中與信長一同陣亡的軍隊，除尾張外還有不少美濃軍。

◆近江周邊的主要城池

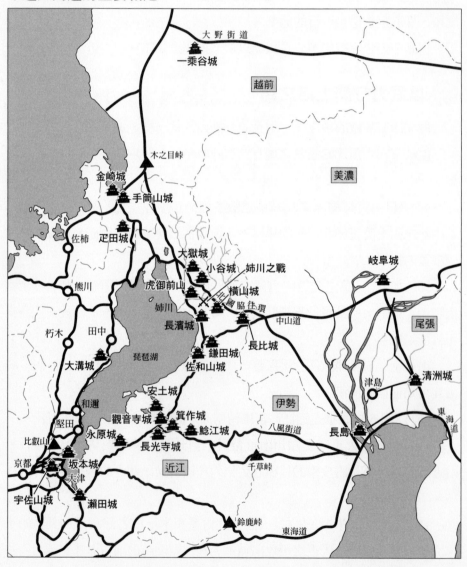

　　當天晚上進入箕作城的信長，計畫在次日攻打六角義賢所在的觀音寺城，但當天晚上六角義賢父子就逃出城了。

　　13日攻進觀音寺城的信長軍輕易佔領城郭。由於六角氏已逃走，近江國的百姓和土豪也都歸順信長。

　　因已確保近江安全，信長派遣使者前往岐阜迎接義昭。22日義昭抵達桑實寺（滋賀縣蒲生郡安土町）。

　　信長在迎接到義昭後前進至守山（滋賀縣野洲郡守山町），因遲遲未能等到渡船，24日才渡過琵琶湖抵達三井寺極樂院（滋賀縣大津市）。25日義昭也抵達當地。

　　接著在26日信長終於伴隨義昭抵達京都，於東寺（京都市南區）紮營，義昭則落腳清水寺（京都市東山區）。

　　當天信長採取行動阻止洛中和洛外的三好黨。他命柴田勝家、蜂屋賴隆、森可成和坂井政尚四人打頭陣，攻擊三好三人眾之一岩成友通所在的勝龍寺城（京都府長岡京市），友通於29日投降。

　　30日信長抵達山崎，先鋒攻打芥川城（大阪府高槻市），入夜後擊敗原本閉守其中的三好長逸。信長於是陪同義昭進入芥川城。

　　10月2日攻打池田勝正的居城（大阪府池田市），此戰十分激烈，雙方死傷慘重。但出征的士兵都為了畢生榮譽而戰，鬥志日漸高昂，讓人明顯感覺到上洛的織田軍正在走大運。最後池田勝正交出人質投降，這麼一來，信長不只一鼓作氣來到京都，還驅逐洛中和洛外的敵人，確保洛中安全。

　　這趟京都之行確實太過輕鬆愉快，甚至讓人覺得上洛如果這麼容易，上杉謙信、武田信玄、北條氏康和毛利元就應該也可以來，但他們卻未成行。這又是為什麼？

　　目前有許多歷史學家和研究人員提出這項質疑，但大多數的戰國大名都只想著自己的領國，從未想過所謂的「天下」，也缺乏上洛的強烈意志，也就是說只有信長有這樣的想法。

🌸 贏得京都人心

信長在抵達京都後驅逐周邊敵對勢力，10月14日與義昭一同返回京都前往清水寺。與信長返回京都的義昭，則前往本圀寺（京都市下津區）。

在此之前信長一直住在芥川城，如今他聲名大譟，松永久秀獻給信長天下聞名的茶器「九十九神」，堺的居民今井宗久同樣獻上舉世聞名的茶器「松島」和「紹鷗茄子」，還有人獻上源義經在一之谷合戰時穿的盔甲。拿著國內外奇珍異寶前來問候信長的人數之多，使得芥川城門庭若市。

像這樣以壓倒性多數軍力擊敗反抗勢力的信長不只對敵人嚴厲，也嚴格管理自己士兵的行爲。他在9月26日進入京都時就已命細川藤孝負責宮中戒備，又命菅家長賴進行取締，以免士兵在洛中洛外胡作非爲，因此未發生朝臣和市民所擔心的混亂情形。

這其實是非常難能可貴的事，因爲對戰國時代的下級士兵而言，乘勝搶劫是理所當然的事。事實上在得知信長將到京城時，在京都人之間引起一陣騷動。大夥一知道明天信長軍就會進入京都，就帶著妻子和家當逃難引發混亂，直到早上。光是從信長入京後就再沒有發生這樣的情況，就可以想見信長的命令執行得有多徹底。

京都就這樣又恢復平靜。關於這點，德富蘇峰指出「這就是他贏得天下人心的原因之一」。

信長停留京都期間，發布命令撤除新領國內的關卡，這也可說是他「得人心的原因之一」。

據脇田修先生表示，當時因關卡阻礙流通的情況在畿內等地區特別嚴重，淀川沿岸就有超過600道關卡，而在伊勢的桑名和日永之間短短4公里路就有40多道關卡，當然會有很多人爲關卡的存在所苦。信長的政策大大取悅人心，雖然撤除關卡僅限於信長的領國內，並未徹底全面實施，但從中可看出信長廢除無用之物、創造新時代潮流的態度。

從上述事件可以看出停留京都期間的信長，不只是個擅長作戰的武將，

也擅長處理「統治」這個政治問題。然而他在上洛之後，與足利義昭的關係就開始不對勁。

❀ 御父織田彈正忠殿

10月18日，義昭理直氣壯地就任征夷大將軍。他非常高興，立刻找來觀世太夫，打算讓他演出13齣能劇，信長覺得不像話，說「情況尚未完全穩定」，讓他把13齣減爲5齣。

在慶祝會上，義昭建議信長擔任副將軍或管領，信長加以拒絕。

由此可知，信長從一開始就不打算與義昭成爲主僕，但井澤元彥先生則指出此事的背後有更重要的意義：信長如果答應這個要求，就表示認同義昭有賞罰的權力（任命權），這麼一來義昭也可任命信長以外的戰國大名爲副將軍，藉此取得軍事力量，所以信長才會加以拒絕。身爲政治家，信長的深謀遠慮實在驚人。

此外義昭也表示可如信長所願，命其統治近江、山城、攝津、和泉與河內五國，但信長也加以拒絕。這是因爲如果接受這項安排，就表示信長接受義昭的賞賜，而接受賞賜理所當然要聽命於他，也就是說信長將受到將軍的束縛，他連這點都想到了。

因此信長取而代之要求義昭同意他於交通要衝的商業都市堺、草津和木津設置代官，進行直接管轄。這是因爲他看出商業和流通的重要，非常像是他會作的判斷。義昭還將足利氏的家徽桐之紋和二引兩文賜給信長，信長接受了。桐之紋原屬於皇室，足利氏也被允許使用。

結果，畿內的領地信長都交由與將軍有關的幕臣，或原本就在當地的領主統治。河內國一分爲二，交給原本的守護畠山高政和松永久秀一派的三好義繼；高屋城和若江城分別由高政和義繼入主；大和交給松永久秀，配置多聞山城。

攝津分成兩部分，分別將芥川城、伊丹城（日後的有岡城）和池田城交給和田惟政、伊丹親興和池田勝正。山城交由細川藤孝統治，配置勝龍寺

城，這是爲了懷柔當地的舊勢力。

義昭雖反對晉用曾參與殺害前任將軍的久秀，但認同久秀實力的信長不予理會。

信長在戰後處理告一段落後，於10月26日向義昭辭行，離開京都踏上歸途。此時義昭頒發感謝狀慰勞信長，狀中不僅寫到：「此番耗費漫長歲月逐一擊退各國凶徒，君之武勇乃天下第一。本家之復興莫過於此。國家即將安治，別無所求。」還稱呼信長爲「御父織田彈正忠殿」。當時信長35歲，義昭32歲，稱呼信長爲「御父」一事引人注意，這是義昭對他由衷感謝的表示。

🏵 制定〈殿中法〉

託信長之福就任將軍的義昭，對他當然心懷感激。那麼，信長對義昭的看法又是如何？

看到義昭一當上將軍就想任命他爲副將軍或賞賜領國的天眞模樣，信長應該會想多少得牽制他或不得不構思日後政權的發展吧！

然而他卻沒有太多時間考慮這些。

永祿12年（1569）正月5日，前一年在信長上洛前曾被短暫擊退的三好三人眾，重整旗鼓包圍義昭所在京都六條的本圀寺。信長得知此事時岐阜正下著大雪，他立刻下令上洛，隨即策馬飛奔出門，反應與桶狹間之戰時一樣。一般必須走上三天的路程他只花了兩天。10日便抵達京都趕至本圀寺，同時抵達的隨從還不到10人。

此時三好義繼、池田勝正和伊丹親興等人，已趕在信長抵達之前前往救援，擊敗三好軍，所以情況並不嚴重。信長也因此了解，統治畿內人數眾多的三好軍爲了此次的攻擊行動已行軍數日。義昭和信長之所以未能及時得到消息，除自治都市堺協助三好黨外，也因爲河內武士作壁上觀，可說是瞧不起京都的將軍義昭。

信長因此提早在14日制定9條幕府〈殿中法〉，兩天後又追加7條。他

在9條〈殿中法〉中規定「禁止越級向將軍上訴」「欲提訴訟者需經（信長手下的）奉行人」，此舉明顯是要架空將軍的權力。

其中最受矚目的，是此法採取信長制定將軍同意的形式。

井澤元彥先生指出，在此文件的最後（末尾）蓋有信長的「天下布武」印，在開頭（文件折疊）處則蓋有義昭的印章。由於這份文件的副本在整個日本廣為流傳，也可看出具有向世人宣告將軍背後有信長撐腰的效果。也就是說若與將軍為敵，信長將出面懲處。

✿ 二條城工程總指揮

信長一方面限制將軍的權力，同時為了贊助本圀寺的義昭，於二條城前任將軍義輝宅邸舊址興建二條城。這就是大家常說的糖果和鞭子的策略，〈殿中法〉當然是鞭子，二條城則是糖果。對信長而言，義昭雖只是形式上的將軍，卻不是多餘的存在，要讓全國武士階級聽命，無論如何都需要具有正當性的武家領袖足利將軍家的權威。

信長自己擔任興建二條城工程的總指揮，村井貞勝和島田秀順擔任大公奉行，2月2日開始堆疊石頭的工程。

工程進行的速度十分驚人，根據傳教士路易斯所著《日本史》的記載，信長從日本各地徵召人力，平均每日有25,000人，最少時也有15,000人施工。工程進行期間城內外的寺廟禁止撞鐘，只有在召集或解散工人時才可以撞擊放置在城內的鐘。總指揮信長將方便坐下的虎皮綁在腰上，穿著實用的粗布衣裳前去工地，因此除家臣外，就連各國武將也都模仿他，在工程進行期間沒有人穿著華服出現在信長面前。此外，有一回一名士兵在工地半開玩笑企圖看一名婦人的長相，因此稍微拉起覆蓋工地的帷幕，湊巧被信長看見，他立刻親手砍下此人首級，由此可知信長採取與作戰同樣嚴格的態度進行工程。

此外在興建二條城時，年輕時被稱為「傻蛋」、熱愛歌舞伎的信長，還做了一件很像他會做的事。二條城的庭院十分講究，收集京都內外的名石和

名木，其中有一塊大石頭是細川藤賢宅邸的藤戶石。在運送藤戶石時以華麗的服裝包裹石頭，並裝飾各類花朵，綁上數根粗繩，演奏笛子、太鼓和鼓，由信長負責指揮。

就這樣，因爲過於壯觀而讓看到的人都爲之膽戰的二條城，一眨眼的功夫就宣告完工。義昭在4月4日進住，他當然異常感動。不久後在信長返鄉時，義昭流著淚將前來辭行的信長一直送到門外，後來還站在東側石牆上目送信長一行人，直到看不見他們的身影。

由於此時皇居已經荒廢，在二條城完工後，信長也著手進行修理。這項工程則無法加快速度，內侍所、紫宸殿和清涼殿大致修復完成時已是隔年3月，總共費時三年，耗資約1萬貫。

自治都市堺入囊

對協助三好黨攻擊義昭所在本圀寺的堺，信長的態度十分嚴厲。

◆要塞都市堺

面海的堺為四周挖有壕溝的要塞都市。
※參考17世紀的堺城繪製而成。

壕溝

大和川

大坂灣

N

當時的堺為貿易港，十分繁榮，由36名富豪組成的會合眾會議處理行政事務，也就是所謂的自治都市，擁有維持自治的軍備，在城市四周挖掘壕溝，還安排有浪人士兵。

但堺雖為自治都市，卻從三好三人眾的主君三好長慶時便與三好氏關係密切，彼此友善。所以這一回信長上洛時，才會和堺發生衝突。

上回上洛時，信長分別向大坂的石山本願寺和堺課徵5,000和2萬貫的軍事費用，結果本願寺答應支付而堺卻拒絕，因此惹惱信長。他原本打算攻打堺，卻臨時改變主意，只讓義昭同意於堺設置代官。

但這次可不一樣了。信長一趕到京都立刻派遣使者前往堺，指責堺的富豪擁浪人武士援助三好三人眾，並恐嚇他們今後如再支持三好三人眾，將於近日動員數萬人軍隊燒毀城鎮，不分男女老幼格殺勿論，結果使得鎮上居民開始帶著妻小和身家財產逃難。

面對這樣的情況，會合眾急忙向信長謝罪，誓言今後將不再支持三好眾，同時不再安排浪人士兵。36名會合眾成員於誓文上連署繳納2萬貫的軍事費用，並同意信長的屬下松井有閑駐紮當地，負責行政事務。

信長將堺納入直接管轄，具有極重要的意義。此舉不只是讓信長的軍事費用更為充裕，此時的堺也是日本少數幾個火槍產地。

據傳火槍是在天文12年（1543）經由葡萄牙人傳入種子島，普及的時間出乎意料的早。據傳信長日後在長篠之戰便使用3,000支，就算3,000這個數字稍嫌誇張，但他之所以能夠準備這麼多火槍，正是因為當時他已收服堺。

🌸 路易斯眼中的信長

前面曾提到路易斯・弗洛伊斯這個人名，他是天主教團體耶穌會的傳教士。

路易斯在永祿6年（1563）抵達日本後雖曾短暫離開，但在日本生活了約三十年，以曾寫作整理日本傳教史和教會史的大部頭《日本史》聞名。這本《日本史》中記載了二條城建築的模樣，由此可得知書中包含許多路易斯

的個人見聞，書中也有關於信長的詳細記載。

　　路易斯為了取得在京都傳教的許可，永祿12年（1569）4月8日在二條城的工地第一次與信長會面。之後他雖然見了信長約二十次，但一開始他就對信長這個人印象深刻。

　　關於興建二條城時的信長，路易斯作了以下的描述：

　　信長為尾張國三分之二的主君（信秀）的次子，他開始統治天下時年約37歲，身材中等瘦弱，少鬚，嗓門大，極度好戰，勤於軍事修練，

◆織田家的勢力範圍③　　上洛（1568年左右）

總產量：276萬石
動員兵力：55,200

※參考慶長3年（1598）太閣檢地估算
　的土地產量製作而成。
※未統治全國時的勢力範圍，僅是大
　概的區域。
※動員的兵力以每100石2名兵伕的
　比例計算。

越後
能登
越中
加賀
上野
下野
伯耆　因幡　但馬　丹後　　越前　飛驒　信濃
　　　　　　　　若狹　　　　　　　　武藏
美作　　　丹波　　　　美濃　　甲斐
備中　備前　播磨　　　山城　近江　尾張　相模
　　　　　　攝津　伊賀　　　三河　駿河
　　　　　　　河內　　　　遠江　伊豆　安房
讚岐　淡路　和泉　　伊勢
　　阿波　　　大和
　土佐　　紀伊　　志摩

　　　　　　　　　　　　　■ 德川家的勢力範圍

富榮譽心，講究正義。他無法不懲罰加諸己身的侮辱，在數個事件中展現人情味和慈愛。他的睡眠（時間）極少，清晨起床，不貪心，有決斷力，應用戰術極為老練，非常性急。雖然會激動但平常不會，偶爾甚至幾乎不聽家臣忠言，眾人對他極為敬畏。他不喝酒，節制飲食，待人極為率直，自己的意見至上。他輕視日本所有的王侯，如同對待部將，由上而下看著他們說話，人們對他像是對絕對君主般服從。作戰時即使時運不濟，他仍然氣定神閒堅忍不拔。他擁有理性和清楚的判斷力，輕視一切禮拜遵從神佛以及各類異教占卜和迷信的習慣，他的態度顯示當初只有在形式上歸屬法華宗，繼位之後便蔑視所有偶像。在某些觀點接受禪宗的見解，認為沒有靈魂不滅來世賞罰之說。（引自《弗洛伊斯日本史》松田毅一、川崎桃太譯／中央公論社）

不信神佛一事讓人感覺真的很像「傻蛋」信長的作風，但值得注意的是，當時的信長無論面對任何人，行為舉止都是絕對君主或獨裁者。

信長初次會見路易斯時，雖同意他於京都傳教，但在信長返回岐阜後，法華宗信徒便煽動天皇取得排斥基督教的聖旨，再度展開迫害。頭痛的路易斯同年5月底再度前往岐阜拜訪信長，這一回信長再度同意基督教進行傳教。路易斯記下他當時所說的話：

他在眾多達官貴人的面前對我說：「你不需在乎天皇或將軍，一切都在我的權力之下，你只要照我所說的做，去你想去的地方就行了。」（同前）

這就是為足利義昭興建二條城、為天皇修葺皇宮的信長的真面目。對信長而言，將軍和天皇都只是實踐自己所想統一天下的工具。

元龜天正大亂

攻打南伊勢名門北畠氏

信長在完成眼前的目標，讓足利義昭登上將軍之位後仍無法因此鬆懈。他從京都返回岐阜後，立刻著手攻打南伊勢。

永祿12年（1569）5月，大好機會降臨，主要勢力在南伊勢的國司北畠氏本家具教的親弟弟小造城主小造具政前來投靠信長。

8月，信長以多達8萬——甚至有人說是10萬——的大軍進攻南伊勢。接著在8月26日由秀吉擔任先鋒攻打阿坂城，經過一番激烈的攻防之後佔領城池，信長安排瀧川一益的軍隊鎮守當地。

信長並未接著派兵前往附近的支城，而是直搗北畠具教和具房父子鎮守

◆伊勢與志摩諸城

的大河內城（三重縣松阪市）。信長在東側的山頭布陣，趁夜燒毀城下町，8月28日率領大軍包圍大河內城展開圍城。9月8日由稻葉一鐵、池田恒興和丹羽長秀從西邊的後門進行夜攻，但因下起陣雨無法使用火槍，使得二十多人戰死吃了敗仗。此時信長決定截斷敵人的糧草供應，9月9日命瀧川一益全數燒毀國司宅邸及其四周，割光稻米丟棄，結果不到一個月城內便因缺乏糧草有人餓死。

北畠父子最後向信長要求投降，信長以由北畠氏目前當家主事者具房收養信長的次子茶筅（日後的信雄）爲養子做爲條件，接受他們的投降。也就是利用由茶筅繼承家督之位來奪取北畠家，10月4日，北畠氏依照這個條件交出大河內城。

在平定南伊勢後，信長立刻廢除國內關卡，由此也可看出信長在統一天下的目標之後，希望能夠建立對百姓而言自由的國家。

即使如此，信長所想的天下一統和將軍足利義昭所想的大不相同，因此兩人日後出現嚴重對立。

接著，時代進入堪稱戰國高潮的元龜天正大亂。

信長與義昭的權力拔河

平定南伊勢的信長前往伊勢神宮參拜後，10月11日爲了向義昭報告平定伊勢一事上洛。

就在此時，信長與義昭發生第一次衝突，情況似乎非常嚴重。信長在17日就返回岐阜，京都人不清楚究竟發生什麼事，正親町天皇甚至自行擔任女官寫作文件，派遣使者告知信長他對事情的發展深感憂心。

儘管此時兩人對立的具體原因不詳，卻也不難想像。

最直接的原因就是信長奪取伊勢北畠家，北畠氏乃自南北朝以來伊勢的國司，堪稱三國司家的名門，而信長竟然奪取如此名門，此舉形同破壞中世傳統，義昭無法接受此事。

由此也可看出信長與義昭對天下一統的構想完全不同，更加深兩人的對

立。

義昭所想的天下一統，是維持中世的世界，讓足利幕府存在於這樣的平衡之上。因此他早在興建二條城時便向上杉謙信、武田信玄、毛利元就和大友宗麟等人發出御內書，推動豐藝和睦與甲越同盟。另一方面，信長則企圖否定這樣的中世世界，舉例來說，他拒絕接受在日本各地有像上杉、武田和毛利氏這樣的戰國大名領國，切割日本阻礙自由交流。這樣的兩個人怎麼可能和平共存。

或許有人認為義昭是借信長之力成為將軍，所以不應拂逆信長，義昭卻不這麼認為。即使他是借信長之力成為將軍，但將軍就是將軍，依照中世的價值觀，信長的力量是為了將軍而存在。

當然這對信長而言也是無法接受的事。他曾對路易斯說：「你不需在乎天皇或將軍，一切都在我的權力之下，你只要照我所說的做，去你想去的地方就行了。」因為這就是他的想法。

但即使想法不同，當時的信長和義昭的確還需要彼此的力量，義昭沒有信長的實力無法成為將軍，信長也需要將軍的權威統一天下。

兩人怎麼做呢？採取行動的是信長。

丟盡將軍顏面的五條備忘錄

在兩人衝突造成京都動盪的隔年永祿13年（1570）正月23日，信長為了收拾善後，向義昭提出五條備忘錄做為和解的條件，要求他接受。這五條備忘錄中最值得注意的是第一和第二條，信長是藉此剝奪將軍原本擁有的實質權力。

但對義昭而言，這簡直丟盡將軍顏面，要他接受這樣的條件應是忍無可忍的屈辱。

即使如此，如果沒有信長的實力，他根本當不上將軍，事實上不同意也不行。義昭莫可奈何只好同意，但以這種方式達成的和解不可能持久，從日後義昭的行動明顯可以看出，此時起他開始熱中打倒信長。

◆五條備忘錄

> ①義昭向各國寄發御內書時，務必附上信長的附件。
>
> ②以往義昭所頒佈的命令皆為無效，請重新考量修改。
>
> ③欲獎賞效忠義昭者時，如無相當領地則由信長領國提供。
>
> ④由於天下之事已全數委任信長，信長無須詢問將軍之意，可自由處理。
>
> ⑤將軍對宮中之事，凡事不可大意需小心謹慎。

取得為天下而戰的權力

信長在向義昭提出五條備忘錄的同時，還採取了一項重要的行動。同一天，他寄出下列信件給各地大名和家臣：

「近日為修繕皇宮服侍將軍，另為推行維持天下靜謐（和平）的措施，信長將上洛，各位也請上洛向皇室與幕府致意，不可遲到。」

收件者以畿內大名和在地領主為首，包括統治三河和遠江的德川家康、伊勢的北畠具教、甲斐的武田氏名代（大化革新之前皇室的私有人民）、越中神保氏名代和出雲尼子寺等，範圍極廣。

這份文件十分講究。信長企圖假借將軍和朝廷的權威操控各地大名和武將，也想藉由策動大批人馬來炫耀自己的力量。「為維持天下靜謐」一詞非常有用，因為如果有人不從，就有正當理由為「天下」給予懲罰。

信長在準備妥當後，於永祿13年（1570）2月25日離開岐阜上洛。他彷彿為展示天下靜謐般在途中舉行相撲大會，將勝利者納為家臣，行程十分悠閒。信長一邊觀察被催著上洛的各地大名和在地領主的反應，一邊上洛。

信長在2月30日抵達京都，德川家康也幾乎在同一時間抵達，畿內附近的大名也都到齊。

信長抵達京都之際，眾多朝臣和幕府官員前往近江堅田和坂本迎接，洛

外的吉田也聚集數百名上京和下京的市民。信長方面動員每一町站五個人，這麼做當然是爲了向眾人宣傳此次上洛具有特殊意義。

那麼特殊在哪裡呢？

3月1日上午，信長在向將軍致意後著簡式朝服大搖大擺進宮，眾多朝臣作陪還設有祝賀的筵席。

此時發生一件特別的事。

橋本政宣先生認爲信長脫離將軍單獨謁見天皇一事，明白表示信長的地位和勢力，但立花京子女士則認爲此事具有更重大的意義，這表示此時信長已取得「天下靜謐執行權」。

所謂的「天下靜謐執行權」，指的當然是爲了維持天下和平使用武力的權力，也就是說若有人破壞天下和平，信長可加以討伐。他獲得的就是這個權力。

這麼一來，從今以後信長的戰爭就是爲了天下而戰。日後德川家康也爲爭取政權在關原開戰，但戰國時代之所以演變成政權之爭，也是因爲信長開始爲天下而戰。比起這樣的戰爭，信玄和謙信的川中島合戰雖然名聞天下，但終究只是爲「個人」而戰。

話雖如此，信長所想的「天下」對當時的人而言，是非常困難的抽象概念，藤田達生先生如是說道：

> 相對於受自鎌倉時代以來傳統實用主義價值觀控制，必須保護祖先代代傳下「自家領地」的武士，將父母甚至是主君視爲「私」，將「天下」定義爲超越「私」的絕對「公」的概念，而爲此奉獻乃最高價值「忠」的人，正是信長。

這對現代人而言或許是很容易了解的思想，但對中世的人就另當別論了。這是他們第一次聽到的革新思想，依照這樣的想法，如果無法對天下有幫助，即使對方是將軍也可加以討伐。

反對信長者當然無法了解這樣的思想，就連他的家臣除秀吉外也幾乎沒有人能確實理解。

日後信長之所以會肅清長年效忠於他的近臣林秀貞和佐久間信盛，而荒木村重儘管爲信長重用卻終究還是叛變，可說是因爲他們都不了解信長的思想。

藤田先生認爲「由此可看出信長是個太過前衛且孤芳自賞的人」。

但即使無法了解信長的思想，眾多家臣應該也是以自己的方式感受信長所說的「天下」吧！

家臣中有像秀吉這樣以沒沒無聞的農民身分揚眉吐氣出人頭地的人，在接下來的時代甚至統治天下，信長之所以能夠辦得到，是因爲他提出的「天下」。而信長每佔領一個新國家便廢除關卡，整頓道路，讓百姓自由通行，這也是信長的「天下」。

信長的眾多家臣應該也有這樣的夢想和理想，正因如此，他們才會跟隨信長不斷征戰。

討伐越前朝倉氏和妹婿造反

取得「天下靜謐執行權」的信長，在永祿13年（1570）4月20日率領大軍攻打越前朝倉氏。因爲朝倉氏先前未答應信長上洛的要求，這就是信長進行討伐的藉口。

事實上在正月23日要求各地大名和領主上洛時，信長便企圖攻打朝倉。

就保護成爲將軍之前的足利義昭這一點而言，朝倉義景可說是復興足利幕府的一大功臣，但他明明不想支持義昭上洛，卻搶了信長的功勞，讓信長十分反感是顯而易見的事。信長第一次支持義昭上洛時，曾請求義景派軍支援，他卻坐視不管。接著在興建二條城時，信長再度要求他上洛，義景也沒答應。

朝倉氏自古和織田氏同樣擔任越前斯波氏的守護代，就某方面而言兩家可說是同事。但朝倉氏在義景前四代的孝景取代斯波氏成爲守護，以一乘谷

（福井市）做為居城，之後在北陸擁有龐大勢力。而信長家族直到父親信秀都擔任尾張守護代家的奉行人，家世比起朝倉氏更為低階，所以義景無法忍受信長對他頤指氣使，心想總有一天朝倉氏會從背後攻擊美濃的信長。

在這樣的情況下，從京都出發前往攻打朝倉的信長軍共有3萬人，德川家康在信長的要求下也出兵了。

信長軍從琵琶湖西岸北上，自坂本經若狹進入越前，4月25日攻打手筒山城（福井縣敦賀市）。此城乃是位於險峻山區的要塞，信長軍全力進攻，砍下1,370名敵人的首級獲得大勝。接著在26日攻陷金崎城。

信長軍預計從此地穿越木之目峠，一鼓作氣突擊朝倉氏的主要根據地一乘谷。

信長卻在此時得知一個意外的消息：北近江小谷城（滋賀縣東淺井郡湖北町）的淺井長政加入朝倉氏，背叛信長。

長政是信長之妹阿市夫人的丈夫，為信長的妹婿，有姻親關係，也可以說是信長最值得信賴的盟友之一，可媲美三河的德川家康。正因為如此，信長一開始也不相信，但陸續收到的消息證明這件事。夾在丈夫和哥哥之間的阿市夫人，當時在一只袋子裡放進紅豆，將袋子前後用繩子綁起來託使者送給信長，暗示信長軍前後遭到夾擊將插翅難逃。而信長軍確實被越前朝倉氏和北近江淺井氏前後夾擊，且身處敵營中央，情況十分危急，這是信長畢生最大的失誤。

最後信長決定撤兵，開始著名的金崎撤退。

一旦決定撤兵，信長的動作神速。為防止朝倉軍追擊，他指定自願的木下藤吉郎秀吉殿後。秀吉表現極佳，證明自己身為武將的實力，但也有人說此時同行的明智光秀和池田勝正的軍隊表現也不差。

信長完成撤軍之後留下3萬大軍，僅帶領少數馬迴眾，如疾風般前往京都。因為他動作神速，讓原本打算進行夾擊的淺井軍追之不及。

信長從若狹穿越朽木谷（滋賀縣高島郡朽木村），在30日半夜好不容易逃回京都。

✿ 大獲全勝的姉川之戰

　　信長和信長軍雖平安返回京都，但局勢惡化。呼應江北淺井的背叛，伊勢的六角義賢也舉兵攻至甲賀石部城，再加上一向一揆（由一向宗掀起的抗爭）作亂，就連京都和岐阜之間的交通都陷入危險的狀態。

◆ 金崎撤退　元龜元年（1570）

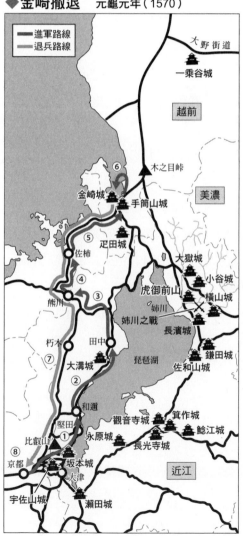

●信長的動線

① 4月20日以討伐若狹的武田氏為名，率領3萬兵力從京都出發抵達和邇。

② 4月21日從和邇進軍田中。

③ 4月22日從田中進軍熊川。

④ 4月23日從熊川進軍佐柿。

⑤ 4月25日如欲討伐武田氏應該往西，但信長往東前進，攻陷手筒山城。

⑥ 4月26日攻陷金崎城，佔領敦賀。

⑦ 4月28日因淺井長政的背叛決定撤兵，於朽木越退兵。

⑧ 4月30日率領不到10名隨從抵達京都。

信長安排森可成、佐久間信盛和柴田勝家等將領藏身於各個要衝確保通路。5月9日從京都出發，行經千草越，於21日返回岐阜。千草越為穿越鈴鹿山脈的眾多峠（隘口）之一，從現在的菰野町千種穿越根之平峠，連接滋賀縣永源寺町甲津畑。

5月19日，在行經千草越途中，一位名為杉谷善住房的火槍高手受六角義賢委託，於十二、三間的距離外向信長開了兩槍，但只擦過信長身體，並未擊中。太田牛一寫道「天道照覽（老天爺是站在對的這一邊）」。

返回主要根據地岐阜的信長，花了一個月的時間重整軍容。秀吉在6月4日寄信給人在堺的今井宗久，購買各30斤的彈藥和煙硝。

另一方面，淺井長政在位於國界處的長比（滋賀縣坂田郡山東町）和苅安（坂田郡伊吹町）築砦。而信長卻成功拉攏到淺井一派的堀秀村和樋口直房。

接著在6月19日信長軍出征，得知堀和樋口倒戈的淺井陣營大驚，長比和苅安二砦的軍隊立刻鳥獸散。

21日，信長準備攻打長政所在的小谷城，燒毀城下町和村落，但小谷城位於小谷山上，海拔超過200公尺，是一處堅不可摧的要塞。信長認為無法硬攻，於22日退兵，並在24日包圍位於小谷城南方9公里處的橫山城，信長自己則在龍鼻（滋賀縣長濱市）布陣。

據傳此時的信長軍約為23,000人，德川家康也率領5,000名士兵前來支援。

另一方面淺井的援軍也趕到。那是朝倉景健率領的8,000名朝倉軍，而鎮守小谷城的5,000名淺井軍也出城應戰。

有關於這些軍隊的人數說法眾說紛紜，但認為織田軍具壓倒性多數較為有利的看法則大多一致。

27日夜晚，淺井朝倉軍南下前進姉川北岸，分別在野村（滋賀縣東淺井郡淺井町）和西邊的三田村（淺井町）布陣，形成織田軍對淺井軍、德川軍對朝倉軍的陣勢。

◆姊川之戰　元龜元年（1570）6月28日

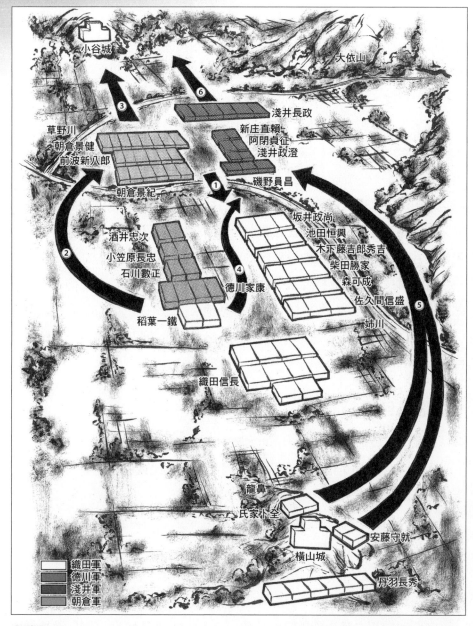

（圖中標示）

小谷城

大依山

草野川
朝倉景健
前波新八郎

淺井長政

新庄直頼
阿閉貞征
淺井政澄

朝倉景紀

磯野員昌

酒井忠次
小笠原長忠
石川數正

坂井政尚
池田恒興
木圷藤吉郎秀吉
柴田勝家
森可成
佐久間信盛

稻葉一鐵

德川家康

姊川

織田信長

龍鼻

氏家卜全

安藤守就

橫山城

丹羽長秀

織田軍
德川軍
淺井軍
朝倉軍

●戰況

①朝倉軍對德川軍，淺井軍對織田軍，隔著姊川激戰。

②德川軍的榊原康政從側面攻擊朝倉軍。

③朝倉軍大亂開始竄逃。

④稻葉一鐵繞至淺井軍側面展開攻擊。

⑤包圍橫山城的氏家卜全和安藤守就軍隊加入主要戰事。

⑥淺井軍開始潰逃，織田德川聯軍獲勝。

28日早上卯時（上午6時左右）開戰，這就是信長三大合戰之一的姉川之戰。

此戰由德川軍打頭陣攻打朝倉軍，織田軍接著攻打淺井軍，敵人也渡過姉川攻上前來，陷入一場互有輸贏的混戰。

話雖如此，由於戰場是平地毫無遮蔽物，在這種情況下對人數較多的一方有利。不久後戰力佔上風的織田德川軍擊敗淺井朝倉軍，敵人開始撤退。根據《信長公記》的記載，織田德川軍光是敵軍主將就擊殺超過1,100人，大獲全勝。

織田德川軍更進一步追殺敵人到小谷城，這種情況下絕對對追兵有利，從某方面而言可以愛怎麼做就怎麼做，這個說法或許有些誇張，不論如何，最後淺井朝倉軍陣亡的人數超過9,000人。

此時信長卻放棄攻打要塞小谷城，隨即轉往橫山城。信長安排木下藤吉郎秀吉留守當地，做為攻打江北的前線基地。

之後信長只帶著馬迴眾於7月4日上洛向將軍義昭稟報戰果，6日便返回岐阜。

🏵 信長包圍網

姉川之戰就這樣在信長一派的大勝中結束。

但不可思議的是信長的勢力卻未因此穩固，這或許可說是為了新「天下」而戰之人的宿命。

淺井和朝倉氏雖然在姉川大敗但未滅亡，日後仍抱持推翻信長的態度。而且麻煩的事不只這一樁，姉川之戰有如引信，之後陸續引爆反對信長勢力的連鎖效應。由於信長開始為新的天下而戰，所有希望維持舊天下的人開始與信長為敵。

在距離姉川之戰後兩個月的元龜元年（1570）8月20日，信長從岐阜出發，途中繞往京都出征攝津。

在此之前的7月下旬，三好三人眾與淡路軍以總數超過1萬名的士兵出

征攝津，於石山本願寺西邊的野田和福島（皆位於大阪市福島區）築砦舉兵，其中還包括將美濃拱手讓給信長的齋藤龍興。

8月26日，信長將主力置於位於野田和福島南方的天王寺（大阪市天王寺區），以號稱4萬的大軍滴水不漏包圍這兩處砦。在信長的要求下將軍義昭也出征，9月初進入攝津中島（大阪市東淀川區），9月8日，信長的主力前進天滿森（大阪市北區），次日命各隊潛進敵城附近掩埋海灣和溝渠。接著在12日，信長與義昭前進至鄰近敵城的海老江（大阪市福島區），各隊靠近敵城牆邊，豎起瞭望台往城內射擊。

信長軍中來自根來和雜賀等濟州兵拿著3,000支火槍參戰，槍聲不分日夜轟隆作響，最後走投無路的野田和福島二砦內的人要求談和，但信長不予理會，因為他打算一舉殲滅三好三人眾等勢力。

但情況急轉直下。9月12日深夜本願寺（大阪市中央區）突然敲響早鐘，門徒以此為暗號攻打位於天滿森的信長本營。

本願寺在信長來到京都後繳交被要求的5,000貫軍事費用，表面上與信長保持友好關係，但本願寺第十一代宗主顯如（光佐）的長子教如，一年後與和信長為敵的朝倉義景之女定親。由此可知當時本願寺與朝倉氏關係密切，也與三好三人眾交好。而且根據顯如向各地門徒發出的檄文指出，在信長的要求中還有讓他們無法接受的交出要害之地石山一項。因為這些原因，顯如決定反抗信長，與三好三人眾、淺井和朝倉氏保持聯絡，不惜與信長軍一戰。

像本願寺這樣的宗教總部竟然和戰國大名一樣訴諸武力，以現在的感覺來說很是奇怪，但在戰國時代是理所當然的事。即使是宗教勢力，當時在延曆寺、園城寺和興福寺等各寺院都養了數千名武裝僧兵，本願寺雖然沒有像僧兵這樣的私兵集團，但無論何時都能召集門徒。

從戰國大名的士兵平日大多是農民一點來看，寺院門徒只要拿起武器也和軍人沒有兩樣，其中尤以淨土真宗（一向宗）的總寺院本願寺的門徒人數眾多，為保護自身利益，在各地出現一向一揆的抗爭，擁有龐大勢力。所謂

「一揆」，乃指爲特定目的眾人同心團結一致組成的集團，但經常以武力作亂，甚至還有像加賀這樣由一向一揆統治的國家。從這個角度來看，本願寺形同日本最大的戰國大名，本願寺所在的石山城更是當時日本首屈一指、堅不可摧的城池。

而且採取行動的不只本願寺，重振軍容的淺井朝倉援軍也呼應本願寺，9月中旬以3萬軍力出征南近江坂本（滋賀縣大津市），與鎮守信長屬城宇佐山城的首將森可成的軍隊開戰。可成因此戰死，但淺井和朝倉軍未能攻陷宇佐山城，之後改變方向火燒醍醐（京都市伏見區）和山科（京都市山科區），逐漸逼近京都。

面對本願寺的攻擊，信長軍雖未受到太大打擊，但當他們從近江地區逼

◆第一次信長包圍網

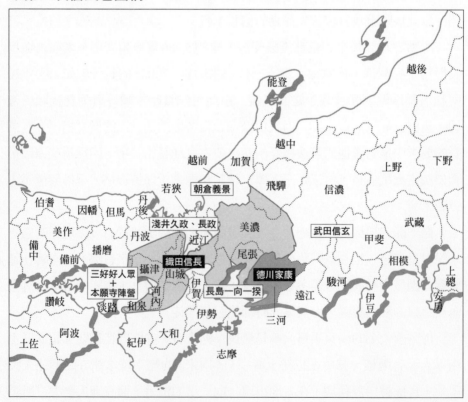

近京都時，信長軍就無法在攝津天滿森與敵人糾纏。23日信長集結全軍，以強行軍退回京都，次日24日早早進入近江，於下坂本布陣。

這個速度讓淺井和朝倉軍十分驚訝，爲避免決戰跑上比叡山，淺井朝倉聯軍在群山間布陣。

由於攻打山上的敵人十分困難，信長於是找來比叡山僧眾，要求他們給予協助或保持中立。雖說是要求但還是語帶威脅，如果對方願意提供協助，信長就會全數歸還以往遭到沒收、位於信長領國中的寺院領地；如果拒絕，便將全數燒毀位於比叡山上延曆寺的堂舍。

但延曆寺還是拒絕信長要求，這是因爲淺井和朝倉兩氏從以前就曾捐贈領地給延曆寺，雙方關係友好。

25日，信長幾乎動員所有軍隊包圍比叡山，打算進行長期戰。

信長就這樣包圍比叡山長達兩個多月，期間在畿內和鄰近各國出現各種情況。攝津有三好三人眾收復野田和福島兩砦，並在攝津和河內各地出沒壯大聲勢。南近江則有六角義賢父子攻至甲賀菩提寺城（滋賀縣甲賀郡石部町），而近江的本願寺門徒也群起作亂，阻斷前往尾張和美濃的道路。

這一連串的行動雖爲三好義繼、木下藤吉郎和丹羽長秀等信長在各地的部將設法控制住，但到了11月，伊勢長島的一向一揆攻擊尾張小木江城（愛知縣海部郡立田村），守城的信長之弟信興自殺。

這就好像淺井氏、朝倉氏、三好三人眾、石山本願寺和比叡山等希望維持舊秩序的人，聯手形成信長包圍網，包圍開始爲新天下而戰的信長。

面對這樣的局勢，就連信長也無法想出突破性的解決之道。

話雖如此，一到12月淺井和朝倉軍的糧草開始短少，再加上大雪經常阻斷交通，戰況要是再拖下去，朝倉軍等勢力將無法返回越前，戰情陷入膠著。

信長開始採取動作。11月下旬，信長與六角義賢父子和阿波的藤原長房談和。此外他私下要求義昭拿著正親町天皇的聖旨，與淺井和朝倉氏進行交涉。

接著在12月13日，信長與淺井和朝倉氏決定談和，元龜元年（1570）艱鉅的一戰暫時宣告結束。信長在當天撤退，看著信長離開後，淺井和朝倉軍也在15日下山，各自返回領國。

淺井和朝倉兩氏為何不和信長軍決一死戰呢？難得有本願寺和三好三人眾的加持，如果集結所有勢力應該有機會打敗信長軍。或許是因為這群人雖說是聯手，但每個人都是為了私利而戰，所以根本沒有想過集結所有勢力也說不定。

🏵 伊勢長島的慘敗

信長雖因與淺井、朝倉和六角氏談和，而得以度過苦難之年元龜元年（1570），但這次談和對雙方而言都是權宜之計，同時也因為和其他的敵對勢力尚未談和，元龜2年（1571）一開春，艱困的情況沒有太大改變。

信長暫時已掌握相當於主要根據地岐阜和京都之間通路的近江，在年初禁止從北國越前前往大坂的商人和旅客，行經近江的姉川和朝妻（滋賀縣坂田郡米原町朝妻）之間。這是為了切斷越前朝倉氏、北近江淺井氏和大坂本願寺之間的聯絡網。2月，信長派遣丹羽長秀攻打佐和山城（滋賀縣彥根市），降服淺井氏大將磯野員昌，命長秀鎮守該城。

信長一邊處理問題一邊留在岐阜，讓眾多兵馬休養生息。觀察後來信長的行動，不難了解這次休息是為了攻打伊勢長島的一向一揆和比叡山做準備。在元龜元年的戰爭中，所有人都與信長為敵，此戰應該有復仇的意思。比叡山當然支持淺井朝倉聯軍，就連長島一向一揆都攻擊尾張小木江城，逼得守城的信長之弟信興自殺。

元龜2年（1571）5月12日，信長為了討伐伊勢長島的一向一揆勢力，率領5萬大軍從三方向攻打本城所在的長島（三重縣桑名郡長島町）。

但攻擊行動極為困難。長島位於木曾川下游河洲的沙洲上，因當地沙洲眾多，上頭多為一向宗派的砦，無論是哪一座砦都受到河川的保護。

《信長公記》中也只寫到進攻一事，並未提及戰況。由於一向宗門徒堅

決反抗，大概幾乎沒有戰果吧！

16日信長決定撤退，但在撤退戰中原本負責殿後的柴田勝家受傷，取而代之的美濃三人眾之一的氏家卜全卻戰死，堪稱慘敗。

比叡山燒討

由於攻打伊勢長島慘敗，信長想必了解了一向一揆的頑強和可怕，同時卻更堅定他和宗教勢力對抗的決心。

在此之後，有一段時間信長陷入困境。

一到6月，本願寺宗主顯如長子教如，確定與朝倉義景之女的婚事，強化本願寺與朝倉氏的關係。由於義景之母廣德院出身武田氏，此事意義重大。

三好三人眾也益發活躍，起初與三好三人眾聯手之後投靠信長的松永久秀，也開始出現暗自與武田信玄聯絡的奇怪舉動。久秀才華出眾，因此得以在戰國亂世中生存。從他出現奇怪舉動一事，不難了解信長的窘境。

面對如此艱難的情況，信長決定燒毀比叡山。

元龜2年（1571）8月信長進攻北近江，26日晚上燒毀余吳和木之本（皆在滋賀縣伊香郡）一帶，之後沿琵琶湖東岸往南方移動。9月1日攻打歸順六角氏的小川和志村二城（滋賀縣神崎郡能登川町），砍下670顆敵軍首級。3日進入常樂寺，攻陷由一向一揆鎮守的金森城（滋賀縣守山市）。信長接著命諸將前往南方，11日抵達三井寺。9月12日早上率領3萬大軍突然攻入坂本，隨即放火燒城。

坂本相當於比叡山大門，爲當時近江首屈一指的城市，有眾多延曆寺的堂舍。整個坂本市區頓時陷入一片火海，信長更進一步燒毀位於郊外的日吉神社，接著攻上比叡山，將山中以根本中堂爲首的佛堂、僧房和藏經閣等建築燒得一乾二淨。

因爲一天燒不完，火一直放到15日連續燒了四天。而織田軍在信長的命令下殺了所有四處逃竄的人，不只是僧侶，連同山下逃上山來的一般百姓

也不放過，小孩和女人同樣照殺不誤。

由於延曆寺算是聖地，因此信長的手下如佐久間信盛等人反對放火，秀吉更無視於信長的命令故意讓路給眾人逃命。話雖如此，大多數人還是聽從信長的命令，因此據傳當時包括僧侶和一般百姓在內，有三、四千人遭到殺害。

這雖然非常殘酷，但一年前的9月12日，正好是本願寺突擊正在與三好軍交戰的信長軍的日子。井澤元彥先生指出，燒討延曆寺具有警告本願寺的意味，或許是因為有這樣的打算，所以才會破壞得如此徹底。當然也有可能是在實踐去年如果支持淺井和朝倉，將全數燒毀位於比叡山上所有延曆寺堂舍的諾言。

自平安時代以來日本最大的佛教勢力，有時甚至有左右政治權力的延曆寺，就這樣在信長面前全毀。由於領地也遭奪取，延曆寺可說消失在這個世界上了。信長將延曆寺的領地賜給明智光秀、柴田勝家和佐久間信盛等部將，鞏固江南的統治。

自古以來被稱為「王城守護」的延曆寺遭到破壞，確實讓當時的百姓十分恐懼訝異，甚至有朝臣在日記中記載信長所為是「天魔的行為」，武田信玄也批評信長。

即使如此，也有不少人認為延曆寺滅亡是莫可奈何的事。因為延曆寺僧眾原本應為修行者，但當時眾多僧眾住在坂本胡作非為，在某種意義上延曆寺的佛法早已不存在。

此外，在永祿10年（1567）松永久秀與三好三人眾開戰之際，也曾發生燒毀東大寺大佛殿的意外。因此放火燒毀延曆寺對當時的人而言，也非絕對不可能的事。

後來的研究者和歷史學家對信長比叡山燒討一事有極高的評價。江戶時代的儒者新井白石給予信長極高的讚譽，他認為即使這樣的行為極為殘酷，但能夠除去長久以來比叡山僧侶的惡行，對世人也是大功一件。德富蘇峰則說：

　　信長比叡山燒討乃千年難得一見的壯舉，只有信長才辦得到。此事可說完全發揮信長的個性，雖然政策的好壞還有討論的餘地，但應該一舉掃除舊時代的積弊時，就需要如此果決，而能夠沉著冷靜完成此事者，非秀吉亦非家康。（《織田信長》）

　　決定進行如此大規模破壞的信長，之所以獲得極高評價，是因爲他絕不是一個只懂得破壞的人。

　　在比叡山燒討的同時，三年前開始的京都皇宮的修繕工作也告一段落。紫宸殿、清涼殿、內侍所和昭陽舍等全數完工，由此可知信長在破壞的同時也進行建設。

　　大火持續延燒的13日，信長早早率領小姓和馬迴眾前往京都，同時爲安定朝廷財政提出新政策。他從洛中和洛外的田地收集總共520石的穀物，以年利率30%借給京中各鄉鎮，將每個月利息的十二分之一上繳朝廷，同時實施重振沒落朝臣的計畫。

　　正因爲信長爲實現理想持續建設，所以乍看之下殘酷的破壞行爲才會被合理化。

❀ 信長包圍網再啟動

　　比叡山的滅亡對與信長敵對的勢力肯定是莫大打擊，但由於信長包圍網的勢力各自獨立，對信長的敵意並不會因此消失。

　　然而最讓信長困擾的是，加入信長包圍網的勢力雖互相合作，但絕不集結所有力量展開決戰，而是不斷自行開戰，因此信長必須各個擊破，情況始終無法改善。因爲他們的目的是維持現狀，這對未來毫無目標的反信長勢力或許覺得無所謂，但目標明確的信長卻覺得頭痛，就好像陰險狡詐的舊勢力在欺負人。

　　比叡山燒討的隔年元龜3年（1572），這樣的情況還是一直持續。

　　正月，銷聲匿跡藏身在近江南部甲賀郡的六角義賢父子與一向一揆聯

手，前進至鄰近琵琶湖的金森和三宅兩城。對此信長在3月下旬派遣佐久間信盛和柴田勝家傳令禁止鄰近村落與六角氏往來，並命其提出誓文。因為不這麼做的話，不知道這些人何時會倒向六角氏。

3月7日，信長率兵進入北近江，為挑釁淺井和朝倉軍在木之本和余吳一帶放火，但淺井長政躲在小谷城內毫無動靜，朝倉義景也未出征，這樣根本無法開戰。信長只好暫時退兵，在3月12日進入京都。

信長接著在京都停留約兩個月，期間著手興建在京都的宅邸。他雖為當時日本最具實力者，但不知為何在京都沒有宅邸，只好在本能寺等處落腳。這回義昭取得天皇許可，要求信長在京都興建宅邸，信長於是接受。雖然這座宅邸只開了工，最後並未完成，但本願寺顯如趁機示好，送給信長白天目茶碗。

妙的是，義昭和本願寺雖然都在表面上與信長保持和平的氣氛，骨子裡卻同樣都反信長，雙方當時最指望的，是遠在東國的武田信玄。

◆北近江和越前的主要城池

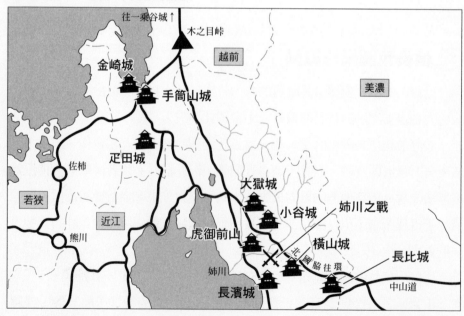

如前所述，朝倉義景之母廣德院出身武田氏，義景之女和顯如長子教如訂有婚約，而信玄之妻和顯如之妻為姊妹，也就是說信玄、朝倉和本願寺之間有姻親這層關係。

顯如利用這層關係積極要求信玄出馬，淺井、三好、六角、松永久秀和長島加賀等地的一向一揆也加入這個陣營，形成包圍信長的網。松永久秀雖為信長部將，但此時已與三好義繼一同站在反信長的陣線。

義昭也加入這個陣營，應該說原本由信玄、朝倉和本願寺組成包圍信長網的想法是來自義昭，但義昭的構想逐漸擴大，甚至影響西國大名。他積極寄送御內書給以毛利氏為中心的西國諸將，根據他與信長之間的約定，義昭的御內書雖必須夾帶信長的附件，但義昭當然無視於這樣的約定。

信長因此被逼得更加為難。

一動也不動的朝倉義景

信長當然不會不知道本願寺和義昭組成新的包圍信長網。

元龜3年（1572）7月3日，信長命細川藤孝找出為與本願寺聯絡而假扮商人往返大坂的人，並禁止美濃國內的一向宗門徒往返大坂。

此外，在7月19日信長率領5萬大軍從岐阜出發進入江北，目的是與淺井和朝倉氏進行決戰。此戰同時也是長子信忠的初陣，幾乎動員所有主要將領。

信長軍在20日進入橫山城，次日攻擊淺井長政的居城小谷城，當天燒毀小谷城下町。22日，信長命木下藤吉郎在支城山本山城山腳放火，23日，將鄰近與越前交界處的余吳和木之本一帶全數燒毀，24日，在草野山谷放火，擊殺眾多一向一揆。明智光秀等人接著從琵琶湖用船攻擊位於湖岸的敵營，攻勢十分猛烈。

27日，信長下令在虎御前山（滋賀縣東淺井郡湖北町至虎姬町）築砦。28日接到長政通知的朝倉義景，率領15,000名士兵出征。當他發現信長軍較佔優勢後，便登上位於小谷城西北方的大獄山布陣。信長軍的年輕武士每

天都偷偷上山砍下兩三名敵軍首級，但朝倉軍毫無動靜。

此時或許是因爲認爲如此沒用的大將已不值得效命，朝倉軍中的前波吉繼父子和富田長繁等人陸續叛離投靠信長軍，但義景仍不爲所動。

在與朝倉軍對峙的情況下，虎御前山砦的工程仍持續進行，於8月完工。此城的結構之完美讓人耳目一新，從大廳往外看一望無際。信長接著在虎御前山和橫山城途中興建兩座砦，其中從宮部（虎姬町）砦到虎御前山的路十分難行，信長在當地架高鋪設寬3間半（約6公尺）寬的道路，在通往敵軍方向的道路邊緣興建長達50町（約5.5公里）、高1丈（約3公尺）的土牆，爲陣前的大工程。

眼見信長軍的建設逐步完工，淺井和朝倉依舊不採取任何動作。

此時信長不得不爲之焦慮。因爲東國傳回武田信玄開始西行上洛，信長覺得既已出征便向義景要求開戰，義景當然不爲所動。

9月16日，信長不得不將虎御前山交給木下藤吉郎，之後帶著長子信忠返回橫山城。

❀ 十七條意見書

9月28日從虎御前山撤退後，信長遞送十七條意見書給義昭。

其中具體指出義昭的惡行並加以指責，內容十分嚴厲，大致如下：

第一條，關於宮中之事，因光源院殿（第十三代將軍義輝）怠忽職守導致不幸的結果（遭松永久秀等人暗殺），因此下官不斷提醒您切勿怠惰，您卻忘得一乾二淨，實在遺憾。

第二條，向各國寄發御內書索討馬匹和其他支援實在難看，希望重新考慮。下官之前就曾說過如有需要請交代信長，將附上書信酌情辦理。您既已答應卻在未告知的情況下寄發御內書給予遠方國家，此乃背信。

……

第十七條，世人認為將軍恣心所欲，不在乎情理和名聲，就連民智未

開的百姓和農民都稱將軍為「惡御所」。以往據傳普廣院殿（第六代將軍足利義教，因實施恐怖政治遭赤松滿祐暗殺）也有這個稱號，請您仔細思量人們為何會如此稱呼您。

由於是上呈將軍的意見書，原文用字講究，其中提及兩位因採行惡政而遭暗殺的將軍之名，形同暗示義昭如有這般下場也是莫可奈何，內容幾乎形同恫嚇。

而且信長更將意見書副本寄送各方，興福寺大乘院的大僧正尋憲和武田信玄也看到相關內容，信長藉此宣傳自己才是公正合理的一方。據傳信玄等人看到此書時皆認爲「信長非常人」。

然而此書內容雖然嚴厲，但並非對義昭正式宣戰。信長心中雖認爲日後勢必將與義昭對決，這也是莫可奈何的事，但此時仍打算利用義昭的權威解決事情。因爲在這之後的10月3日，武田信玄的主力部隊離開主要根據地躑躅崎（山梨縣甲府市）的宅邸，踏上上洛之路。

✿ 武田信玄的動靜

武田信玄在元龜3年（1572）10月3日離開主要根據地上洛，其實他早在數年前就有這個想法。

原本信玄和信長在永祿8年（1565）藉由信長的養女（美濃苗木城主遠山友勝之女亦爲信長姪女）與信玄嫡子勝賴聯姻締結同盟，勝賴夫人雖於兩年後過世，但希望維持同盟關係的信長和信玄，商量讓信長的嫡子信忠與信玄之女松姬聯姻，表面上繼續維持友好關係。

永祿11年（1568）年底，家康與信玄締結協定，以大井川爲界區分今川義元死後的今川領地。在此之前信玄已將大部分信濃納入治下，締結協定的結果讓家康和信玄分別將遠江和駿河納爲自己的領土，家康進駐濱松城。

信玄在永祿12年（1569）12月將駿河納爲領土，似乎是從這個時候開始就打算推翻信長、完成上洛的心願。

隔年永祿13年（1570）正月，信長向義昭提出五條備忘錄，之後不久的5月，信玄便捐出駿河國內價值1萬匹（錢幣單位）的領地，藉此討好義昭。根據當時的書信，他提醒義昭注意目前在幕府的人（乃指信長）假借將軍權威號令近鄰諸國，開始做出反對信長的舉動。義昭期待信玄上洛，也因此積極構思由朝倉、本願寺和信玄組成反信長包圍網。

信玄確實迫不及待想上洛。元龜2年（1571）4月，他和嫡子勝賴進攻三河，與家康的勢力開戰，攻陷足助等城，同時還招募伊勢海盜組成正式水軍，可說是為了對抗信長的九鬼水軍。這樣的消息傳至京都，成為松永久秀等人背叛信長的原因。

但因信玄取得駿河、流放今川氏真，使得武田、北條和今川的三國同盟

◆**武田軍的西上作戰**　元龜3年～4年（1572~1573）

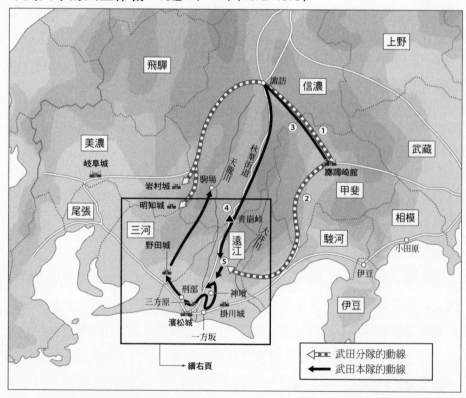

完全破裂。由於氏真之妻爲北條氏康之女，北條氏對信玄的行爲深感憤怒，因而與謙信聯手，信玄不得不與北條氏開戰，而無法展開大規模西進行動。

然而到了該年年底，武田和北條修復同盟關係。這是因爲北條和上杉的同盟關係處於互相觀察的階段，完全沒有作用。

此時信玄開始準備西行。元龜3年（1572）正月，本願寺顯如要求信玄加入反信長包圍網，5月，信玄寄送誓言效忠的文件給將軍義昭，義昭回信「爲天下靜謐請發揮全力」，此時正是西行的好時機。

即使如此，信玄爲何事到如今才打算上洛呢？當時他已52歲，肯定是受到信長極大影響，認爲如果信長辦得到那我也可以，大概是這樣的想法讓信玄採取行動的吧！

放大圖

●西上作戰的過程

①元龜3年7月　秋山信友率領5,000名士兵前進東美濃地區。

②9月　西上軍的分隊和山縣昌景從駿河地區前往遠江。

③10月　武田信玄率領22,000名本隊從躑躅崎館出發。

④10月　信玄本隊經過南信濃的秋葉街道翻越青崩峠，前進遠江北部。

⑤10月　於犬居城和山縣軍會合。

⑥10月　攻陷只來城。

⑦10月　包圍二股城並於12月攻陷。

⑧12月　將德川軍誘出濱松城，於三方原打得他們一敗塗地。

⑨12月～1月　於刑部過年。

⑩元龜4年1月　包圍野田城，2月攻陷。

⑪2月　信玄病重進入長篠城，決定撤兵。

⑫4月　信玄在信濃駒場過世，之後武田軍返回根據地。

※信長的援軍與平手汎秀、佐久間信盛和瀧川一益等3,000名援軍，於元龜3年12月中旬抵達德川陣營，之後立刻展開決戰。

🌸 武田對德川：三方原之戰

就這樣抓住機會上洛的信玄，在元龜3年（1572）7月爲切斷信長與家康之間的聯繫，派遣部將秋山信友的軍隊入侵東美濃。接著在9月29日由部將山縣昌景率領5,000名士兵，擔任上洛的分隊先行出發。10月3日，信玄率領2萬名主力部隊和2,000名北條氏政的援軍，從甲府出發。

信玄軍從信濃穿越青崩峠（長野和靜岡縣境），南下進入遠江，與經由三河進入遠江的山縣分隊會合。10月14日包圍二股城（靜岡縣天龍市），以濱松城爲居城的德川家康立刻向信長求援。

另一方面，爲因應信玄西行，信長在當年6月之前便開始與越後的上杉謙信展開結盟談判，10月20日雙方正式結盟。信長是希望謙信從背後牽制信玄，但與信玄聯手的本願寺煽動越中一向宗門徒群起暴動，謙信爲應付此

◆武田氏與德川氏的主要城池

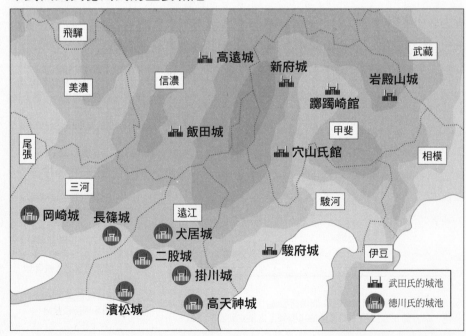

飛驒
高遠城　新府城　武藏
美濃　信濃　岩殿山城
躑躅崎館
飯田城　甲斐
尾張
穴山氏館　相模
三河　駿河
岡崎城　長篠城　遠江
犬居城
二股城　駿府城　伊豆
掛川城
濱松城　高天神城

武田氏的城池
德川氏的城池

事動彈不得。

對家康請求支援一事，信長派遣佐久間信盛、平手汎秀和水野信元等軍隊前去支援，但人數僅3,000。

為什麼會這麼少呢？有幾個原因，其中之一是當時的信長無力派遣龐大兵力支援，部分信長軍仍在北近江包圍小谷城，與淺倉和朝倉勢力對峙，而武田大將秋山信友的軍隊打算攻打美濃也是原因之一。

此外，也有人認為信長的作戰計畫，是打算將武田軍引至尾張和美濃一帶，由信長和家康的軍隊進行夾擊。信長於是建議家康將本營從濱松城移往岡崎城，閉守城池不與武田軍開戰，家康卻未採納。

由於信長僅派來3,000援軍，再加上8,000名的家康軍，總共也只11,000千名，根本無法對抗27,000名的武田軍，二股城在12月19日便淪陷。

但並非所有事都如信玄的意。武田軍雖然沒有問題，但信長包圍網卻發生一件讓人意想不到的事。12月3日，在北近江與信長軍對峙的朝倉軍突然撤往越前，信玄對此十分驚訝。原計畫與淺井和朝倉勢力聯手夾擊信長的信玄失望透頂，甚至還寫信給義景，嚴厲批評他「這是難得可以消滅信長的大好機會，貴軍的作戰堪稱徒勞無功」。

義景之所以撤退，似乎是因為即將進入大雪紛飛的季節，但此舉對信長包圍網可說是極大的打擊。因此如果有人認為其中有特殊理由，也是可以想像的。

關於這點，秋山駿先生提出以下看法：

義景大概是這麼想的：信玄地處遙遠荒地之國，只和家康之流交過手，大放什麼厥詞？要不，教他和自己一樣獨力試試與信長軍主力為敵如何？信玄西行的消息雖然大大鼓舞反信長同盟，卻也成為無視於義景存在的結果，讓義景想要反撲吧！（《信長》）

經他這麼一說，不由教人想起義景這個人過去也曾在信長支持足利義昭

上洛時，除了因為織田家的階級低於朝倉家，再加上信長搶走義昭的心理而拒絕協助信長。說穿了，這就是朝倉義景這個人的極限。

當然並不是說信玄已放棄西行。

攻陷二股城的信玄，12月22日一早便從二股城出發，進逼家康的主要根據地濱松城。

但他並未攻打濱松城，而是彷彿無視於家康的存在，經由三方原（靜岡縣濱松市）台地向西前進，表示他根本不把家康放在眼裡。

此時濱松城內不只信長派來的援軍主將，就連家臣都主張避免與信玄開戰，隨他高興，只有家康堅持開戰，他不願別人笑他是個敵人在自己地盤上撒野也不敢吭聲的膽小鬼。但由於這類的故事出自江戶時代奉家康為東照大權現的軍紀物語，真偽難辨。

唯一確定的是德川軍最後從濱松城出發，向武田軍要求展開決戰，這就是三方原之戰。

但11,000千名的德川軍對上27,000名的武田軍，從一開始就毫無勝算。德川軍不過一眨眼的功夫就兵敗如山倒，家康自己也好不容易才逃回濱松城。在此戰中信長的援軍大將平手汎秀戰死，德川軍的陣亡人數也不少，徹底慘敗。

❀ 信玄的結局

信玄在三方原獲勝的消息立刻傳回京都，當然讓義昭和本願寺等反信長的成員大喜，現在就連經常被稱為「天才」的信長，也無法老神在在了。

但對反信長陣營極不湊巧、對信長卻算幸運的是，之後信玄的行動變得拖拖拉拉。

儘管信玄在三方原之戰獲得大勝，不知為何卻未攻打濱松城。12月24日，在距離濱松城僅10公里處的刑部（靜岡縣引佐郡細江町）紮營過年。信玄再次採取行動，是在隔年元龜4年（1573）正月7日。他在正月11日包圍位於三河邊緣的野田城（愛知縣新城市），直到2月10日野田開城為止都未

離開。

　　他的動作爲什麼會這麼慢呢？知道信玄死訊的我們，會認爲當時他已病入膏肓，但秋山駿先生在此提出一個有趣的看法。他認爲信玄或許是一邊在遠江與三河交界附近踱慢步，一邊在等待家康倒戈。

　　只要稍微思考一下便不難了解，如果信玄持續西行，甚至進入尾張地區，戰線（補給物資等的後勤支援線）勢必過度拉長。前有織田軍後有德川軍，武田軍將完全孤立於敵陣之中。

　　信玄是戰國時代號稱最強的武將，在江戶時代則被稱爲「戰神」，其中即使有過度評價的部分，他仍是戰國時代最強的代表人物之一。而他強悍的秘訣和信長一樣，非不得已絕不打可能失敗的仗，基本上會召集多於敵軍的士兵以量取勝，堅守這樣的常識才是高明的武將。

　　然而家康並未倒戈，如果他想倒戈一定辦得到，他大概是認爲信長要比信玄強得多。

　　當然這樣的猜測並無根據，但如果說信玄有這樣的考量也不是什麼奇怪的事。

　　信玄就這樣一直在野田城待到2月10日，期間發生一件完全出乎預料的事阻止信玄西行，那就是疾病。信玄似乎是罹患結核病，在包圍野田城時，信玄的身體已相當孱弱，爲此只好放棄西行返回長篠城。接著在4月12日返回本國途中於信濃的駒場（長野縣下伊那郡阿智村）病逝，享年53歲。

　　由於信玄臨終交代對他的死訊要保守秘密，武田陣營因此三年後才舉行葬禮，但因撤退的情形不尋常，信玄死後立刻傳出信玄已經過世或病重的傳言。

🌸 室町幕府的滅亡

　　之前談到的是武田信玄揮軍西行的情形，那麼在信玄西行期間，信長又採取什麼樣的行動呢？

　　前面提到，在信玄西行之前的元龜3年（1572）9月28日，信長曾向將

軍義昭提出內容十分嚴屬的十七條意見書。如果從內容來看，想當然會因此認爲信長當時已決心和義昭分道揚鑣，不少歷史學家也都持相同看法。但筆者認爲可以從不同角度切入，這雖然是我的想像，但信長或許認爲將軍的權威應該爲了「天下」而動，不可參與「個人」的爭鬥。

然而義昭卻不了解信長的想法。期待武田信玄上洛的義昭不僅無視於信長的意見書，當武田軍於三方原之戰大勝的消息傳回京都後，竟開始公然與信長爲敵。

即使如此信長仍未放棄義昭，他改採懷柔做法，派遣朝山日乘、島田秀順和村井貞勝三人爲使者向義昭求和，提出將依照將軍要求交出人質和誓文，今後仍以將軍爲重等相當好的條件。

義昭卻拒絕這樣的要求，爲阻止信長進京還派遣自己的軍隊前往今堅田和石山（皆在滋賀縣大津市）築砦。之後更於元龜4年（1573）2月於京都二條城挖掘壕溝，鞏固防衛。

對此，信長於2月20日派遣柴田勝家、明智光秀、丹羽長秀和蜂屋賴隆四人出征。柴田等人於24日開始攻打今堅田和石山砦，敵軍於數日後投降。

接著在3月25日，信長爲了打擊人在京都的義昭從岐阜出征，當時信玄尚未過世，但可能是因爲武田軍進軍速度緩慢，才讓信長有機會進駐京都。29日信長抵達逢坂（滋賀縣大津市），不久後於知恩院（京都市東山區）布陣。當時在義昭身邊服侍的細川藤孝與攝津的要角荒木村重力挺信長，爲表效忠前來迎接。整體情勢雖然看似對信長不利，但仍有武將願意相挺，讓他心情大好。

30日，義昭包圍京都奉行村井貞勝的宅邸，表明要加以反抗。

4月3日，信長於京都郊外各地放火，4日燒毀上京包圍毫無防備的二條城，京都陷入一片混亂。即使如此信長仍向義昭要求談和，並要求朝廷介入斡旋。

事已至此義昭才放棄抵抗，7日因天皇下召決定與信長談和。因爲是談和，所以義昭仍保住將軍之位，大概是因爲信長認爲將軍的權威還有利用價

值吧！

4月8日與義昭談和後，信長離開京都返回岐阜，於途中攻擊六角氏鎮守的鯰江城（滋賀縣愛知郡愛東町），徹底燒毀支持一向一揆的百濟寺。

信長雖與義昭談和，但並不相信對方，爲提防義昭故計重施，命丹羽長秀建造大船以便能夠率領大軍渡過琵琶湖。那是一艘長30間（54公尺）、寬7間（13公尺），有100座望樓無與倫比的大型船，於7月5日完工。結果義昭就好像配合大型船完工一般，7月3日再度發難，命三淵藤英等人鎮守二條城，自己則率領3,700名士兵從二條城出發進入位於宇治的槇島城。

7月6日，信長搭著剛完工的大船，趁著強風從佐和山橫渡琵琶湖前往坂本。7日一進入京都，大軍便以猛烈攻勢包圍二條城，12日之前完全制服二條城。

16日，信長接著派遣軍團前往槇島城，由於槇島城在宇治北方，位於洶湧的宇治川在流入小椋池的支流中形成沙洲上的要塞。義昭認爲沒有更適合作戰的城池，於是閉守城內。

18日信長的大軍一分爲二渡過宇治川，從四方攻打槇島城。義昭也親自參戰，但由於信長軍人數眾多立刻戰敗，只好交出當時兩歲的兒子義尋做爲人質向信長投降。

由於義昭一直與信長爲敵，原可命其切腹，但信長還是留他一命，命羽柴秀吉擔任戒備，護送義昭遷往三好義繼的居城河內若江城（大阪府東大阪市）。

由於信長終於流放將軍義昭，一般都認爲室町幕府就此滅亡。

織田政權的搖籃期

改年號為天正，開啟織田政權

永祿11年（1568），信長護送義昭上洛後，實質上已成為京都的政權中心，但表面上他一直在利用將軍義昭的權威。流放義昭之後，京都政權可說完全以信長為中心，也就是信長政權的開始。

他當然要立刻讓世人知道這件事。

信長在流放義昭後的元龜4年（1573）7月21日上洛，立刻奏請更改年號。同月28日年號從「元龜」改為「天正」，信長之前就以元龜年間爭亂不斷極為不祥為由要求更改年號，但遭義昭反對。因為對義昭而言，對信長不祥反而是對自己有利。

由此來看「天正」這個年號，也具有宣告信長政權開始的特殊意義。

在更改年號的同時，信長免除京中的公田地租和諸項勞役，企圖復興被燒毀的上京，而且「宣布根據京中諸名人的提議，給予各街道最優秀之物『天下第一』的稱號，並給予勤治儒道盡忠盡孝者特殊待遇。」（今井林太郎）

當然信長是希望藉由獎勵學問和藝術，製造新時代的印象。

這麼一來讓人覺得，信長流放將軍義昭後似乎增加許多額外的工作，這點讓筆者開始質疑以往的歷史學家認為信長是因為義昭已無利用價值而加以流放的看法，因為我認為信長事實上還想利用義昭的權威。

關於這一點，秋山駿先生則有以下的看法：

信長應該是想要義昭負責更改年號和給予天下第一稱號的工作吧！因為他正忙於戰爭。但義昭為何無法滿足於擔任文化創造者的角色呢？

話雖如此，義昭已被流放，一切都無法挽回，事已至此就必須盡快鞏固信長政權的立足之地，信長一定是這麼想的。

🌸 朝倉氏滅，淺井氏亡

應該說是幸運嗎？鞏固剛成形的織田政權機會立刻到來。

天正元年（1573）8月8日，人在岐阜的信長接到北近江山本山城的阿閉貞征倒向信長陣營的消息。信長結束在京都的工作返回岐阜是在8月4日，一接到消息，可說幾乎沒有休息，當晚便出發前往攻打淺井長政的小谷城。接受敵人陣營倒戈立刻展開攻擊，在此之前是常有的事。

8月10日，信長命全軍於山田山布陣。小谷城北方有大獄山，山田山位於大獄山北方，信長是打算切斷應該會從北方的越前前來支援的朝倉義景和小谷城之間的通路。義景果然應長政要求率領2萬士兵前來救援，但因織田軍於山田山布陣而無法與小谷城會合，只好在余吳、木之本和田部山布陣包圍織田軍。

不知是否因判斷情況對織田軍有利，淺井陣營鎮守大獄山下燒尾砦的淺見對馬也陣前倒戈。

8月12日，織田陣營的軍隊進入燒尾砦，當天晚上信長冒著風雨率領擔任護衛的馬迴眾攻上大獄山。當地有越前派來朝倉陣營守備隊的砦，約有500人鎮守，但織田軍一進攻，越前軍立刻投降。

信長原本打算徹底擊敗這股越前勢力，但心想因為大雨朝倉義景大概沒發現大獄山砦已被攻陷，於是留下敵兵性命送回朝倉本營。

之後，信長接著攻打位於小谷城西邊仍由朝倉守備隊鎮守的丁野山砦，他在這裡同樣留下投降的敵軍性命令其撤退。

13日，信長斷言「今夜朝倉軍一定會撤退」，信長猜測如果得知情況惡化到這種地步，缺乏勇氣的朝倉義景應該不會前來叫戰。這從以往義景應戰的情況來看，應不難了解。

信長將佐久間信盛、柴田勝家、瀧川一益、蜂屋賴隆、羽柴秀吉、氏家

直通和稻葉一鐵等身經百戰的將領，安排在山田山擔任攻打義景本營的先鋒，命其觀察敵陣燈火的情況，如敵軍開始撤退便展開追擊，因為攻打正在逃亡的敵人一定可以大獲全勝。據傳此時信長不厭其煩交代「一定要注意，不要讓朝倉逃了」。

然而當天晚上朝倉軍雖然開始撤退，山田山的前鋒卻一時大意而錯失良機。焦急的信長只帶著在本營的馬迴眾自任先鋒，開始追擊朝倉軍，就和以前一樣。

山田山的前鋒大吃一驚，發現信長率先追出後急忙尾隨其後，在穿越木之本地藏山時才好不容易趕上。信長震怒，瀧川、柴田、丹羽、蜂屋、羽柴和稻葉等大將只能一味謝罪，其間只有佐久間信盛流著淚多嘴說出：「您雖然這麼說，但能擁有像我們這樣的家臣也很難得吧！」信長聞言大怒。

「你覺得自己很能幹嗎？你是憑什麼這麼說？真是太可笑了。」

原因當然不只如此，但七年後佐久間信盛遭信長流放。

話雖如此，但眼前不是談論此事的時候。

信長軍追擊潰逃的朝倉軍直到敦賀（福井縣敦賀市），取得超過3,000名敵軍首級，並直接攻陷敦賀城。

8月17日信長穿越木之目峠，18日於府中（福井縣武生市）龍門寺布陣，虎視眈眈盯著朝倉氏的主要根據地一乘谷。

朝倉義景捨棄主要根據地一乘谷的宅邸，逃往大野郡山田庄賢松寺（福井縣大野市），8月20日在此自殺，享年41歲。不久後義景之母與嫡子為織田軍發現殺害，稱霸越前約一世紀的名門朝倉氏就此滅亡。

消滅朝倉氏的信長立刻折返，於虎御前山布陣。8月27日夜晚攻擊淺井氏的小谷城。

秀吉攻陷位於淺井久政和長政父子宅邸之間的京極城郭，切斷兩人的聯絡，隨後攻進久政宅邸，久政當場切腹。翌日人在主城的長政，也因走投無路而自殺。

淺井長政因政治聯姻迎娶信長之妹阿市夫人，在小谷城遭攻陷之際將阿

◆攻打淺井和朝倉　天正元年（1573）

雖然淺井和朝倉與信長為敵長達三年，但由於雙方陣營陸續倒戈，信長只花了一個月的時間就一口氣消滅了淺井和朝倉。

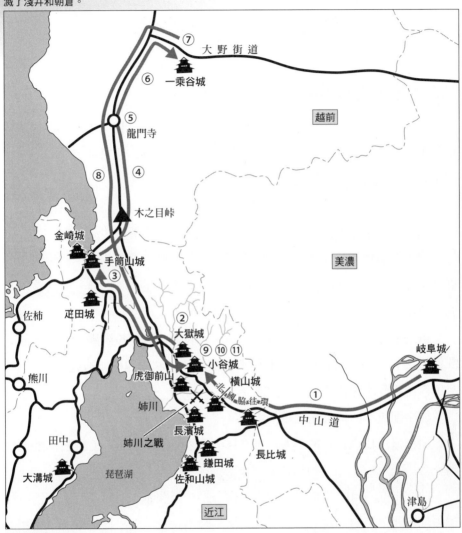

●信長的行動

① 8月 8 日　因淺井氏的山本山城主阿閉貞征倒戈，信長出征近江北部。

② 8月10日　於大獄城北部的山田山布陣。

③ 8月13日　朝倉義景退兵，信長單槍匹馬展開追擊，進攻敦賀。

④ 8月17日　穿越木之目峠進軍越前。

⑤ 8月18日　於府中的龍門寺布陣。

⑥ 8月19日　織田軍攻打朝倉氏的根據地一乘谷城。

⑦ 8月20日　棄一乘谷城逃亡的義景，因自己人朝倉景鏡的背叛而自殺，朝倉氏滅亡。

⑧ 8月26日　進入虎御前山城，開始攻打小谷城。

⑨ 8月27日　羽柴秀吉軍佔領位於主城和小城之間的京極郭。

⑩ 8月28日　攻陷小城，久政自殺。

⑪ 9月 1 日　攻陷主城，長政自殺，淺井氏滅亡。

市夫人與三名女兒送回信長處。長政與阿市夫人所生的嫡子萬福丸，在城池遭攻陷前逃出，但不久後便在藏身的越前被抓，在關原（岐阜縣不破郡關原町）被綁在柱子上刺死。就這樣繼越前朝倉氏之後，北近江的淺井氏也完全滅亡。

❀ 包圍網各個擊破

藉由消滅淺井氏和朝倉氏，信長幾乎將近江納入管轄。由於近江是連接信長主要領地美濃和尾張與京都通路間最重要的地區，想必他會希望盡早加以平定，這次可說是往前跨進一大步。

但信長並未因此而滿足休兵。

他也許是想趁著打勝仗，在這一年內能完成多少算多少。

信長在消滅淺井氏後，將北近江淺井的領土賜予羽柴秀吉。結束事後的處理工作，9月4日便出征佐和山，為的是要討伐近江國內唯一與信長為敵的六角父子。

信長令部將佐久間信盛攻打鯰江城，六角義治因此投降離城而去。佐久間信盛接著包圍六角義賢固守的甲賀石部城，這次的包圍一直持續到隔年4月，六角義賢也因此放棄近江逃走。

如字面所示，信長完全掌握近江。

命信盛討伐六角氏的信長，於9月6日返回岐阜，但又在24日出征北伊勢。

此次出征的目的雖是為了討伐一向一揆，但開戰一個月僅降服西別所和深矢部等北伊勢的一向宗勢力，還在撤兵時遭長島一向一揆追擊，下場和上一次一樣悽慘。

當年11月10日，三度上洛的信長進入二條妙覺寺，命佐久間信盛攻打三好義繼的河內若江城。這是因為在此之前遭到流放的義昭投靠若江城，而義繼與義昭聯手企圖與信長為敵。遭到信盛攻擊的義繼，以自殺結束他年僅25歲的一生。

看到這次的行動，與義繼一同和義昭聯手的松永久秀向信長投降，12月26日交出居城大和多聞山城（奈良市）。久秀時而與信長為敵時而變成盟友，但這次信長還是原諒他，應該是發現他具有利用價值。

就這樣，信長結束這一年的戰事。雖然吃了長島一向一揆的苦頭，但除此之外事情幾乎都如他所想，應該是心滿意足了。

此時信長的敵對勢力只剩下與石山本願寺勾結的伊勢長島一向一揆與信玄之子勝賴，但折磨信長的包圍網至此可說已經瓦解。

安國寺惠瓊的驚人預言

如上所述，天正元年（1573）對信長而言是鴻圖大展新的一年，因為這一年大大朝他統一天下的理想前進，但卻有人針對看似正順利朝向權力頂端邁進的信長未來發表不祥預言。

當年11月，毛利氏派遣安國寺惠瓊擔任外交僧侶上洛，目的是為了討論讓遭流放的將軍義昭返回京都。

為何事到如今才提起義昭呢？事實上在流放義昭後，反信長的行動仍十分活躍，而義昭最仰賴的就是西國的超級大名毛利氏。然而毛利氏此時絲毫不想與信長正面衝突，因此想方設法企圖避免讓義昭這樣的危險人物前來投靠，惠瓊等數名使者是為了介入信長與義昭之間的糾紛進行調停才上洛。

義昭在遭流放後，前往河內若江城投靠三好義繼，但在若江城遭信長軍攻陷前便遷往堺，惠瓊與羽柴秀吉和信長的智囊朝山日乘，在此謁見義昭討論返回京都的條件。但此次討論並不順利，因為義昭要求信長必須提供人質，因此無法返回京都，而且又遭毛利氏拒絕，不得以只好轉往紀伊國的由良興國寺（和歌山縣日高郡由良町）。但義昭即使在遷往由良之後，仍不斷催促各地大名舉兵反抗信長。

結束使者工作的惠瓊，於返國途中拜訪備前的宇喜多氏，在當地寄發關於京都情勢的長篇報告給毛利氏。

其中關於信長的部分，惠瓊寫到：

信長一代可維持五年三年。約於明年估計將可成為朝臣。在那之後將
可能從高處重重摔下。藤吉是個不簡單的人物。(《織田信長(二)》)

對在事後觀察歷史的我們而言，這是頗爲驚人的預言。惠瓊就連藤吉
(秀吉)是個了不起的人物一事都看出來了，難怪眾多史家稱讚惠瓊觀察力
敏銳。

❀ 分割天下第一名香蘭奢待

天正元年(1573)如願獲得戰果的信長，於天正2年(1574)入春後不久
開始準備戰爭之外的事，堪稱是極具政治性的「展現權威」。

或許是在前一年年底毛利氏派來的僧侶惠瓊來到京都時，他就已經在準
備這一場「權威表演」，所以惠瓊才會覺得「在那之後將可能從高處重重摔
下」。事實上觀察天正2年(1574)上半年的信長，讓人覺得惠瓊會有這樣的
想法也是莫可奈何的事。

天正2年(1574)正月，於岐阜城接受京都和鄰近諸國武將拜年的信長，
在其他國的人退出後僅留下馬迴眾舉行酒宴。席間信長準備一道特殊的菜
餚：將朝倉義景、淺井久政和長政父子的頭蓋骨做成薄濃。所謂「薄濃」就
是在頭蓋骨上漆之後再塗上一層薄薄的金泥，這當然不是用來吃而是用來觀
看的。信長的馬迴眾一邊看著這些頭蓋骨，一邊飲酒作樂，使他心情大好。

在那之後不久的正月19日，越前接連發生一向一揆暴動。前一年信長
在消滅越前朝倉氏後，任命自朝倉陣營倒戈的桂田長俊(前波吉繼)擔任守
護代。由於桂田目中無人，使得豪族叛亂，他被迫自殺，一向宗門徒趁機引
發暴動。好不容易消滅朝倉氏取得的越前，一眨眼功夫又落入一向一揆的手
中。

但此時信長無意與越前一向一揆開戰。

正月27日，繼承信玄之位的武田勝賴包圍東美濃的明知城(岐阜縣惠那
郡明智町)，信長於2月1日發動尾張和美濃的軍隊，但他本人到了2月5日

以後才和嫡子信忠出征，兩天後抵達當地時，明知城已落入武田陣營之手。信長只在當地興建監視明知城的城池，2月24日便返回岐阜。

由此可知信長並不想認真開戰，這是因為當時有更值得做的事。

3月中旬信長上洛，在那之前他位居彈正忠正四位下，此時被授予參議從三位，成為所謂的朝臣，如同安國寺惠瓊所言。由於信長以往曾拒絕擔任副將軍，讓人納悶他為何事到如今又接受古老貴族社會的階級序列，但當時和現在的情況確實不同。以往信長將權威交給將軍義昭，如今義昭已經消失，這麼一來，以往交由義昭的權威必須由他自己承接，他應該是有這樣的

◆**織田家的勢力範圍④**　討伐淺井和朝倉，流放將軍（1573年左右）

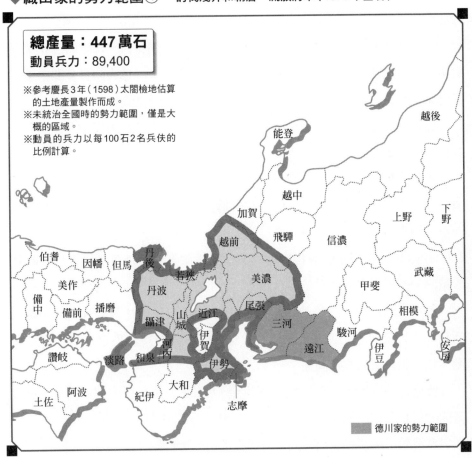

總產量：447萬石
動員兵力：89,400

※參考慶長3年（1598）太閤檢地估算的土地產量製作而成。
※未統治全國時的勢力範圍，僅是大概的區域。
※動員的兵力以每100石2名兵伕的比例計算。

■ 德川家的勢力範圍

覺悟。

即使如此，信長不單只是接受這份權威名列古老的階級序列，他之後的行動清楚說明其中的原因。

3月17日，寄居相國寺（京都市上京區）的信長向皇室申請，要求分割收藏在奈良東大寺正倉院的名香「蘭奢待」。蘭奢待為傳說中的天下第一名香，也是天皇家寶物中的寶物，據傳是在聖武天皇時從東南亞傳入日本，是一塊全長約5尺寬約1尺的木頭，放在長6尺的木箱中，也有人說是源賴政擊退鵺立功獲賜此香。但在歷史上，信長之前除足利義政曾切取此香外，天皇和歷代將軍皆未曾獲得此香。

信長竟提出要求要切取這樣的蘭奢待，不知道朝廷作何感想，但似乎也只能照辦。

3月27日，信長在佐久間信盛、柴田勝家、丹羽長秀、蜂屋賴隆和荒木村重等重臣以及武井夕庵和松井有閑等智囊的陪同下，進入奈良多聞山城。當時奈良有頭有臉的人全數到木津迎接他，聲勢十分浩大。

接著，28日東大寺送來裝在木箱中的蘭奢待，信長照規矩切下1寸8分，之後當然再將主香封裝送回東大寺。

如此一來，世人肯定會認為信長的權威與眾不同。他雖然接受傳統的階級序列，但事情沒這麼簡單。他是在告訴世人只要他想做，就連以往將軍和天皇都辦不到的事他也辦得到。

4月3日，石山本願寺再度興兵與信長為敵，背後依舊是由足利義昭負責策劃，但這一次信長只是出兵燒毀附近的農作物，並未正式開戰。

似乎有點取而代之的微妙味道，信長在5月5日前往觀賞賀茂祭的賽馬活動，而且讓自己的2匹愛馬和馬迴眾的18匹駿馬共20匹參加這場賽馬活動，和聚集在場的觀眾同樂。

觀察信長在天正2年（1574）正月至5月間的行動，任誰都可以看出這段時間的信長專注於戰爭以外的事。這可說是為了讓家臣、天皇、朝臣以及一般民眾清楚了解現在是信長的天下所採取的政治行動。

他當然是因為有此需要才會這麼做。

那麼信長為什麼需要這麼做呢？因為他假設下一場戰爭將會是空前無比激烈，徹底讓人恐懼，為了貫徹這場戰爭，必須讓眾人了解現在是信長的時代，信長代表一切正義。或許他也必須讓自己了解這件事。

這場仗，就是和與石山本願寺掛勾的伊勢長島和越前一向一揆的戰爭。

為了打這場仗，信長灌注所有兵力，坦白說在此之前他不想與任何人為敵，因為如果開戰即使戰勝也會減少自己的兵力。

這件事清楚表現在5月15日當信長得知武田勝賴軍包圍德川家康的部將小笠原長忠的高天神城（靜岡縣小笠郡大東町）時採取的因應措施。得知消息的信長父子於6月14日從岐阜出發，來到今切渡口（濱名湖）時已是19日，在當地得知高天神城已被攻陷。這種速度不是信長的速度，秋山駿也提出相同的看法。這是因為當時信長滿腦子只有和長島一向一揆的戰爭，根本不想與武田勝賴為敵。

之後信長在21日返回岐阜，7月13日開始著手準備攻打長島。

傾巢而出討伐一向一揆

對信長而言，長島一向一揆可說是他懷恨最深、最需防備的敵人。

最重要的是當時他們距離信長的主要根據地岐阜非常近，也就是說只要長島一向一揆的勢力存在，信長就無法安心對抗其他敵人。

此外長島雖然屬於伊勢，但位於與尾張交界處，就位置而言也可說是尾張的長島。因此信長自從擔任尾張一國的大將起，便因尾張最西部的海西郡與長島一向一揆的主要根據地長島願證寺爭執不下。

元龜元年（1570）11月，信長派遣弟弟信興鎮守的尾張小木江城遭一向一揆攻擊，信興被迫自殺。元龜2年（1571）5月，信長雖率領5萬大軍出征，不僅戰果不彰，更於撤退時遭一向一揆展開全面追擊，美濃三人眾之一的氏家卜全（直元）等多人戰死。在天正元年（1573）9月的戰事中，信長也未能給予長島一向一揆嚴重打擊，終至戰敗。

也就是說，一向一揆對信長而言是最難纏的敵人，爲了戰勝這個敵人必須痛下決心。在下定決心後，信長準備展開下一場戰爭。

天正2年（1574）7月13日，信長率領7萬大軍從岐阜出發，除鎮守畿內的明智光秀以及爲牽制越前留在北近江的羽柴秀吉，包括佐久間信盛、柴田勝家、丹羽長秀、瀧川一益、林秀貞、蜂屋賴隆和稻葉一鐵等，幾乎所有部將都參與其中。

長島是位於木曾川、長良川和揖斐川會合後流入伊勢灣三角沙洲上的天險，除長島外四周還有眾多沙洲，上頭建有一向一揆的砦。

7月14日，信長軍從三個方向攻打長島，嫡子信忠的軍隊從東邊的市江（愛知縣海部郡佐屋町）進攻，佐久間信盛和柴田勝家等人的軍隊則從西邊的賀鳥（海部郡彌富町）方向進攻，信長本人則由中央的早尾（海部郡佐織町）方向展開攻擊。

7月15日，九鬼嘉隆、瀧川一益和林秀貞等人率領水軍抵達，從四周攻擊長島，一向一揆無法抵抗信長軍的猛烈攻擊，除願證寺所在的長島城外，紛紛躲入篠橋、大鳥居、屋長島和中江諸城。8月上旬，信長軍陸續攻陷大鳥居城和篠橋城，從此二城逃出的一向一揆移往其他三城。

此時信長軍展開長達一個半月的斷糧策略，困守長島三城的一向一揆共3萬人。一向宗的勢力中雖包括武士階級和使用火槍的專業傭兵集團，但大多爲農民等的一般人，雖然農民只要拿起武器就成爲士兵，但還是需要體力，因此大多無法直接參戰。由於困守城中的人數眾多，毫無守城準備的三城軍糧很快就吃完，陸續有人餓死。

9月29日，困守長島城的一向宗勢力終於投降，從城中撤退。但大多都在企圖搭船撤離時遭織田軍亂槍掃射，再加上軍隊攻擊，全都遭到殺害丟入水中。這雖然是織田軍單方面的攻擊，但一向宗勢力的反擊也不容小覷。其中有七、八百名有骨氣的士兵赤裸身子跳入河中，光靠一把刀砍殺織田軍，擊斃眾多織田家的親戚和馬迴眾，趁織田軍防守薄弱之際四散奔逃。

信長接著攻打中江和屋長島二城，織田軍以重重柵欄包圍共2萬人困守

◆伊勢長島之戰和主要城池的分布　天正2年(1574)7月～9月

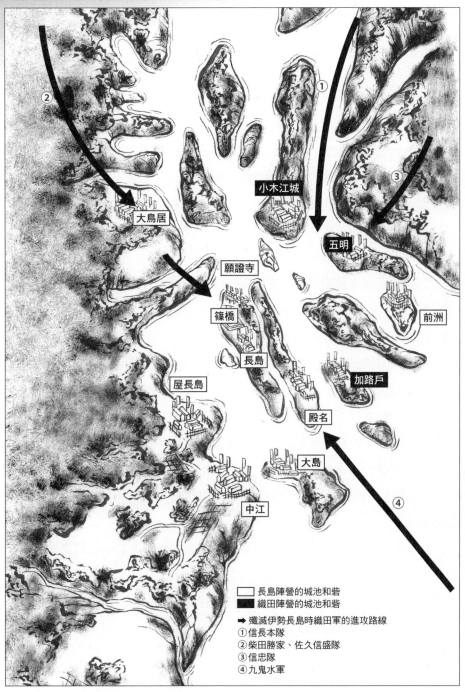

小木江城

大鳥居

願證寺

篠橋

五明

前洲

長島

加路戶

屋長島

殿名

大島

中江

☐ 長島陣營的城池和砦
■ 織田陣營的城池和砦

➡ 殲滅伊勢長島時織田軍的進攻路線
①信長本隊
②柴田勝家、佐久信盛隊
③信忠隊
④九鬼水軍

的兩座城池，讓城中人插翅難逃。此時信長下令從四周放火，打算燒死包括男女老幼在內的所有人。火接連點燃。

長島一向一揆就這樣從這塊土地上消失。

🌸 武田軍敗逃！長篠之戰

鎮壓或者該說是消滅長島一向一揆後的信長，下一個目標似乎是攻打一向一揆的總部石山本願寺。這點從天正3年（1575）3月他在發給細川藤孝的公文中，命其召集丹波二郡百姓參與當年秋天攻打本願寺的計畫也可看出。信長在4月展開前哨戰進攻大坂，攻陷本願寺支城新堀，接著包圍與本願寺勾結的河內三好康長的高屋城，降伏康長。

然而一切並未如他預期。

信玄死後繼承武田氏的四男勝賴延續父親遺志，企圖上洛。勝賴仇視信長與家康，從一開始就積極展開侵略東美濃、遠江和三河的行動。他在天正3年（1575）4月率領大軍入侵三河。

勝賴在入侵三河後，於4月21日包圍長篠城（愛知縣南設樂郡鳳來町）。

長篠城位於從信濃山區前往三河平地交界處的交通要道上，對德川和武田而言都是亟欲得手的重要據點。今川義元在世時隸屬今川陣營，義元死後家康暫時取得，但為信玄所奪。信玄死後城主奧平貞昌倒戈，長篠城因此再度落入德川陣營之手。

5月武田軍展開攻擊，當時武田軍人數有15,000名，而鎮守長篠城的人數僅500名。

但長篠城為天然要塞，雖位於鳳來寺山南麓台地，但山區的東北方有大野川，西北方有寒狹川，將長篠城夾在其間，兩河在城北會合成為豐川。武田軍在兩河對岸與鳳來寺山紮營，因無法渡河進攻，只能從毗鄰的南側展開攻擊。再加上背叛武田氏的城主貞昌知道如果戰敗將會被殺，於是拚命奮戰抵抗武田軍的攻擊。

在此期間得知長篠城被包圍的家康向信長求援。

5月13日信長離開岐阜，14日在岡崎與家康會合，但他並不急著採取行動。當天他仍停留岡崎，16日才進入牛窪城（愛知縣豐川市牛久保町），17日於野田原（愛知縣新城市）紮營，18日才來到距離長篠城4公里處的設樂鄉。信長和信忠分別於極樂寺山和新御堂山布陣。

值得注意的是，在長篠城可能遭攻陷的危急之際，信長不僅不趕路還放慢腳步，這應該是因為他當時主要的重點是擊敗一向一揆，如果可以的話不希望和武田軍開戰，說他不想開戰或許有語病，應該說即使開戰他也不希望損兵折將。

這點從織田軍的陣形也可看出，一般人所說的長篠之戰發生地設樂原（當時稱為「有三原」），是一處被兩個南北狹長的丘陵包圍的窪地。織田軍沿西側丘陵朝東採取南北長約3公里的鶴翼陣形，從北避開敵人視線將部將安排在窪地各處，南側則是家康及其部將，包括約5,000名的德川軍在內，總人數多達3萬甚至4萬。此外還在中央地區的家康軍與左側的瀧川軍前方，設置防止武田軍騎馬武將進攻的馬防柵，也就是採取防守姿態。

信長或許是認為，面對人數具壓倒性多數敵軍的武田軍，如果願意撤退

◆長篠城和設樂原

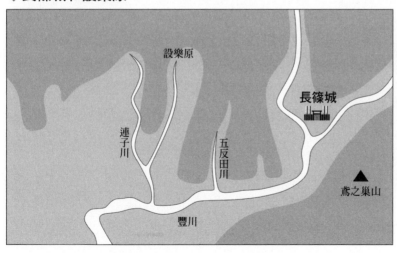

就沒事了。

然而勝賴的看法卻不同。5月20日眾多武田軍東移，於設樂原東側狹長丘陵上採取與織田德川軍對峙的陣形，兩軍最接近的地方不到500公尺。

藤本正行先生雖提出上述看法，但武田勝賴在當天寫給後方盟軍的書信中提到：「敵已失策，更形窘迫，專心致志進攻，此番信長家康兩敵應可如預期遂其本意（敵已無計可施，看似極為窘迫，專心攻入敵陣，應可如預期消滅信長與家康）。」

勝賴眼見織田德川聯軍停在長篠城前，以為對方膽怯。目前也多認為信長率領的尾張軍為日本最弱，而武田軍則是最強，但當時就有這樣的看法嗎？如果有，或許就是武田軍戰敗最大的原因。

另一方面，信長看著故意靠近的武田軍，當下才發現這是個機會。根據《信長公記》的記載，當時信長說：「這是老天爺賞賜的大好機會，我們就消滅武田軍吧！而且可以不損盟友一兵一卒。」擬定好策略的信長，以家康手下2,000名弓箭和火槍好手以及信長手下2,000名共4,000名士兵，組成長篠城救援部隊，配備500支火槍。

這支部隊在5月20日晚上戌時（晚間8時左右）出發，目標是對武田軍為攻打長篠城所布的陣形展開攻擊。21日辰時（上午8時左右），部隊登上長篠城南方的鳶之巢山，數百支火槍開始射擊，驅逐包圍長篠城的武田軍，之後進入長篠城與城兵一同燒毀四周的武田軍小屋。由於策略成功順利拯救長篠城，織田和德川軍於是加強防守武田軍的前後兩方。

另一方面，在設樂原開戰前，信長往最前線的高松山移動，觀察敵軍動靜，嚴格要求全軍在收到命令前不可出擊，並嚴格挑選1,000名士兵組成火槍隊，由佐佐成政和前田利家擔任指揮官。接著命步卒隊出擊挑釁敵人。

結果21日天剛亮，武田軍就展開突擊。

這次的攻擊由各支部隊依序展開，帶頭的是山縣昌景，其次是武田信廉，接著是小幡一黨、武田信豐和馬場信春。我們經常可以聽到無敵的武田騎馬軍團的說法，但現在大家都知道當時並沒有只有馬的騎馬隊。由於只有

地位高的人能騎馬，所以應該是騎馬武將與步卒混合展開突擊。武田軍每回突擊便遭織田與德川聯軍的火槍攻擊，軍力因而削減，陸續撤退。

期間織田和德川聯軍未派出一兵一卒出擊，只是不斷輪流換手開槍射擊。據《信長公記》記載，此時使用的火槍數量爲1,000支。據傳在長篠之戰時，織田軍隊將3,000名火槍隊分成三批，第一批同時射擊後再由第二批上陣，但這是後人虛構的故事，織田軍並非採取三段式攻擊，就只是開槍射擊。這樣的情況從天剛破曉一直持續到未時（下午2時左右），這樣的打法當然會讓武田的兵力越來越少，最後所有部隊都逃回勝賴本營，接著開始撤退。

◆長篠（設樂原）之戰　天正3年（1575）5月21日

信長在長篠之戰的決戰地點設樂原，以馬防柵阻止武田軍前進，集中火槍火力擊斃武田軍眾多勇士。依照圖中①～⑤的順序展開突擊。██內的武將爲在此戰中戰死的武田軍將領。

※下圖的布陣乃根據高柳光壽先生的研究製作而成。

此時織田德川聯軍與長篠城的軍隊聯手，一同追擊武田軍，最後擊斃主要武士和小兵等1萬名武田軍。

這就是戰國時代著名的長篠之戰，結果當然是由織田和德川聯軍獲得壓倒性勝利。

戰爭一結束，信長將三河地區交給家康，5月25日便返回岐阜。以這樣的形勢給予武田氏致命的打擊，對信長而言應該是非常幸運的事。直到親自前往戰地觀察敵軍動態之前，信長應該沒料到會有這樣的結果。

◉ 鎮壓越前一向一揆

結束長篠之戰返國的信長，於天正3年（1575）6月27日進入京都，僅帶著馬迴眾便前去觀賞在宮中舉行的蹴鞠會。6日則在妙顯寺欣賞能劇，在激戰持續進行的情況下，信長或許希望在京都人面前呈現和平的氣氛。

在參與這類和平的活動之後，8月12日信長出征越前。

在長篠之戰前想必信長就打算進攻本願寺，為什麼目標會變成越前呢？這是因為當時越前的一向一揆發生內亂。

在消滅朝倉氏後，信長為了統治越前任命舊朝倉家臣桂田長俊（前波吉繼）為守護代，但之前也提到，天正2年（1574）正月越前發生一向一揆暴動，當地因此落入一向一揆手中。

本願寺於是派遣坊官（俗僧）下間賴照負責指揮越前的一向一揆，然而這些坊官與一般農民門徒的關係不佳。由於從朝倉氏執政時起，坊官的治理方式便十分苛刻，跟隨一向一揆的農民開始反抗，之後發展成流血衝突，也就是說一向宗的勢力分裂，無法團結一致對抗信長軍。

信長應該是心想不能放棄這次的機會。

8月12日率軍從岐阜出發的信長，13日進入由羽柴秀吉負責防守的小谷城，14日抵達敦賀。一說信長率領10萬大軍，最少也超過4萬人。

相對於信長軍，一向宗勢力分別由下間賴俊鎮守虎杖城（福井縣南條郡今庄町），石田西光寺防守木之目峠（今庄町），專修寺和阿波賀三郎兄弟鎮

守鉢伏城（今庄町），下間賴照則負責今條和火燧兩城（今庄町），大鹽圓強寺防守大良越（南條郡河野村）和杉津兩城（福井縣敦賀市），若林長門負責河野新城（河野村），三宅權丞負責府中龍門寺城（福井縣武生市）。

8月15日，織田軍頂著突如其來的強風豪雨展開攻擊。由元朝倉方等浪人打頭陣，佐久間信盛、柴田勝家、瀧川一益、羽柴秀吉、明智光秀、丹羽長秀、細川藤孝、蜂屋賴隆、荒木村重和稻葉一鐵等主要部將率領3萬大軍進攻大良越地區。此外，海上還有數百艘軍船攻入敦賀灣，登陸後在各地放火。

當天明智和羽柴兩支部隊擊敗圓強寺和若林長門軍，擊斃兩三百人並燒毀城池，夜晚佔領三宅權丞的府中龍門寺，燒毀鄰近地區。木之目峠、鉢伏、今條和火燧城的一向一揆驚慌失措退至府中，明智和羽柴兩支部隊展開追擊，於府中街上擊斃超過2,000名的一向宗門徒。

到了16日，人在敦賀本營的信長率領包括馬迴眾在內超過1萬名的軍隊，穿越木之目峠，在府中龍門寺布陣。18日，柴田勝家、丹羽長秀和織田信澄（信行之子）三支部隊攻打鳥羽城，擊斃五、六百人。

一向一揆完全陷入混亂逃入山中，信長下令「搜索山林，不分男女格殺勿論」，結果生擒超過12,250人帶回信長本營斬首。如果再加上各國參戰部隊帶回遭到斬首的一向宗男女俘虜，人數多達三、四萬人，包括下間賴照等一向宗大將也大多遭到殺害。

8月23日信長前進一乘谷，在此得知稻葉一鐵、明智光秀、羽柴秀吉和細川藤孝等部隊進攻加賀，越前一向一揆已被消滅。

統治越前的九條規定

9月2日，結束掃蕩越前一向一揆的信長移往北之庄，建立鞏固越前統治的體制。

信長將其中八郡賜予柴田勝家，三分之二的大野郡賜予金森長近，三分之一賜予原政茂，剩下的二郡（可能是今立郡和南條郡）賜予不破光治、佐

佐成政和前田利家，敦賀郡賜予武藤舜秀，越前就這樣為織田家自古以來的家臣所統治。

受命負責統治越前的人，獲賜的土地原則上就成為自己的領地，但信長擔心他們因此胡作非為、徒生事端，所以命柴田勝家等人須嚴格遵守進行管理的九條規定。主要內容為：

- 不可向當地百姓課徵不法勞役（課稅）
- 不可任意使喚當地經認可保有領地的武士，必須予以重視
- 公正嚴明進行判決，絕不行不公平之事，如當事者無法接受，則詢問信長
- 與其他領國同樣廢除關卡
- 由於負責管理大國，必須凡事費心，準備足可防守五年甚至十年的武器和軍糧
- 必須於領國內準備兩三處尚未封賜的土地，向眾人宣傳將賜予效忠者

信長針對最後一項還增加下列的命令：

- 如發生新的狀況，凡事照信長所言為之，但如認為不可行或違法則不可盲從，如窒礙難行則加以說明。總之就是抱持著崇敬不敢冒犯信長的心最為重要。

◆越前的統治體制與主要城池

加賀

北之庄城
柴田勝家

大野城
金森長近／原政茂

越前

一乘谷城
不破光治／佐佐成政／前田利家

手筒山城

金崎城
武藤舜孝

美濃

這句話清楚表示出，擊敗朝倉氏接著瓦解一向一揆勢力、企圖好好經營好不容易取得大國越前的信長心情。

話雖如此，上述提到的事即使是在我們這些現代人的眼中，有許多都是理所當然的事，尤其是「不可進行不法課徵勞役」「判決須公正嚴明」「廢除關卡」等。

如此理所當然的事，信長為何要苦口婆心懇切仔細地強調呢？這應該是因為對舊時代的人而言，這完全不理所當然，而信長正是為了讓它成為理所當然而戰。從尾張時代便擔任信長重臣的柴田勝家等人，自然應該知道。但就連這樣的勝家，也無法徹底了解信長到底想做什麼？信長心中應該也覺得不安吧！

這麼一想，就不得不覺得信長的想法果然創新。

總之，在制定統治越前的體制後，9月23日信長從北之庄出發，於9月26日返回岐阜。

劃時代的織田政權

對於消滅長島和越前的一向一揆，期間並給予武田氏極大打擊的信長而言，原本的信長包圍網中，如今只剩下石山本願寺這個強敵。

此時信長必然對完全掌握信長包圍網有相當的把握，眼前可說是進入最後衝刺的階段，只要能夠過這一關，統一天下的目標明顯向前邁進一大步。

或許因為如此，在返回岐阜之後，11月信長決定就任權大納言和右大將。這個地位形同幕府的將軍，由於曾是武家領袖的源賴朝和足利尊氏都曾分別擔任右大將和大納言，此舉可說是認同信長乃日本武家領袖。

或許是為了準備，天正3年（1575）10月信長上洛，10月19日奧羽武將伊達輝宗上貢名馬二匹，鶴取老鷹兩隻，此舉表示就連奧羽的武將也承認信長的權威。

10月21日，本願寺顯如由三好康長和松井有閑居中牽線提出談和，信長接受。當然雖說是談和但也只是暫時的，不久後便開始正式的戰爭。

10月28日，信長在京都妙覺寺邀請十七名京都和堺的風雅之士舉行茶會，由千宗易（後來的利休）負責奉茶。由於已確定下個月將就任權大納言和右大將，信長藉這場茶會宣傳自己已一統天下的政治意味濃厚。

接著在11月4日信長進入皇宮，正式成為權大納言和右大將。

從上述的理由來看，可確定信長政權在這個時間點已經確立。他雖流放足利義昭，但義昭並未辭去征夷大將軍一職。此時人在紀州由良興國寺的義昭，雖已完全喪失權威，但仍以將軍的身分號召六角義賢、上杉謙信和毛利氏展開反信長的行動。信長雖為實質的最大權力者，但或許在名義上仍需與將軍拉鋸。

但我們不應因此認為，權大納言或右大將等屬於舊體制的階級序列是信長想要的，信長或許也這麼想，所以在這之後出現讓人不可思議的舉動。

信長在擔任權大納言兼右大將之後，雖將嫡子信忠交代秋田城介，結果在11月28日將自己的俸祿讓給信忠，信長的俸祿指的是領地尾張和美濃。但他連自己的居城岐阜城都讓給信忠，這下子當然沒有棲身之處，只帶著泡茶用具前去投靠佐久間信盛。

說得誇張些，信長不只引退且身無長物。當然引退之後還掌握大權的大有人在，但他為什麼需要在這個時候這麼做呢？

根據筆者的判斷，我想他大概是無論如何都想表態如同擁有領地並加以擴大最為重要一般，必須放棄舊時代的價值觀，就好像權大納言或右大將等中世的官職，即使當上了也一定要放棄。

也就是說，此舉雖然是信長在表示自己的想法，但隨著壓制所有敵對勢力的日子越來越近，越來越實際，信長開始深感必須讓眾人了解自己的想法。如果使用武力打倒本願寺、上杉氏和毛利氏，將整個日本收歸己有，也不算是實現信長統一天下的理想。

信長每回攻佔敵國便廢除關卡，視情況制定樂市和樂座、整頓道路、興建橋梁，由此也可看出，信長的統一天下是創造一般民眾可自由生活的和平社會。

信長將越前賜與柴田勝家等人之後，特別發佈統治越前的九條規定，由此也可看出信長對於跟隨自己已久的家臣是否了解自己的想法亦深感不安。正因爲如此，我相信信長是想藉由將自己的俸祿讓給信忠來傳達某種訊息。

話雖如此，但筆者不認爲這麼做就可傳達信長的思想。

我們當然不能把這件事情想得太簡單，認爲用嘴巴說不就可以了嗎？要把思想化爲語言需要長期的傳統，因爲用語言表達，最後用的依然是當時的語言，但信長的想法太過新穎，可說是完全與中世切割，所以就連信長也無法用語言說明自己的思想。

那麼要怎麼做呢？

接著他開始興建安土城。

⚜ 理想國的象徵：安土城

信長開始興建安土城，是在將家督之位讓給嫡子信忠之後不久的天正4年（1576）正月中旬。他命丹羽長秀於近江安土山（滋賀縣浦生郡安土町）興建新城。臨時宅邸一完工，2月23日信長即遷至安土。

4月1日開始興建大規模石牆。

從這個時候起到天守閣完工耗時三年，期間仍持續與石山本願寺進行激戰，但信長仍盡可能留在安土趕工。他彷彿認爲比起與本願寺之間的戰爭，安土城更爲重要。

天正7年（1579）5月11日（據傳爲信長生日）安土城天守閣完工後，信長正式進住天守。

那麼，信長所建的安土城和城下町的情況又是如何呢？大致的情形可參考路易斯以下的報告：

> 他在近江國的安土山興建壯觀且乾淨得不可思議的城池和宮殿，他最得意的事情之一就是宅邸的美、財產和七層的城砦。他在安土城山腳下規劃街道，之後逐漸發展，目前已經長達1里甚至更長。他為了確保佔

領的各國安全，下令各國領主居住於同一地點，並興建寬廣豪華的宅邸。他從京都開闢一條通往安土的道路，長約14里，平坦如庭院，開鑿沿路的岩山和陡峭山地，在道路兩旁種植樹木，懸掛打掃地面的掃帚。此外還興建巨大且需高度技術的橋梁，讓所有的行人通行時不至於弄濕雙腳。只要被征服的各國情況許可，便鋪設類似的道路。當時的日本雖征戰連年，但他天生擅長武藝，利用自己的聰明和才智努力讓一切恢復和平與寧靜。在他開始統治之前，要有權力才能使用道路且強制課稅，但他開放所有道路且無需支付稅金，更深得民心。（《弗洛伊斯日本史5》）

光是從以上的描述，即可看出安土這塊土地被建設成表現信長理想的地方，事實上信長確實想將當地建設成理想國，從安土這個地名中也可看出一

◆信長居城的變遷⑥ 安土城　天正4年（1576）～天正10年（1582）

城下町
本丸
總見寺
織田信澄宅邸
二之丸
森宅邸
藥師平
琵琶湖

二。

當地是從信長時才被稱爲安土，可說是由信長命名。

日本自古以來就有「平安樂土」這個理想都市的概念，平安京的「平安」當然也是由此而來。

值得注意的是「安土」這個地名，也是由「平安樂土」四字中取兩字而來，最早指出這一點的是井澤元彥先生，但目前這個說法十分普遍。

也就是說，安土從一開始就被建造成理想國。

絕對神信長居住的安土城

如果整個安土是理想國，信長居住的安土城就是他的象徵。

安土城在天正10年（1582）本能寺之變時發生火災，雖未全毀但也喪失原貌，因此有很長一段時間被視爲夢幻之城。在太田牛一的《信長公記》中雖有記載，但由於寫作者是以戰爭爲業的武士，資料有限。不過隨著平成6年（1994）整理超過三十年研究成果復原安土城的內藤昌著作《復原安土城 信長的理想與黃金天主》的出版，近來得以正確描繪安土城的全貌。因爲有這樣的研究成果，現在大家才知道安土城在當時是一座華麗壯觀且劃時代的驚人城池，同時充分展現信長的理想。

安土城建於距離琵琶湖湖面高112公尺的安土山上，112公尺指的是最高處，也就是天守閣所在主要部分的地面高度。整體城郭較低，共有本丸（主城）、二之丸（外城）和三之丸（第三道城牆）。

支撐天守閣的石牆高約13公尺，上頭有高33公尺的天守閣，整體爲46公尺，從琵琶湖往上看有158公尺高。

建築物的外觀有5層，內部在石牆上有6層樓，再加上地底下的石砌倉庫共7層，高度在當時也是前所未有的。

內部裝潢十分講究，以下只是其中一部分：地下的石砌倉庫東西長9間（約19公尺）、南北長9間，中間有直通石牆上三樓天井的通風口，中央設有朝東的寶塔。

一樓爲東西長17間（約36公尺）、南北長17間的不等邊八角形。

根據《信長公記》的記載，這一層有204根柱子，主柱的長度爲8間（約16公尺），粗爲1尺5寸（約45公分），房間內壁全都貼上布並漆上黑漆。西側有12張榻榻米大的房間，裝飾狩野永德的梅花水墨畫。

每一層樓房間內部的繪畫都壓有金箔，在同樣的房間中佈置有書院，描繪煙寺晚鐘的風景。前方置有盆山，盆山指的是用自然的石頭或沙子做成像淺箱庭園般的小山，據傳信長把它當做自己的化身，認爲它形同神社等神靈附身的神聖物體。

接著是4張榻榻米大的房間，架子上畫有鴿子。下一間12張榻榻米大的房間畫有鵝，稱爲鵝鳥之屋。接著是8張榻榻米大的房間，後方4張榻榻米大的房間繪有雉雞親子圖。

南邊12張榻榻米大的房間由唐朝儒者所畫，接著又是一間8張榻榻米大的房間。

東邊房間爲12張榻榻米大，接著是3張榻榻米，在隔壁則有兩間煮食之用的8張榻榻米大的房間，接著是6張榻榻米、儲藏室和6張榻榻米的房間，每個房間的畫都貼有金箔。

北邊則有土牆倉庫，其次是大廳和26張榻榻米大的儲藏室。

西邊則爲6張榻榻米、10張榻榻米、12張榻榻米和12張榻榻米大的房間。7間儲藏室下方設置有金燈籠。

只看一樓就可以了解安土城內部極其富麗堂皇，各類設計十分講究，每層的情況都一樣，而且主題各有不同。

如果加以分析就能夠了解信長的思想。利用當時的設計圖等資料復原安土城的內藤昌先生對信長的思想有以下的描述：

希望克服王法和佛法統一天下的信長，並非否定以往的意識形態，而是擁有超脫的天道思想。他首先在被視爲須彌山上的安土山上石砌倉庫中，設置寶塔供奉佛舍利，接著在1樓放置石頭做成的盆景，讓眾人

◆天守閣內部

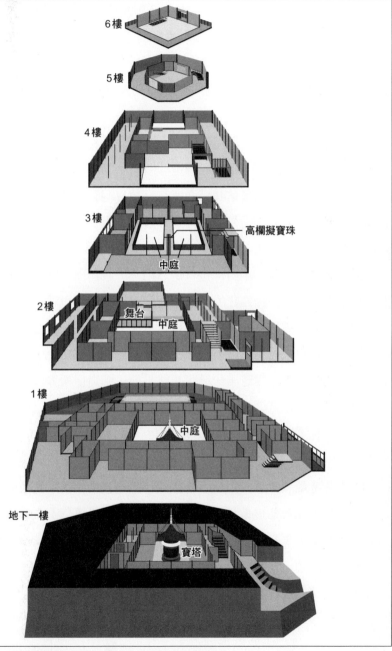

6樓

5樓

4樓

3樓　　　高欄擬寶珠

中庭

2樓　　舞台
　　　中庭

1樓　　中庭

地下一樓　　寶塔

※參考安土町城郭資料展示室模型（內藤昌先生復原）等繪製而成。
※3樓「高欄擬寶珠」的結構類似中庭走廊。

崇拜自己「神乃不滅」的化身，以超然的權威掌管1、2樓的政治，本人則常住3樓的天界。2樓利用具有如此精神形象的通風空間，有時做為饗宴的舞台，也可能演奏天上之樂，到了5、6樓真有如天堂。信長的座位與其說是超越形同基督教天主（耶穌）「唯一絕對神」的「統一絕對神」，毋寧說他希望成為的是「總見」的「綜合絕對神」。

這裡出現的「總見」這個詞，是從信長於安土城內設立的總見寺之名而來，是綜合儒教、佛教、道教和神道等所有觀點的意思。

也就是說，安土城是信長結合所有宗教以絕對神身分進行統治的地方。我覺得不只是一般的神而是絕對神這件事非常重要，因為這個絕對神也包括造物主的意思。

信長想將自己視為絕對神也就是造物主，我認為不應該視之為無可救藥的神秘主義，或是一種瘋狂的行為。即使說是絕對神也就是造物主，也不是我們現在認為的被扭曲的觀念，而是日本人首次接觸到的最新觀念。

日本自古以來原本就沒有絕對神也就是造物主的概念，最早將這樣的概念帶進日本的，就是當時十分活躍的路易斯‧佛洛伊斯等傳教士。

信長當然也聽過傳教士提及此事。

路易斯在《弗洛伊斯日本史5》中提到：

他有時會聽我傳教，內容深得其心。他的內心雖然不懷疑事情的真實性，但由於控制他的傲慢和自大非比尋常，所以這個不幸且可憐的人陷入無可救藥的瘋狂和盲目。他說比他優秀的宇宙造物主並不存在，如同他告訴家臣的，他希望自己在這個土地上被膜拜，甚至說除了他信長之外，沒有值得膜拜的人。

如果把這段話中路易斯這個天主徒的「偏見」「傲慢」「自大」「不幸」「可憐」「瘋狂」和「盲目」拿掉，我們應該可以感受到信長在聽到絕對神也

就是造物主的故事後，立刻了解那是怎麼一回事的模樣。信長從年輕時就厭惡中世和傳統的事物，他致力於任誰都沒有想過的新事物，並眞的將它完成。他爲什麼要這麼做？應該是因爲他在聽到絕對神也就是造物主的故事時，第一次體會到「啊！原來我正是造物主」。

那麼這個造物主做了什麼？信長爲了讓這個定義更清楚，在原本一無所有的地方建造安土這座城市。這是個人人可自由且和平生活的理想之城，也可說是信長思想的內容。

也就是說，信長的意思是將信長當做絕對神也就是造物主般崇敬，凡事如信長所爲般爲之，以安土爲典範。

這個做法與他交代統治越前的柴田勝家等人的九條規定十分類似，在九條規定中信長除提醒諸多細節外，最後還提到要崇敬信長不可冒犯信長的想法非常重要。

因此包括安土城在內的整個安土，絕不是因爲信長的傲慢，毋寧說是因爲信長的體貼或者該說是溫柔而生。

但即使如此，信長的思想終究太過新穎，日後眾臣之所以會陸續背叛信長，也可說是因爲這個緣故。

信長，最後之戰

✿ 與本願寺的激戰

天正4年（1576）正月，信長為表明自己的理想著手興建安土城時，一定是認為統一天下的日子不遠。如果不是這樣，他不會開始此一巨大工程。

然而信長即將統一天下的事實，對與信長為敵的舊勢力是一種刺激。

曾經熱中組織反信長包圍網的足利義昭，此時也開始積極參與新一波的反信長行動。

天正4年（1576）正月，義昭還在紀州由良興國寺（和歌山縣日高郡由良町），2月得知信長開始興建安土城後，便遷往西國的超級大名毛利氏領地內備後的鞆（廣島縣福山市）。從很早以前義昭就試圖將毛利氏拉進反信長陣營，但效果不如預期，這回義昭親自採取行動，毛利氏一開始雖感困擾，但也逐漸表現出反信長的態度。

受到這樣的行動刺激，石山本願寺也開始活躍。本願寺原本就屬於反信長陣營，儘管在天正3年（1575）10月與信長第三度談和，但日後依舊讓雜賀的火槍手和紀伊門徒入城，持續採取打倒信長的對策。這也可說是在失去伊勢長島與越前一向一揆之後，本願寺勢力的再度集結。如果毛利氏能夠參戰，就不需要繼續顧忌信長而不敢作聲。

這麼一來，信長就再無法滿腦子只想著安土城了。

天正4年（1576）4月14日，信長得知本願寺將再度舉兵，立刻派遣荒木村重、細川藤孝、明智光秀和原田直政四人，加上畿內的軍隊出征大坂。

織田軍分頭包圍本願寺，荒木村重從尼崎出發前往海上，在野田（大阪市福島區）築砦。明智光秀與細川藤孝於森口（大阪府守口市）和森河內（大阪府東大阪市）築砦，原田直政則在天王寺築砦，企圖佔領敵軍海上交通的聯絡基地木津（大阪市浪速區）。信長接著派遣佐久間信榮做為援軍，與明

智光秀的軍隊一同進入天王寺城（砦）。

5月3日清晨，三好康長與根來及和泉的軍隊擔任先鋒，原田直政與大和山城的軍隊跟隨在後攻打木津。

大坂方面則由櫻岸（大阪市中央區）出動1萬名配備數千支火槍的軍隊包圍織田陣營。在展開驚人的槍戰之前，整個織田軍已經瓦解，原田直政戰死，大坂陣營則是乘著首戰告捷的餘威一直攻至天王寺城。

這對信長而言可說是出乎意料的慘敗。

此時信長人在京都，5月5日為援救天王寺城緊急出兵，但由於事出突然，隨行的僅100名騎兵。當天信長雖進入若江（大阪府東大阪市），但次日也僅聚集3,000名士兵。

5月7日，信長就帶領這3,000名軍隊出征，迎戰15,000名敵軍。

信長將軍隊分成三批，前鋒為佐久間信盛、松永久秀、細川藤孝以及若江軍，第二批為瀧川一益、蜂屋賴隆、羽柴秀吉、丹羽長秀和稻葉一鐵，第三批則是信長親自率領馬迴眾。

3,000名軍隊從住吉地區展開攻擊，此時信長竟然加入打頭陣的步卒四處奔走指揮，受了腳部中彈的輕傷。信長軍也奮戰摧毀敵軍，與天王寺砦的友軍會合。

事情發展至此，信長進一步下令「再幹一場」，部將們因敵軍人數眾多而加以阻止，信長卻不予理會。信長軍分成兩批再度出擊，展開殊死戰瓦解敵軍，一直追趕至本願寺的木戶口，砍下2,700名敵軍首級。

信長軍總算脫離險境，但老實說真是一場相當勉強的戰爭。為什麼像信長這樣實力堅強的人，事到如今需要如此勉力而為？我想是因為此時的信長不可敗給本願寺的想法太過強烈，因為信長已以即將統一天下為前提開始興建安土城，事到如今，怎能敗給本願寺？這樣的想法讓信長趕赴危險的戰爭。

話雖如此，信長也同時了解集結剩餘勢力的本願寺之強超乎預期，信長因此提出新的策略。

🏵 第一次木津川口海戰

信長在此次戰事中發現本願寺的實力超乎預期，他放棄急攻改變策略，進行切斷軍糧的長期戰。他在十個地方築砦，準備包圍石山本願寺，並安排佐久間信盛父子和松永久秀等人鎮守據點天王寺，正式撒下本願寺包圍網。

之後信長離開戰場，於6月5日返回安土。

從此展開長達五年的包圍本願寺行動。

信長軍的包圍行動雖然確實封鎖本願寺的勢力，但斷糧的最大目標卻毫無成效。信長軍的陸地包圍行動十分周全，在海上卻不堪一擊。

這樣的情勢立見分曉。

天正4年（1576）7月13日，七、八百艘隸屬毛利陣營的村上、能島和來島等的村上水軍大船團出現在大坂灣。由於船團的目的是為了運送糧草進入本願寺，於是一鼓作氣逼近木津川口。

信長陣營對此出動300艘在住吉海岸（大阪市住吉區）待命的船隻，於木津川河口展開防衛戰。

此時陸戰開始。一向一揆從本願寺陣營的樓岸和木津砦出動，攻擊信長陣營位於住吉海岸的砦，信長方面則由佐久間信盛從天王寺派兵攻打敵軍。

海戰也立刻展開，但出現一面倒的情形。因為毛利陣營在人數上具壓倒性多數，且使用稱為「焙烙火矢」類似燒夷彈的火藥，不斷攻擊信長陣營的船隻，導致信長陣營的船隻四處起火沉入海中。真鍋七五三兵衛、沼野傳內和宮崎鹿目介等信長陣營水軍的眾多指揮官戰死，信長水軍慘敗。

一般在陸地上的戰爭，信長通常會召集多於敵軍的兵力，確保在人數上佔優勢。但在木津川口的第一場戰事，人數上完全由毛利陣營領先，結果毛利水軍完全沒有傷亡，如同當初預期運送軍糧進入本願寺，彷彿什麼事都不曾發生過般撤離。

人在安土的信長得知毛利水軍來襲立刻準備出動，但因勝負已定於是作罷。

◆石山本願寺之戰和主要城池分布

飯滿

森口

野江

澤上江堤

福島

川口

野田

樓岸

鴫野

石山本願寺

森河內

三津寺

難波

天王寺

木津

安部野

木津川口

安部野

住吉

□ 本願寺陣營的城池和砦
■ 織田陣營的城池和砦

※無法攻陷一向一揆陣營
　的樓岸、三津寺、難波
　和木津據點，毛利水軍
　得以運送軍糧進入。

就這樣贏得第一次木津川口海戰的毛利水軍，之後又出現在大坂灣，運送軍糧和軍需物資進入本願寺。水軍遭到打擊的信長陣營卻莫可奈何，負責包圍本願寺的指揮官佐久間信盛也只能作壁上觀。四年後的天正8年（1580）8月信長之所以流放佐久間信盛父子，主要正是因為他們在包圍本願寺時毫無作為。

❀ 十萬大軍攻打雜賀

第一次木津川口海戰慘敗的信長，暫時只能放棄對抗毛利水軍，不過他當然不會只是放棄。海戰失利後，信長立刻命九鬼嘉隆和瀧川一益興建大船，企圖成立新的水軍封鎖毛利水軍的行動。此舉雖然曠日費時，卻是對抗毛利水軍唯一的辦法。

期間信長決定從其他方面打擊本願寺。天正5年（1577）2月，紀伊雜賀（和歌山市）中的宮鄉、中鄉和南鄉等地前來投降，給了信長機會。

本願寺既已失去伊勢長島和越前一向一揆，雜賀一揆或雜賀眾即成為最值得依靠的勢力。

雜賀眾的主要根據地為紀之川河口及其四周（和歌山市和海南市北部一帶），除紀伊雜賀庄外，還集結名草郡的十鄉、宮鄉、中鄉和南鄉等五組勢力。這一帶不只是先進的農業生產地區，交易也十分興盛。雜賀勢力以擁有大量火槍在各地擔任傭兵作戰聞名，雜賀眾在本願寺第一次舉兵反對信長時便已加入，在第一次木津川口海戰中也協助毛利陣營，十分活躍。

原為雜賀一向一揆的盟友根來寺（新義真言宗的總寺院）僧兵集團的根來眾，從以前就支持信長，此時就連五組雜賀勢力中的三組都效忠信長。

和攻佔美濃時一樣，配合敵軍倒戈或分裂起兵是信長常用的手段，這回也理所當然的順勢討伐雜賀一向一揆起兵。

2月2日，信長接受三組雜賀勢力加入，立刻向各國發出「13日出兵雜賀」的指令。他則在9日上洛，期間除五畿內外，越後、若狹、丹後、丹波和播磨的大名和武將，也前往京都等待信長出兵。

2月13日信長從京都出發，結合從各地聚集的兵力南下河內。16日在和泉的香庄（大阪府岸和田市神於町）布陣，兵力約10萬，一說爲15萬，十分龐大。和泉的一揆勢力將船隻聚集在貝塚（大阪府貝塚市）海岸進行防禦，但幾乎所有人都趁夜搭船逃離，次日並未大舉開戰。

2月18日信長轉移陣地前往佐野（大阪府泉佐野市），22日於志立（大阪府泉南市）布陣，信長在此將兵力一分爲二，沿海岸和內陸朝雜賀而去。

內陸方面，由根來寺的杉之坊和倒戈的三組雜賀勢力，帶領佐久間信盛、羽柴秀吉、荒木村重、別所長治和堀秀政等軍隊進攻雜賀，燒毀所有地方。但小雜賀川（和歌川、和歌山市）強烈抵抗，雙方在此對峙。

瀧川一益、明智光秀、丹羽長秀、細川藤孝和筒井順慶等大和勢力，則沿海岸前進，途中兵分三路攻進雜賀，擊退雜賀一向一揆，在各地放火。接著包圍中野城，2月28日攻陷該城。

瀧川、明智、蜂屋、細川和筒井等軍隊，從3月1日起攻擊鈴木孫一（孫市）的居城。鈴木孫一爲統領雜賀一向一揆的長老中具代表性的人物之一。雜賀城以火槍激烈應戰，但信長的軍隊以竹製護具躲避槍彈進攻，豎立瞭望台監控城池，不分日夜持續攻擊。

3月15日，以鈴木孫一爲首的七名雜賀長老，終於向信長提出效忠的誓文投降。有別於處理長島和越前的一向一揆，信長接受誓文赦免雜賀眾。

研究雜賀眾的學者鈴木眞哉指出，事實上由於雜賀眾強烈抵抗，信長軍已心生厭煩，所以才以表面上接受雜賀眾投降的形式保住顏面。事實上雜賀眾在投降之後，包括先前倒戈的三組人馬在內，仍持續支持石山本願寺。

但他們已無法發揮以往的實力。

✿ 信長軍團vs上杉謙信

由於天正4年（1576）足利義昭從紀伊由良興國寺遷往備後的鞆，西國的超級大名毛利氏終於表明反對信長的立場。如前所述，結果導致同年5月織田軍在第一次木津川口海戰慘敗。

◆第二次信長包圍網

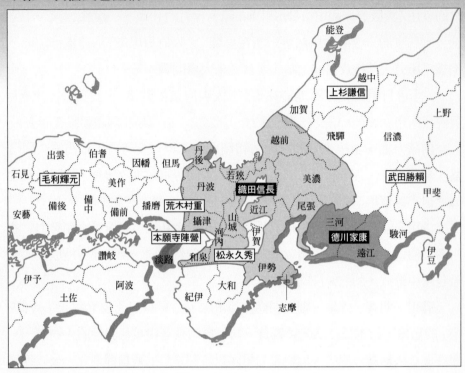

但此時表明立場反對信長的大人物絕不只毛利氏。

越後的上杉謙信長期以來都與信長保持友好關係，這個關係始於永祿7年（1564）信長開始攻打美濃時。當時謙信與甲斐的武田信玄在川中島展開殊死戰一事十分有名，但企圖攻佔美濃的信長，對信玄的動向耿耿於懷。這是因為信長企圖拿下的美濃，毗鄰信玄的領地信濃。

就這樣，信長和謙信因為有信玄這個共同敵人而站在同一陣營。

這樣的關係，即使在元龜4年（1573）4月武田信玄死後仍未立刻瓦解。

由於信玄過世，背後的威脅消失，謙信專心擴大領土。天正2年（1574）7月，終於控制越中前進加賀。

另一方面，信長也在天正3年（1575）8月平定一向一揆，將越前納入統治，命柴田勝家擔任北陸方面軍司令官，前往平定加賀。

至此，信長和謙信的利害關係才開始出現正面衝突。

一向一揆的動向也加速兩人的對立。事實上，謙信和信長同樣長期以來都與一向一揆爲敵。如前所述武田信玄與本願寺顯如有親戚關係，因此即使謙信將主要根據地置於越後，仍經常爲一向一揆所苦。如果想前進越中和加賀，勢必與當地的一向一揆對立。

然而武田信玄死後，信長平定越前一向一揆，使得加賀和越前的一向宗門徒產生危機意識，一口氣全倒向謙信陣營。

附帶一提，在此期間足利義昭也與一向一揆談和，要求他們和本願寺與毛利氏一同加入反信長陣營。

謙信順應時勢，在天正4年（1576）5月與毛利氏應義昭要求與本願寺聯手，在同一時間和信長斷交，與加賀一向一揆談和，表明反信長的立場。

謙信還以能登爲目標，在當年11月包圍能登守護畠山氏居城七尾城（石川縣七尾市），但未能展開攻擊暫時撤兵，隔年天正5年（1577）閏7月再度攻打七尾城。此時七尾城守護畠山氏已喪失實權，由遊佐氏和長氏掌握大權，兩股勢力互相對立：遊佐續光企圖投靠謙信，長綱連則期待信長出擊。

此時長綱連採取行動，派遣弟弟擔任使者前往信長處。

接到長綱連派遣援軍的要求後，信長命柴田勝家擔任主將，再加上瀧川一益、羽柴秀吉和丹羽長秀等的軍隊，前往能登七尾城展開救援。8月8日柴田勝家率領號稱3萬大軍出征越前北之庄。織田軍一邊應付加賀一向一揆的反抗一邊進攻，總算渡過手取川前進至小松（石川縣小松市）附近。然而到此力氣用盡，一向一揆強烈抵抗，使織田軍無法繼續前進。

而且軍團內部發生糾紛，由於秀吉與勝家意見相左，擅自拔營撤軍。具體的情況並不清楚，據《信長公記》中的記載，信長大怒，秀吉進退兩難。

就這樣當柴田的軍隊停留小松附近期間，能登七尾城內發生極大變化。9月15日遊佐氏一派殺害長氏一派，將圍城的謙信軍隊引進城內，七尾城就此完全落入謙信之手。

事已至此，織田軍及時趕到也毫無意義，得知七尾城淪陷消息的織田軍

開始撤退。但上杉軍已決心和織田軍展開決戰並南下加賀。

9月23日，就在織田軍即將渡過手取川時，謙信軍趕到展開攻擊。織田軍因事出突然慌了手腳只能逃命，就在此時手取川水位上漲，眾多士兵因此溺死，謙信獲得壓倒性勝利。

不過這是谷口克廣先生的說法。關於此戰的紀錄僅存於謙信的書信中，《信長公記》中當然毫無記載，所以應該不是一場多了不起的戰役。話雖如此，這場手取川之戰卻是織田軍和謙信之間發生的第一場，也是最後一場，總之是唯一一場戰事。

手取川戰後返回越後春日山城的謙信，在隔年天正6年（1578）正月向手下的所有軍隊發出大動員令，決定3月15日出征。對長期以來因為武田信玄和一向一揆無法自由行動的謙信而言，不難想像這將會是畢生最大一場決戰的大動員。然而在3月9日他突然倒臥廁所，13日在春日山城過世，享年49歲，死因據傳為腦溢血。

關於此一大動員令，根據當時的文件和軍令，似乎是為了因應下總結城

◆加賀和越中的主要城池

的結城晴朝的要求出兵關東，但事實究竟爲何？.

唯一可以知道的是，信長的大敵之一不需要正式開戰就自動消失了。

❀ 失火的信貴山城，叛變的松永久秀

雖然上杉謙信的死未能大幅改變當時的局勢，但繼西國的毛利氏之後，連越後謙信也加入反信長陣營一事，至少是相當重要的事件。

彷彿在呼應此事般，畿內也出現問題。

事情是發生在信長派遣由柴田勝家率領援軍前往能登七尾城之後的天正5年（1577）8月17日。隸屬佐久信盛軍負責管理庶務，當時人應該在包圍本願寺據點天王寺城的松永久秀，突然躲進信貴山城（奈良縣生駒郡平群町）造反。

一提到松永久秀，之前也說過好幾次，是個非常善變的人。他原本和三好三人眾與信長爲敵，在信長上洛時投降，獲賜大和一國進入多聞山城（奈良市）。當武田信玄出兵信長包圍網佔優勢時，又再度倒戈與信長爲敵。在信長贏得與義昭之戰後又再度投降，交出多聞山城，結果受命擔任佐久間信盛手下的騎馬武士。

由於騎馬武士無法單以自己的勢力組成一支軍團，必須隸屬其他軍團互相合作，這確實是遭到降級。不過以一般的角度來想，光是獲得信長原諒就已算是幸運了，但久秀應該是忍無可忍吧！因爲他原本稱霸畿內，就算在織田軍團中也曾統治大和一國。即使如此當時他已高齡68歲，或許是想配合謙信上洛，於是賭命做最後的奮力一搏吧！

對此，信長派遣智囊松井有閑前往久秀處詢問造反的理由，以便找出妥善的解決辦法。當時比起久秀，他應該更在乎上杉謙信的動向吧！

但久秀造反的意志十分堅定，信長於是下令處死久秀做爲人質的12歲和13歲的兒子。兩人在六條河灘上被處死，據傳當天從京都內外聚集當地觀看行刑的人都淚流不止。

當時久秀的叛變明顯是爲了配合謙信的行動，他甚至期待謙信上洛。但

謙信在9月23日於手取川大勝織田軍後便返回越後，並未如久秀預期。

信長等到此時終於出兵。

10月1日，細川藤孝、明智光秀、筒井順慶和山城眾，攻陷松永久秀的黨羽藏身的片岡城（奈良縣北葛城郡上牧町）。10月3日織田信忠軍攻打久秀的信貴山城，燒毀城下町後布陣。接著在10月10日晚上，信忠與佐久間信盛、羽柴秀吉、明智光秀和丹羽長秀等人一鼓作氣攻上信貴山城。事已至此，狡猾的久秀也走投無路，於是放火燒毀天守自殺。喜歡茶具的信長從以前就想要久秀的天下名品「平蜘蛛茶釜」，據傳久秀在臨死前將茶釜打破。

而且信貴山城失火的那一天，和十年前久秀對抗三好三人眾燒毀東大寺大佛殿是同一天、同一時辰，因此人們謠傳此事乃春日明神所為。

❀ 中國地區的前哨站

天正5年（1577）閏7月，上杉謙信包圍能登七尾城時，信長命柴田勝家擔任主將，率領3萬大軍前往救援。之前提到羽柴秀吉在途中擅自決定率領軍隊撤退，《信長公記》中雖記載信長大怒，卻未交代是否特別給予處罰。

事實上當時秀吉已有新的任務，最後就是與大國毛利氏開戰，侵略中國地區。

信長看到因與柴田勝家意見相左便折返的秀吉，大概是認為他適合這樣的工作，也就是說不讓他在主將柴田勝家的底下工作，而是由他擔任主將率軍作戰。因為這樣的原因，信長交代秀吉的第一份工作就是出征播磨，這可說是攻打中國地區的前哨戰。

10月23日，在討伐叛變的松永久秀之後，秀吉從京都朝播磨出發。他大概真的適合擔任大將，在此戰中充分發揮實力，出征約三週便大致平定播磨。

播磨位於毛利氏與信長的勢力範圍之間，無法說歸屬於哪一方，但在天正3年（1575）10月信長平定越前一揆後，播磨的赤松廣秀、小寺識隆和別所長治等當地武士，曾專程上洛向信長致意，也就是說有大批勢力倒向信長

陣營，從這個角度來看，秀吉此行十分輕鬆。

秀吉進一步攻打但馬，攻陷各地城池。

然而到了天正6年（1578）2月，情況急轉直下。播磨當地最大的領主，也就是先前曾向信長致意的別所長治，突然倒向毛利陣營。3月29日，秀吉包圍長治居城三木城（兵庫縣三木市），但當時他率領的兵力不到1萬人，而三木城則有5,000名的兵士，這樣的差距要想贏得包圍戰極不容易。

4月，毛利軍攻打由尼子勝久和山中鹿之助等人鎮守的上月城（兵庫縣佐用郡上月町），展開包圍行動。勝久和鹿之助企圖復興為毛利氏所滅的尼子氏，因此投靠信長陣營。三木城在播磨當中距離攝津較近，而上月城則鄰近美作和備前，兩者的位置正好相反。

秀吉陷入窘境，此時信長雖命信忠擔任主將率領援軍前往，但這支軍隊僅攻打數座三木城支城便打道回府，因為別處還有戰事。

最後，秀吉依信長命令放棄援救上月城，專心包圍三木城。但這場包圍戰一直拖到兩年後的天正8年（1580）正月才一決勝負，而秀吉棄之不顧的上月城在天正6年（1578）7月遭到攻陷，復興尼子氏的夢想就此煙消雲散。

在秀吉包圍三木城時，信長其他部將當然也在與其他敵人作戰。天正6年（1578）初，由佐久間信盛率領的軍團依舊包圍本願寺，北陸方面由柴田勝家率領的軍團正在平定加賀。當秀吉陷入困境時，信長的嫡子信忠率領援軍抵達。信忠主要的根據地為美濃和尾張，跑這一趟原本是為了與同盟國德川氏一同壓制東方。

如上所述，當時的信長以較具實力的武將擔任主將編制大軍團，對抗不同敵人。這支大軍團擁有數萬名兵力，目前一般稱為「方面軍」，主將雖為信長的部將之一，可運用的兵力人數已與戰國大名並駕齊驅。擔任方面軍的司令官，形同晉升地位最高的信長家臣。

出發征討播磨時的秀吉，率領的兵力還不到數萬，說是方面軍司令官或許有些誇張。當時堪稱方面軍司令官的，應該是信長自尾張時代的重臣佐久間信盛、柴田勝家和嫡子信忠。但在完全平定播磨後，秀吉的身分也堪稱方

面軍司令官，同一時間，平定丹波和丹後的明智光秀也晉升同樣的身分。

信長的新秩序

信長為統一天下展開具體的作戰計畫，由於陸續由方面軍司令官負責領軍，信長本人直接參戰的機會當然隨之減少。

事實上根據《信長公記》的記載，派遣秀吉出征播磨時的信長經常外出獵鷹、舉行品茗會或觀看相撲比賽。《信長公記》在這些歡樂的話題間穿插秀吉等人的行動，信長彷彿是因為太了不起，所以才沉迷於尋歡作樂。

但這樣的看法當然是錯誤的。

例如在《信長公記》中關於天正7年（1579）4月獵鷹的部分提到，信長數度說到「御狂有之」「得以消愁解悶」。「御狂」就好像飆車族騎著摩托車狂奔，把它想成信長帶著眾小姓騎著馬到處跑，藉此抒發心情，也就是說他其實想參戰，只是在忍耐。

◆中國地區的主要城池

那他為什麼要這麼做？關於這一點秋山駿先生的看法讓人獲益匪淺：

這是為什麼呢？因為他認為眼前的當務之急和自己的容身之所並非戰場，自己應該扮演的角色不是總司令官，而是更不一樣的身分。信長這麼做應該是為了建立新的秩序。

這樣的說法或許太過露骨，但如果把他想成下面的情況呢？

以泡茶為例。茶道是從中國引進的喝茶習慣，經室町時代發展成一種藝能，將各類形態集大成者是擔任茶頭（茶立人）為信長泡茶的千利休（宗易）。茶道的完成信長的力量是不可或缺的，也可說是透過信長創造新的文化。

此外，利休的茶道觀具有戰國時代違反常識的下剋上的創意，這點充分表現在他使用的茶具上。在利休之前，茶道利用粗糙和高級的極端對比，尋找極致之美，就好像在乍看簡陋的茅草茶室中出現千金難買的名品茶具一般。但利休追求超越這種對比的美，積極使用朝鮮製的陶瓷器等茶具，更進一步自創各類茶具，可說是茶具觀的下剋上。

下剋上源於戰國時代的戰爭，而利休的茶道則將下剋上的殘酷精神帶入和平時代的文化之中。

既然培養出這種茶道的人是信長，應可說是他想創造出這樣的新文化。

假如信長稱霸全日本，日本當然會變得和平。但這樣的和平又是什麼？只是天皇是天皇、貴族是貴族、將軍是將軍，一般穩定的日本中世的統治體制嗎？只怕就連信長的重臣中也有不少人這麼認為吧！

但信長想說的應該不是這回事吧！不是沒有下剋上的和平，而是有下剋上的和平，信長想要的是為了實現這種和平的嚴格且朝氣蓬勃的新秩序。

事實上，就連看似沉迷於獵鷹或泡茶時，信長都依舊保持對戰爭的嚴格要求。

天正6年（1578）正月29日，在秀吉出征播磨後不久，信長居住在安土

城下町的弓箭手住家發生火災，原因似乎是因爲這名弓箭手將妻子留在本國尾張，獨自來到安土。由於信長從以前就交代家臣帶著妻小移居安土，此舉明顯是違令。但經過信長調查，情況相同者人數多達120人。那麼他該怎麼做？信長將這些人在尾張的私宅燒毀，甚至砍伐宅邸內的竹子和樹木，強迫眾人的妻小移居安土。

由此應可看出信長對部將的要求有多麼嚴厲了。

接著，信長又採取無人能解的行動。

之前也提到，天正3年（1575）11月信長升任權大納言和右大將，事實上在這之後信長順利升官，到了天正4年（1576）位居正三位內大臣，天正5年（1577）成爲從二位右大臣，天正6年（1578）正月升任正二位。以朝臣而言，再往上就只剩下左大臣和關白。

結果在天正6年（1578）4月9日，信長突然保留正二位的位階，辭去右大臣和右大將的官職。

無論是獵鷹或泡茶，信長依然是信長。

荒木村重的叛變

如上所述，觀察天正5至6年（1577~78）左右信長四周的情況，可以得知除了與最大敵人本願寺之間的戰爭毫無進展外，信長已逐步邁向統一天下的目標。

然而在天正6年（1578）10月發生一件出乎信長意料的事，那就是荒木村重叛變。

村重叛變的消息在10月21日傳至信長處，他完全無法相信。

荒木村重原爲攝津的實力派人物，元龜4年（1573）2月足利義昭背叛信長舉兵時，村重與義昭近侍細川藤孝最早趕至信長處效忠，之後便深得信長信賴，且受命統治攝津。天正6年（1578）正月，村重與織田信忠、瀧川一益、明智光秀、羽柴秀吉、丹羽長秀和細川藤孝等人，應信長之邀參加在安土舉行的新年品茗會。這對信長的家臣而言是極大的榮耀，信長十分厚待村

重，他為什麼要造反呢？

村重與毛利輝元和本願寺顯如結盟，藏身鎮守主要根據地攝津的有岡城（原伊丹城，兵庫縣伊丹市）。

當時播磨西部的上月城已落入毛利陣營手中，播磨東部的三木城也投靠毛利陣營，如果再加上荒木村重的攝津，從毛利氏的主要根據地到石山本願寺就連成一線。若造反屬實，將使信長統一天下之戰陷入嚴重的停滯狀態。

難以置信的信長，派遣與村重深交的松井有閑和明智光秀前去詢問「你為什麼要造反？如果有話要說儘管說」，但村重無法提出讓人釋懷的說明，也不願接受信長之命前往安土。

11月3日，信長不得已只好出征進入京都，除再次派遣有閑和光秀外還加上秀吉，希望能夠說服村重，但村重仍固執己見。

即使如此，信長並未直接展開攻擊，停留京都期間他拜託朝廷向本願寺提出談和，因為如果事情進行順利，村重的叛變就不那麼重要了。本願寺當然加以拒絕。

就在這個時候，信長收到更勝於與本願寺談和的好消息。11月6日，從海上封鎖本願寺的信長水軍擊退毛利水軍運送軍糧的600艘大船團，也就是所謂的第二次木津川口海戰。但此事容後再談。

11月9日信長率領3萬大軍出征，目標攝津。

村重在攝津掌握的城池眾多，如高槻城（大阪府高槻市）、茨木城（大阪府茨木市）、尼崎城（兵庫縣尼崎市）和花隈城（兵庫縣神戶市中央區）等等。其中高槻城的高山右近（重友）是虔誠的天主教徒，為了說服他，信長派遣傳教士奧爾岡蒂諾前往。因為信長威脅利誘他：「如果成功，我就盡最大努力保護基督教，如果你不答應，我就禁教。」奧爾岡蒂諾只好答應。面對奧爾岡蒂諾的要求，右近十分困擾，最後同意交出高槻城。11月24日，茨木城的中川清秀也同意開城。

無法讓本願寺與信長談和的朝廷，之後仍派遣敕使前往毛利氏的主要根據地安藝，企圖繼續進行協調，但此時信長要他們停止這麼做。

11月28日，信長來到有岡城外牆附近，在各個據點布陣圍城。

12月8日申時（午後4時左右）展開攻擊。首先由火槍隊逼近敵城外牆內的大街入口射擊，接著從酉時（下午6時左右）至亥時（晚上10時左右），信長軍逼近至敵城外牆附近展開攻擊，但敵人奮戰守住城池。

12月11日信長改變策略，展開密不透風的包圍網，準備打持久戰。曾分別包圍過本願寺和播磨三木城的佐久間信盛和羽柴秀吉，以及攻打過丹波的明智光秀都前來支援這場仗，但不久後便各自返回個人的責任區。

12月21日，信長留下包圍有岡城的軍隊撤軍，於25日返回安土。

由於第二次木津川口海戰的勝利，完全切斷毛利氏與本願寺之間的聯繫，再加上徹底包圍荒木村重的有岡城，信長得以度過重大危機。

⊛ 第二次木津川口海戰

前面提到天正6年（1578）11月6日，信長水軍擊退600艘毛利水軍的船

◆攝津的主要城池

團。以下仔細介紹這場稱爲第二次木津川口海戰的戰爭。

這場海戰之所以饒富趣味，是因爲據說信長水軍的7艘主要大船完全以鐵板安裝而成。

信長是在天正4年（1576）7月第一次木津川口海戰大敗之後，命九鬼嘉隆和瀧川一益興建大船，信長命嘉隆建造6艘，一益建造1艘，工程都在伊勢進行。

完工的時間雖然不清楚，但船隻在天正6年（1578）6月26日駛離伊勢灣前往大坂灣。

途中在丹和（淡輪、大阪府泉南郡岬町）的海面上遭遇雜賀和丹和無數敵軍的小船攻擊，但在敵軍小船十分接近時便以大砲輕易擊退。

7月17日抵達大坂灣的堺港，次日爲切斷本願寺陣營與毛利水軍在海上的聯繫，於大坂灣展開部署。9月27日信長也前來實地檢視大船。

這些大船果眞全部安裝鐵板嗎？至少由瀧川一益建造的那艘並不是。

因爲在《信長公記》中記載這艘船被造成「白船」，白船的一般解釋爲：以原木建造而成的船隻，藤本正行先生查閱《日葡辭書》後指出，「白船」亦指中國式的船隻，總之這艘應該是木造船。

那麼由九鬼嘉隆建造的那6艘全部安裝鐵板嗎？

事實上關於這一點也並不清楚。之所以傳說這些船安裝鐵板，是因爲奈良興福寺的學僧多聞院英俊留下的《多聞院日記》中有以下的描述：

堺浦近日有來自伊勢的大船，搭乘人數多達五千，橫七間豎十二、三間，爲鐵之船。

人們根據這個描述，將這些大船說成高約14公尺、長約25公尺，完全以鐵板製成。

但只要仔細一想，任誰都可以看出這段描述中有可疑的部分，那就是可搭乘5,000人的說法太過誇張。如果依照這樣的長寬比例，這艘船將會十分

壯觀。之所以會出現這樣的說法，是因爲《多聞院日記》中的相關描述是根據傳聞，英俊並非親眼所見。

藤本正行也指出這一點，而且能夠證明這些船是「鐵之船」的資料只有《多聞院日記》，《信長公記》中當然沒有關於以鐵造船的描述。

這麼一來，「鐵之船」的說法就顯得非常奇怪，即使船隻確實以鐵板建造，大小爲何也不清楚。

因此對於這些大船完全以鐵板建造的說法，還是存疑比較妥當。

即使如此，這些大船在某種程度上還是極有可能安裝了鐵板。因爲信長水軍在第一次木津川口海戰被毛利水軍的焙烙火矢打得七葷八素，信長一定是想到了因應的對策。

此外，這些船隻的確配備重裝備。傳教士奧爾岡蒂諾的報告指出，船上裝有3門大砲和無數長槍。關於這些長槍，藤本氏的說明爲：「他指的應該是置桶，所謂『置桶』一般安裝在城郭上的狹間（槍眼）射擊，爲全長1.5至2公尺，口徑2或3公分的大型火槍。」

因此，即使這些船並未全部安裝鐵板，也應該是十分驚人的戰艦，當然在第二次木津川口海戰中讓人大開眼界。

天正6年（1578）11月6日，由600艘船隻組成的毛利水軍一出現在大坂灣，九鬼水軍的6艘大船也立刻出動。至於瀧川一益建造的白船出動與否並不清楚，此外還出動數量不詳的小船。

辰時（上午8時左右）兩支水軍開戰，起初由毛利水軍佔上風，但戰況突然改變。信長水軍誘使敵軍接近，6艘大船的大砲同時射擊敵軍主將搭乘的船隻，重創敵軍。結果敵軍的船隻因爲害怕而不再靠近，九鬼水軍的船隻將數百艘敵船趕入木津港加以擄獲。

有別於上一次，這次可說是由信長水軍獲得壓倒性勝利。

🏵 佛法辯論賽：安土宗論

荒木村重造反，起初或許引發信長的危機，但不久後危機便解除了。因

為只要密不通風的包圍有岡城，就毋需害怕村重。

事實上，從天正6年（1578）12月開始包圍有岡城，之後持續將近一年的時間，在信長臉上看不出些許焦慮的神情。天正7年（1579）正月5日，九鬼嘉隆前來向人在安土的信長致意時，信長還對他說：「目前大坂的情勢穩定，你就回故鄉去看看妻子吧！」同時也頻繁出門獵鷹。不久後安土城完工，5月11日信長遷往安土城天守閣。

之後便舉行著名的「安土宗論」。

那是5月中旬的事。從關東來了一名淨土宗的長老玉念靈譽，在安土大街上說法。在靈譽的說法會上，法華宗（日蓮宗）的建部紹智和大脇傳介提出異議，雙方開始答辯。當時法華宗門徒經常像這樣向其他宗派提出異論，令其改變信仰，這種行為稱為說服。

靈譽回應道：「就算我跟年輕人說，你們也聽不懂，等兩位帶來值得信賴的法華宗大師，我再回答你們。」

結果法華宗門徒表示會從京都請來知名高僧，希望舉行宗論。消息一傳十、十傳百，京都和安土內外來了許多僧侶和看熱鬧的人聚集在安土。

得知消息的信長，由於家臣中有不少法華宗門徒，於是轉告兩宗將此事交他處理，稍安勿躁。淨土宗同意遵照信長的指示，但法華宗因為從一開始就打算贏得宗論，不願接受這項安排。信長於是下令讓雙方在有如公開討論會般的宗論上一較高下，這就是安土宗論。

天正7年（1579）5月27日，宗論在安土郊外淨土宗寺院淨嚴院的大殿舉行。信長下令邀請南禪寺長老景秀擔任裁判，由華嚴宗學者因果居士擔任副裁判。此外，織田家也派出織田信澄等四人在場見證。

法華宗派出頂妙寺日珖、常光院日諦、久遠寺日淵、妙願寺大藏坊和堺妙國寺普傳等優秀人員為代表，而淨土宗的與會人員則為靈譽和安土西光寺的勝譽貞安。

根據弗洛伊斯的報告：「場地十分豪華，就座位準備、佛僧地位和民眾聚集等的角度來看，具備歐洲知名大學公開演出戲劇的氣氛和威嚴。」宗論

就在這樣嚴肅的氣氛中展開。

論爭一開始雙方就你來我往，非常熱鬧。

但最後卻讓人大失所望。

針對淨土宗提出的「方座第四所說的妙字是捨亦或不捨」的問題，法華宗的代表反問：「你說的是哪個妙？」淨土宗代表回答：「法華金宗的妙，你不知道嗎？」法華宗代表對此啞口無言，因此落敗。

得知宗論結束的信長，從安土城來到會場。

信長召見獲勝的淨土宗代表，逐一頒給賀禮。

接著將惹出禍端的大脇傳介斬首，理由是「你明明是負責安排靈譽長老落腳處的人，卻不支持長老，還在他人慫恿下引發議論造成騷動」。另一名建部紹智雖逃到堺，但仍在當地被捕遭到斬首。

信長接著召見妙國寺的普傳，普傳雖不隸屬於任何一宗，但知識淵博名聲顯赫，常說只要是信長的命令，他就可以成為任何一宗的信徒。但經過調查信長才發現，法華宗因認為如果讓這麼有名的普傳加入法華宗，法華宗將更為興盛，於是加以懇求。普傳在接受金錢後，於最近投效法華宗，做了違背他平常所言之事。信長先針對這點譴責他，接著糾正他「在宗論上一句話也不說，等到快贏的時候才忝不知恥湊上前來出風頭，實在太卑鄙了」，隨後也將普傳斬首。

信長還斥責留下的法華宗僧侶：「當武士每天吃苦受罪時，擔任僧職的你們住在豪華寺庵中過著優渥的生活，結果卻不思治學，連妙字都答不出來，實在讓人難以諒解。」

而且信長認為法華宗徒能說善道，日後肯定不會承認自己在宗論中落敗一事，於是下令要他們提交「由於此次輸了宗論，今後不得毀謗他宗」的誓言。

就這樣，由於法華宗提出誓言，安土宗論於是告一段落。

以往大家都認為安土宗論是信長的陰謀，從一開始就是為了打壓法華宗，亦即根本就是假造。但井澤元彥先生在仔細分析過論爭的內容後，強烈

主張其中並無造假。此外秋山駿先生也指出這場論爭並非事先講好，信長的目的並非單純只是爲了壓制法華宗，而筆者也這麼認爲。

由於信長與一向一揆展開激戰，因此經常被認爲性喜打壓宗教，但我們必須明白事情並非如此。不只如此，信長可說是最致力保護信仰自由的人，光是看他對當時的新宗教基督教的態度即不難了解。

信長盡最大的努力保護基督教，卻相對的對佛教進行打壓，這是因爲他們只求利己。如同戰國大名爲擴大領地展開「私」戰，佛教徒也在進行「私」戰，而在進行私戰這點上最極端的是法華宗。法華宗門徒不只以最激烈的手段打壓基督教徒，就算在佛教內部也不承認其他宗派的存在，因此經常挑起與其他宗派門徒之間的論爭，企圖令其改變信仰，最後甚至以武力開戰。信長應該是想停止這種爲了「一己之私」的戰爭。

信長討厭法華宗的確是事實。他雖重視工商業，但都市裡從事工商業者大多爲法華宗門徒，因爲這層關係，信長在一開始並未與法華宗交惡，擔任信長智囊、擁有大權的朝山日乘也與法華宗關係密切。但由於法華宗的做法太過獨善其身，信長看不順眼，也因此排斥朝山日乘。

因爲這些事，信長被認爲從一開始就企圖打壓法華宗，但不能因此就說論爭造假。

事實上，信長在宗論結束後指責法華宗門徒的話，其中毫無強人所難之處，每一句都非常合理。

之前也提到信長統一天下也涉及文化，我們應該認爲他在安土宗論上也採取同樣的做法。也就是說，信長的統一天下之戰，同樣涉及像宗教這種人類的精神層面。

🏵 村重棄城，人質慘死

稍微從荒木村重叛變一事離題了，之後的情況如何呢？

事實上，當信長在安土展開完全不同的戰爭後，在建構新秩序時情勢確實倒向信長。他不從一處而從多方面展開攻擊的做法開始奏效。

明智光秀在天正3年（1575）起被交付平定丹波的任務，自此開始出現大幅進展。天正7年（1579）6月，光秀攻陷丹波波多野秀治的八上城（兵庫縣篠山市），10月完全平定丹波和丹後。

秀吉則正為攻打播磨三木城所苦。天正7年（1579）9月更遭到前來馳援

◆有岡城包圍戰　天正6年（1578）12月～7年（1579）11月

●有岡城包圍戰的過程

① 包圍荒木村重藏身的有岡城。

② 高槻城的高山右近和茨木城的中川清秀向信長陣營投降。

③ 雖傾全力進攻，但萬見仙千代戰死，因而改採持久戰。

④ 荒木村重離開有岡城，轉往尼崎城。

⑤ 信忠軍兵分二路，於尼崎城旁的七松興建砦。

⑥ 攻陷有岡城。向荒木村重提出以城內官兵和婦孺性命做為交換，打開尼崎和花隈兩城，但村重拒絕，整個家族遭到殺害以示懲戒。

⑦ 荒木村重從尼崎城遷往花隈城。

⑧ 花隈城遭池田恒興包圍後攻陷，荒木村重逃往毛利氏處。

的毛利軍攻擊，面臨最大的危機。但最後好不容易擊退毛利軍脫離險境，繼續採取斷糧策略，滴水不漏包圍三木城。

信長水軍擊退毛利水軍，切斷軍糧的補給路線，包圍本願寺的做法也開始奏效。

另一方面，毛利陣營則諸事不順。天正7年（1579）正月，毛利氏決定往東助村重一臂之力。但由於信長和九州的大友宗麟聯手，毛利氏重臣杉重良倒向大友陣營，就連備前的宇喜多直家和美作的草刈景繼也投效信長，如此一來毛利氏將無法東行。

毛利氏是下剋上的典型，光是毛利元就一代，就從安藝的小勢力發展成爲統治包括安藝、備後、周防、石見和長門在內整個西中國的龐大勢力。當時毛利氏的主力，已轉移到元就之子身上。

元就有因「三根箭」的故事而眾所皆知的三個孩子：隆元、元春和隆景。

◆**毛利氏的家譜**

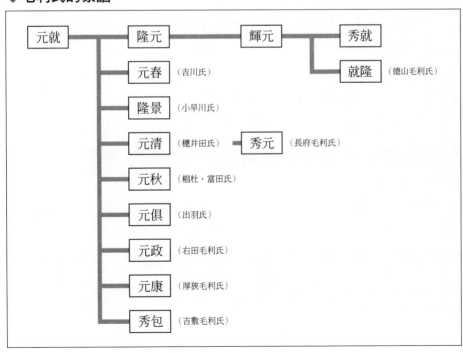

其中由於嫡子隆元早逝，其子輝元繼承毛利家，元春和隆景則分別繼承吉川氏和小早川氏，改名爲吉川元春和小早川隆景。吉川氏和小早川氏也是安藝的大勢力，三氏爲毛利氏的重心。話雖如此，由於元就以一人之力打下天下，要如何團結所有勢力就成了問題，再加上元就臨終前交代孩子絕不要企圖一統天下，要滿足於當個地方的超級大名。他當初之所以對加入反信長陣營猶豫不決，也是因爲這個原因。也就是說，毛利氏欠缺如信長般的攻擊精神，也難怪會出現叛徒。

這麼一來村重就頭痛了。求援已經無望，而軍糧逐漸見底。

村重於是在天正7年（1579）9月2日留下家臣和家人，趁夜離開有岡城前往尼崎城。因爲當地除嫡子村繼外，還有難得的毛利氏援軍桂元將。因大將走人，有岡城內亂了陣腳，也是莫可奈何的事。

10月15日，在瀧川一益的策動下，村重手下四名步卒部隊長倒戈，讓瀧川軍進入有岡城外牆內，負責守衛的大軍逃入城內。

織田軍就這樣不費吹灰之力佔領外牆內的城鎮，完全孤立有岡城。

11月19日，有岡城與信長陣營達成協議開城，協議內容爲荒木村重出面認罪並交出尼崎和花隈二城，以此保住城兵及其妻小的性命。村重的部將荒木久左衛門等人，將妻小留在有岡城當做人質後遷往尼崎城，但村重不願投降也不想交出尼崎和花隈兩城，悲劇因此而生。

12月23日，112名村重重要家臣的妻小被帶往尼崎，綁在柱子上以槍、長矛和長刀處死。此外，超過510名中級以下士兵的妻小和侍女，被押進四間房屋以枯草燒死。

村重如何因應呢？雖然發生這種事，他還是利用尼崎和花隈兩城繼續反抗信長。天正8年（1580）閏3月2日，信長陣營的池田恒興父子來襲，村重這才放棄城池，偷偷從兵庫搭船前往備後尾道投靠毛利氏。後來不知爲何成爲茶人，在信長死後與秀吉交好，一直活到天正14年（1586），是個一生頗爲傳奇的戰國武將。

🏵 本願寺開城

其實從荒木村重叛變的天正6年（1578）10月起，至天正7年（1579）10月情勢大致底定為止的期間，發生許多事。

逐一發生的所有戰事，其實已逐漸將本願寺逼入絕境，尤其是在第二次木津川口海戰之後，與毛利氏之間的聯絡線遭到截斷，影響甚巨。

天正8年（1580）正月發生一件對本願寺更為不利的事。多摩三木城因秀吉採取「餓死三木」的斷糧策略，陸續有人餓死，最後只好投降開城，本願寺因此再也無法期待毛利氏前來救援。主要根據地大坂石山城，的確是日本最難攻不破的城池，所以可以守城抵抗，但他們能做的也只是躲在城裡，毫無勝算。

事到如今，顯如也必須做出決定。

事實上，從前年12月起信長就透過朝廷與本願寺進行新一回的談和。

天正8年（1580）閏3月5日談判正式成立，內容共有七項協定，包括赦免所有守城人員，於7月20日前撤離大坂，如歸順信長便交還本願寺、加賀兩郡。

談判雖然成立，本願寺卻未順利交城。這是因為本願寺內部宗主顯如和繼承人長子教如，對該談和或抵抗意見分歧，而本願寺的戰力雜賀眾同樣也分裂成談和派與抗戰派。

4月9日，主張談和的顯如在無法說服抗戰派的情況下，率先撤離大坂，遷往紀伊鷺森（和歌山市）。以教如為首留下的抗戰派，直到交城期限的7月仍持續守城，但任誰都知道眼前毫無勝算，8月2日教如派也撤離石山城。

此時不知是信長或教如所為，有人放火燒毀本願寺堂宇，大火延燒了三天，燒毀所有建築。

就這樣，從元龜元年（1570）9月本願寺宣戰起，持續將近十一年的本願寺戰爭終於結束。不過要提醒大家的是：本願寺或一向宗並未因此消失，但只要本願寺和一向宗不拿起武器開戰，信長就不會與他們為敵。

🌸 流放佐久間信盛

　　最大的敵人本願寺自大坂撤退，對信長而言可說是最值得紀念的事。從元龜元年（1570）9月本願寺突然宣戰之後，持續將近十一年的本願寺戰爭就此結束。信長統一天下的大業可說因此進入全新階段，至少對生活在畿內近郊的人和京都朝臣而言，應該是充滿信長天下底定的氣氛。

　　從這個角度來看，信長應該可以大大獎賞自己的家臣。

　　他卻反其道而行。

　　天正8年（1580）8月2日，抵抗到最後的教如也撤離本願寺，之後來到大坂的信長立刻將佐久間信盛和信榮父子處以流放。

　　信長的家臣必定十分驚訝，更有甚者是覺得毛骨悚然吧！

　　因為佐久間信盛是從信長父親信秀時代便效命織田家的重臣中的重臣，即使是被稱為「傻蛋」的信長繼位，仍舊忠心耿耿，在信長軍團中能與信盛匹敵的重臣僅柴田勝家。而且勝家在尾張時曾一度與信長為敵，信盛卻從來沒有做過這種事，信長卻要流放他，這究竟是為了什麼？

　　此時信長將寫明十九條罪狀的彈劾狀交給信盛，狀上清楚寫著信長想說的話。彈劾狀的部分內容如下。

一、佐久間信盛和信榮父子於天王寺五年期間毫無功績，若遭世人
　　質疑也莫可奈何，信長亦有同感，無法辯駁。

一、推測其意圖，應視大坂陣營為大敵，即使不用武力不用謀略，
　　只要固守所在的砦數年，由於敵人為僧侶，不久後將會懾於信
　　長威望而撤退。但此絕非武士之道，在此情況下如能洞燭勝負
　　之機先一鼓作氣開戰，不只是為了信長也為父子倆著想，同時
　　結束士兵苦守，才是真正武士應行之道。像這樣一味堅持持久
　　戰，是毫無判斷能力且不乾不脆。（《現代語譯信長公記》）

其中第一條所說的世人「質疑」，當然是指世人對信盛不採取行動一事覺得不可思議，信長軍團中有像羽柴秀吉和明智光秀這樣不斷出現驚人之舉的武將，信盛卻毫無作為，這是為什麼？大概真有這樣的傳言吧！

讓人納悶的是，即使如此，信長還是將包圍本願寺一事交由佐久間信盛全權負責，這應該是因為信長手下的方面軍司令官擁有相當的自由和權限。

但信盛卻浪費這些自由和權限，第二條罪狀中信長猜測信盛的想法並予以譴責。

他認為信盛應該是想只要能夠包圍得滴水不漏，敵人早晚會投降，而且五年來一直沒有改變這樣的想法。但這是不對的，真正的武士必須不斷用腦毫不懈怠分析情況，在當下擬定不同方針把握機會開戰，不這麼做就是怠忽職守，這就是信長的意思。

安土宗論時，信長斥責失敗的法華宗門徒「擔任僧職者生活優渥，不思治學」，可說是同樣的意思，信長非常不喜歡這種懈怠。

信長接著在第三條中具體指出信盛懈怠的例子，其中也包括天正元年（1573）8月眾人未能及時追擊朝倉氏遭信長斥責時，信盛失言說：「您雖然這麼說，但能擁有像我們這樣的家臣也很難得吧！」這已是七年前的事，有人因此認為信長記仇且殘酷，但事實應該正好相反，他是從那個時候起就一直在忍耐。

如今他再也忍無可忍，因為統一天下已步入新的階段。

目前信長的天下形同大勢已定，所以即使不再打仗，信長和家臣也應可安穩度日。家臣中或許有人希望再也沒有戰爭，信長則藉著流放信盛否定家臣的這種想法。

信長想達成的統一天下的理想，絕非如此小家子氣，他想趁此機會讓家臣了解他的想法。

信長在天正8年（1580）還流放家老林秀貞、安藤守就父子和丹羽氏勝，雖然理由是這些人曾與自己為敵，但真正的原因應該和流放信盛一樣吧！

巨星殞落本能寺

豪華絢爛的京都閱馬

信長藉著流放佐久間信盛父子，要求家臣進行某種意識革命，換個說法就是不可認為信長的天下大勢已定而因此放鬆，也就是要求眾家臣實行在真正統一天下前必須不斷作戰、非常嚴格的意識革命。

但另一方面，信長並沒有忘記向一般平民百姓廣為宣傳目前已是信長的時代。

天正9年（1581）正月，信長免除各地將領的出仕，取消元旦例行的拜年活動，因為他正在思考更重要的事。

正月8日，信長的第一步就是下令馬迴眾和近江眾於15日的左義長（驅魔活動）之日準備爆竹，綁上頭巾講究穿著出場。

當天信長頭戴黑色南洋風斗笠，畫眉，穿紅衣，套上以中國進口錦緞製成的無袖外褂，穿上虎皮行縢（騎馬時覆蓋腳部前方之物）與會，和被稱為「傻蛋」時的打扮一樣。

織田家族和馬迴眾的打扮也十分講究，接著是10人、20人分組飛奔前往新建馬場。而且點燃綁在馬後的爆竹發出震天價響，跑向城下町再折回馬場，觀眾因此聚集，人們對此大為讚嘆。

但這只是開始，正月23日信長給了明智光秀新的指令。由於要在京都盛大舉行閱馬（閱兵儀式），信長命光秀發出公文，召集各國武士要盡可能盛裝出席。

就這樣，京都歷史上的一大盛事「閱馬」遊行即將展開。信長同時立刻在御所東門外興建南北長8町（874公尺）的馬場，還設置方便正親町天皇出巡下榻的臨時宮殿，以及供朝臣和宮內女性觀賞遊行的看台。

當天2月28日，信長在辰時（上午8時左右）從下京本能寺出發，經室

町通北上，於一條通往東進入馬場。

進入馬場的順序如下：

1 號　丹羽長秀及攝津眾、若狹眾、山城的川島一宜
2 號　蜂屋賴隆及河內眾、和泉眾、根來寺的大塚、佐野眾
3 號　明智光秀及大和眾、上山城眾
4 號　村井貞成（貞勝之子）及根來眾、上山城眾
5 號　織田家族→信忠（率領80名騎馬武士、美濃眾、尾張眾）、
　　　信雄（30名騎馬武士、伊勢眾）、信包（10名騎馬武士）、
　　　信孝（10名騎馬武士）、信澄（10名騎馬武士）、長益、長
　　　利、勘七郎、信照、信氏、周防、孫十郎
6 號　眾朝臣→近衛前久、正親町季秀、烏丸光宣、日野輝資、
　　　高昌永孝
7 號　細川昭元、細川藤賢、伊勢貞景、一色滿信、小笠原長時
8 號　馬迴眾、小姓眾
9 號　越前眾→柴田勝家、柴田勝豐、柴田三左衛門、不破光治、
　　　前田利家、金森長近、原政茂
10 號　弓箭手100名
11 號　信長本隊

從這些名單中一眼便可看出有不少赫赫有名的武將與會，羽柴秀吉和瀧川一益等數名要角雖然缺席，是因為他們必須留守駐地無法前來。總之，這是信長政權傾全力舉辦家臣團幾乎全員到齊的一大盛事。

每個人的穿著打扮都十分講究。首先是信長，他描眉化妝在唐冠後插著梅花，身穿以蜀江錦裁製的小袖，以紅緞子繡上桐唐草花紋的間衣，搭配和服褲裙以及白熊皮簑裙，然後騎著名為大黑的名馬。

由於如此豪華壯觀的表演對當時的人來說十分罕見，大家當然都很興奮

的前來參觀。這樣的好評傳遍全國，宣傳效果極佳。

　　大概是非常樂在其中吧！朝臣要求信長再來一次，於是在3月5日又舉行了一次。這一次從先前的馬匹中挑選出五十餘匹名馬出場行軍，與會者的裝扮也全然不同。

　　有人認為，信長是想藉由這次的京都閱兵向正親町天皇展現自己的軍事實力，給天皇一個下馬威。

　　事實上，在此之前的天正元年（1573）12月，信長曾勸天皇讓位給誠仁親王，但遭婉拒。接著在閱兵後又再一次勸天皇讓位，同樣遭到拒絕。

　　關鍵在於：信長為何希望正親町天皇讓位給誠仁親王？大概是因為正親町天皇已65歲，而誠仁親王也31歲了，此時讓位甚至已嫌太晚。但此次讓位還有另外一層意義，那就是誠仁親王是信長的支持者。天正7年（1579）親王的第五皇子甚至成為信長的猶子（名義上的養子），兩人關係密切。如果誠仁親王成為天皇，第五皇子如果於不久後繼位，信長就變成天皇之父，所以才會有人認為信長因為一定要讓正親町天皇讓位，而假借閱兵之名向天皇展現實力加以恫嚇。

　　但關於京都閱馬，這樣的說法並不正確。

　　當時東國和西國仍處於兵荒馬亂之際，讓人很難想像信長就為了讓軟弱無力的天皇讓位，而傾全力舉辦這樣的活動。

　　與其這麼說，倒不如將京都閱馬視為為了大肆宣傳信長時代的新文化更為自然。京都閱馬並非為了展現信長的威力，而是為了呈現新時代文化的華麗。

　　事實上，天正9年（1581）的信長滿腦子只有這件事。

　　7月15日盂蘭盆節時，信長在安土舉行盛大儀式。他除了在安土城、天守閣和位於安土城郭內的總見寺懸掛許多燈籠外，還安排馬迴眾手持火把站在新闢的道路上，並讓船隻在琵琶湖湖灣上航行。當時不同於現在缺乏夜間照明，這樣的景色勢必美得讓人驚心。

　　到了8月，信長召集畿內和鄰近諸國的大名與武將，在安土舉行閱馬。

從當年信長舉行的盛大活動來看，應可清楚了解在京都閱馬並非爲了威嚇天皇。

也就是說，舉行華麗且盛大的儀式是信長當年的主要活動。他的目的，當然是想加深人們的印象，讓大家認爲織田信長的時代是有別於以往的嶄新時代。

❀ 北條、上杉和武田的動向

天正9年（1581），信長傾全力舉行以京都閱馬爲代表的盛大活動，但不是說這段期間就不開戰。

羽柴秀吉之所以沒有參加京都閱馬，就是忙著改建播磨的姬路城，因爲當地即將成爲攻打中國的主要根據地。仿造安土城山城天守建築的全新姬路城，不久便宣告完工。6月下旬秀吉攻入因幡，7月以2萬多名大軍包圍鳥取城。此次的包圍行動滴水不漏，到了9月斷糧的鳥取城內陷入「鳥取因飢餓而死」的慘況，接著在10月25日攻陷。11月，秀吉攻打、征服淡路島。

幾乎與京都閱馬同一時間，在北國上杉謙信的繼承人景勝攻入越中。駐

◆伊賀的主要城池

紮越前、加賀和越中的柴田勝家、前田利家和佐佐成政都參與京都閱馬，景勝趁隙展開攻擊。但信長在閱馬結束後立刻派出佐佐成政、神保長住和前田利家等人應戰，確保駐地安全。

9月，織田信雄前往平定伊賀，陸續攻陷主要城池，而且堅持虐殺逃往山中的餘黨，於10月上旬平定伊賀。

東國的情況逐漸產生變化。

在越後方面，天正6年（1578）3月上杉謙信死後，兩名養子景勝和景虎爭奪繼承權長達一年。當時甲斐的武田勝賴支持景勝，最後景勝獲勝，景虎自殺。但由於景虎為相模北條氏政之弟，北條氏於是與上杉和武田為敵，最後還與家康聯手。天正8年（1580）3月，氏政向信長獻鷹示好。北條氏乃與西國毛利氏並駕齊驅的東國超級大名，這麼一來，信長在東國的敵人只剩武田勝賴。

天正9年（1581）3月家康攻陷武田陣營。位於遠江的橋頭堡高天神城（靜岡縣小笠郡）為統治遠江不可或缺的重要城池，但勝賴因與背後的北條氏開戰而無法前往救援，不得已只好在韮崎（山梨縣韮崎市）興建新府城並遷至當地，改採守勢。

天正3年（1575）5月，勝賴雖於長篠之戰慘敗，但之後仍擁有龐大勢力意氣風發。這是因為信玄留下的遺產十分龐大，但由於改採守勢，家臣因此動搖。

對信長而言，這是討伐武田氏的大好機會。

❀ 武田氏討伐戰

就這樣，時序來到天正10年（1582）。

看到這裡，本書的讀者應該可以了解，當時信長的政權可說正處於高峰期，擁有龐大勢力，統一天下是早晚的事。然而信長的壽命卻只剩下半年，當然當時還沒有人知道這件事。

元旦時鄰近諸國的眾多大名、武將和織田家族的人前來安土城向信長拜

年。由於車水馬龍人數眾多，甚至引發石牆坍塌壓死人的意外。信長讓前來拜年的人參觀豪華安土城內的各個房間，以及爲天皇興建出巡時的下榻處所。

最後，信長將客人聚集在馬廄前，親自向每個人收取100文的參觀費往身後丟去，這是信長的玩法，也可說是類似京都閱馬的表演。

正月15日左義長之日時，信長同樣使用爆竹舉行盛大儀式。

2月，討伐武田氏的機會終於到來。武田氏的外樣家臣信濃木曾福島城（長野縣木曾郡）的木曾義昌投靠信長陣營，信長在2月1日得知此事，接著又在2日收到報告：武田勝賴和信勝父子，爲了因應木曾倒戈出征至諏訪。

信長也採取動作。配合敵人倒戈展開攻擊，是他的慣用手段。

2月3日，信長早早就向各方發出指令，內容爲德川家康、北條氏政和金森長近分別由信濃、關東和飛驒出發，信長和信忠則分頭攻打伊那（長野縣上伊那郡和下伊那郡）。當天信忠命森長可和團忠直擔任前鋒出征，2月12日，信忠率領自己的軍團從岐阜出發，瀧川一益的軍隊也加入。

不可思議的是，面對來襲的信忠軍團，武田陣營幾乎完全沒有抵抗，可說自天正9年（1581）3月高天神城遭家康攻陷後，武田軍團已面臨瓦解。

2月6日在敵軍尚未來襲前，信濃吉岡城（長野縣下伊那郡）的家老下條九兵衛流放城主下條信氏，倒向織田陣營。接著在2月14日，信濃松尾城（長野縣飯田市）的小笠原信嶺倒戈，同一天飯田城（飯田市）的萬西織部等人，只是看見敵軍，判斷自己不是對手後便趁天黑撤退。16日鳥居峠（長野縣木曾郡木祖村至楢川村）雖有戰事，由於木曾義昌的軍隊加入，織田陣營輕易獲勝。

17日信忠移師飯田，結果位於飯田北方大島的日向宗榮當晚便撤軍。

2月18日家康從濱松出發，21日進入駿府（靜岡市），北條氏政也於2月下旬出征駿河。

武田陣營爲了保護遠江地區，安排穴山信君鎮守駿河江尻城（靜岡縣清水市）。信君爲信玄外甥，也是勝賴的妹婿，乃武田軍團中數一數二的重

臣，但就連這樣的信君，也在家康的誘惑下輕易倒戈。

在這些情況發生之前，武田勝賴已經迫不得已從諏訪返回主要根據地新府。

因為事情進行得太過順利，2月下旬人還在安土的信長，一連三次發出文件給輔佐信忠的河尻秀隆，不斷提醒他小心，「因為信忠還年輕，要提醒他切忌草率行事」「等我親自出馬再攻打勝賴」「無論發生什麼事都不可輕敵」。然而在文件往返期間信忠已逐步逼近，就是所謂的快攻。

3月2日，信忠軍包圍勝賴之弟仁科盛信鎮守的高遠城（長野縣上伊那郡高遠町），從黎明開始展開攻擊。信忠甚至親自站在牆上發號司令，展開激烈突擊，高遠城也死命反擊。但一說信忠軍為超過3萬人的大軍，包括仁科信盛在內超過400人戰死，高遠城當天就被攻陷。

◆武田討伐戰的主要城池

織田信忠、金森長近、德川家康和北條氏政分別從美濃岐阜城、飛驒高山城、濱松城和關東四個方向攻入武田領地。信長本隊原本預定從美濃地區進攻，但光是勢如破竹的信忠軍就擺平了一切。

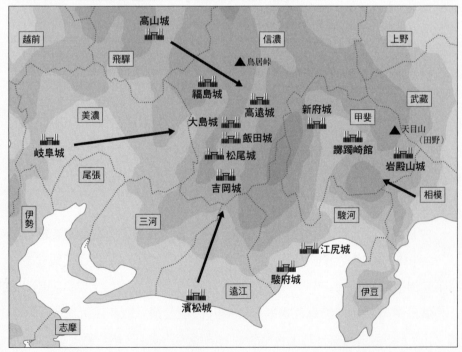

由於高遠城淪陷，使得武田氏的主要根據地新府開始動盪不安。

3月3日勝賴放火燒了新府宅邸，前往同族小山田信繁的岩殿山城（山梨縣大月市）。由於只有一小部分的人能夠騎馬，就連婦女和小孩都必須走在不習慣的山路上，兩腳開始流血，情況十分悽慘。但在好不容易抵達岩殿山城時，小山田信繁卻拒絕收容他們，因爲他也倒戈了。

勝賴一行人走投無路，只好在一個名叫田野（山梨縣東山梨郡大和村田野）的地方民宅圍上柵欄暫時紮營。離開新府時隨行的武士有五、六百人，但大家都在中途逃走，如今僅剩41人。

5日，信長終於從安土出征。

7日，信忠進入甲府，尋找武田族人和重臣並陸續將他們殺害。

11日，尋找勝賴下落的瀧川一益軍，最後終於包圍勝賴一行人落腳的田野民宅。勝賴和手下的武士此時已抱必死決心，首先刺殺四十多名的婦女和小孩，接著勝賴自殺，享年37歲。剩下的武士奮勇抵抗瀧川軍，有的戰死有的切腹，勝賴嫡子16歲的信勝和勝賴的繼室（北條氏政之妹）也遭到殺害。

從信玄開始長久以來折磨信長的武田家就此滅亡，老實說也滅亡得太容易了些，讓人覺得與其說是戰敗，倒不如說是自顧自的滅亡了。距離信玄過世還不到九年，武田軍竟然變得如此一蹶不振，不由得讓人覺得不可思議。

原因應該是武田氏無法從古老戰國大名脫胎換骨吧！不只是軍隊本身落伍，沒有像信長般實施兵農分離，最主要的原因應該還是武田氏依舊只爲了「私」而戰。如果是爲私而戰，在面對像信長這樣具壓倒性優勢的敵人時，便無法團結一致。武田的部將之所以都因爲私而倒戈，也就是這個原因。

當然此時需要的是超越「私」的「理想」，只要有理想，就能夠拋棄私而團結。當時擁有超越私的理想的人可說只有信長，雖然家臣也並未確實了解信長的理想，但這樣的理想強化了信長本身產生堅強意志，培養出他的領袖氣質。正是因爲有這樣的信長，眾家臣才能夠把夢想寄託在他身上而團結一致。

但勝賴卻沒有這樣的理想，因此不可能戰勝。當時已不是古老的戰國大名與信長爲敵而能夠存活的時代了。

🏵 富士山觀光

由於武田氏輕易被滅，用不著信長本隊出馬，但信長還是在戰後小小演了一場戲。

3月13日，信長終於進入信濃的襧羽根（長野縣下伊那郡根羽村），14日於浪合（下伊那郡浪合村）布陣，在當地檢視武田勝賴父子的首級。

19日於上諏訪布陣，在當地停留約兩週，分配新領土，制定甲斐和信濃的國法。武田陣營倒戈的木曾義昌和穴山信君保有舊領地，義倉另外加封信濃兩郡。

在織田陣營方面，則賜予德川家康駿河國，這麼一來，家康就成爲統治三河、遠江和駿河三國的超級大名。此外還賜予關東地區的軍團長瀧川一益上野國和信濃兩郡，一益自此以關東管領的身分駐紮上野廄橋城（群馬縣前橋市）。此外，森長可則受封信濃四郡。

處理完戰後事務的信長，突然表示要從諏訪前往富士山觀光，然後繞行駿河和遠江後回京。秋山駿先生表示，這一趟富士山之旅，也和京都閱馬一樣都是信長式的表演。他說的沒錯，這趟富士山之旅浩浩蕩蕩十分熱鬧。

3月29日，結束諏訪任務的士兵各自踏上歸途，除隨同前往富士山觀光的直屬小姓、馬迴眾和弓箭手，只留下主要部將。

4月2日，信長從諏訪出發進入大原（台元，山梨縣北巨摩郡白洲町）。瀧川一益負責指揮興建信長和數百名隨從的臨時住處，給予周到款待。北條氏政送來剛剛在武藏野捕獲的500隻雉雞。4月3日，信長一行人一邊從群山間欣賞富士山一邊前進，最後來到甲府武田信玄的宅邸舊址。

4月10日，從甲府出發經右左口（山梨縣東八代郡中道町）和本栖（山梨縣西八代郡上九一色村）進入家康的領土。但早在右左口時，家康便爲信長做好萬全準備。他貼心考量信長的行進路線，砍伐竹子和樹木，以免士兵

扛著火槍產生撞擊，並拓寬整頓街道，在道路兩旁安排足夠衛兵。在落腳處興建牢固的營房，以兩三重柵欄圍繞，並準備一千多間官兵小屋，食物也準備充足。此外還在各個重要地點設置休息站和廁所，隨時提供酒菜。

家康只要信長停留在駿河、遠江、三河的領地上就會這麼做。雖然目前他已是統治三國的超級大名，而且是信長的盟友並非家臣，但由於當時信長的地位極高，讓家康不得不如此周到。

信長19日前往清洲，20日進入岐阜，再從岐阜返回安土，途中同樣受到熱情款待。這回是稻葉一鐵和丹羽長秀等人設置休息站接待信長，但京都、堺、畿內和鄰近諸國也來了許多人勞軍，休息站前因此門庭若市。由此可看出當時信長的聲勢如日中天。

信長就這樣在21日返回安土。

🏵 中國和四國的對策

消滅武田氏之後，信長的最大課題當然是討伐中國地方的毛利氏。

3月15日，在信長遠征東國討伐武田氏時，人在姬路城的秀吉已率領播磨、但馬和因幡等地的軍隊前往備中，一說人數為27,000人。17日秀吉攻陷備前兒島（岡山縣倉敷市）僅存的一座敵城，之後進入備中攻陷宮路山城和冠山城，準備包圍高松城（岡山市）。

當信長悠哉前往富士山觀光之際，討伐毛利氏的作戰計畫也同時確實進行中。

然而當時除毛利氏外，信長還必須討伐另外一股勢力：四國的長宗我部元親。

四國原本不存在影響信長的龐大勢力，但到了天正年間情勢驟變。

天正3年（1575），原本只是土佐土豪的元親統一土佐，之後在數年內將勢力延伸至阿波、讚岐和伊予，企圖統一四國。在這樣的情況下，天正5年（1577）河內的三好康長為了拿回阿波投靠信長，因為阿波為三好氏祖國；另一方面，元親也派遣使者前往信長處建立友好關係。

當時三好氏和長宗我部氏分別由羽柴秀吉和明智光秀居中拉攏與信長的關係，即使如此，只要三好氏和長宗我部氏互相對立，信長就無法繼續支持雙方。信長最後選擇三好氏，於天正10年（1582）2月命三好康長為先鋒出征四國。

結束與武田氏一戰返國的信長做的第一件事，就是考量如何應付長宗我部氏。

信長隨即命織田（神戶）信孝（信長的三男）出征四國。5月11日，信孝早早就率領15,000名士兵出征攝津住吉（大阪市住吉區），準備渡海前往四國所需的船隻。信孝擔任主將，丹羽長秀和津田（織田）信澄等人隨行。

✿ 三職推任問題

結束與武田之戰的信長，可說立刻準備展開新的作戰計畫。

然而就在此時，5月4日朝廷的敕使勸修寺晴豐帶著隨從來到安土，要求信長擔任三職（太政大臣、關白、將軍）中任何一項他有興趣的官職。

關於這件事的重要性，不同的人有不同的看法，但歷史學界將它稱之為「三職推任問題」，經常進行討論。

討論的關鍵在於推薦信長擔任三職之一的想法，是來自朝廷還是信長的要求，因為由此可看出當時朝廷與信長之間的關係。之前曾提到有人認為信長在京都閱馬，目的是想以軍事力量威嚇正親町天皇。這樣的想法之所以成立，當然是從信長和朝廷對立來考量，所以才會將「三職推任問題」的想法是出自信長或朝廷拿來討論。

解答這個問題的關鍵在勸修寺晴豐的《晴豐日記》中，因為日記中曾記載，大約在十天前的4月25日，晴豐拜訪京都所司代村井貞勝時就曾提及此事。

既然已寫在日記中，問題就簡單了，事實不然。以往根據針對《晴豐日記》的研究，都認為「三職推任」是朝廷的想法。但最近的看法完全不同，認為是村井貞勝的主意，這麼一來，也可將它視為信長下令貞勝提議的。

當然如果因此認爲這是信長所求，未免操之過急，也有人認爲「三職推任」是村井貞勝在未與信長商量的情況下擅自提出的建議。

從結論來看，我認爲這個說法最正確。因爲儘管勸修寺晴豐專程來到安土，信長並未給予任何回應，6日晚間便將敕使送回京都。對信長而言，他完全無法理解爲何朝廷會提出這樣的建議，若予以回應未免愚蠢。

這麼一來，就沒有必要特別提及此事，但事實不然。因爲在某種程度上可從「三職推任問題」看出當時信長身邊的人的想法，也就是說當時在信長身邊的家臣和朝臣中，有不少人認爲信長差不多是擔任官職的時候了。

秋山駿先生也曾提出此一看法。在打敗武田勝賴平定東國後，信長的天下說大勢底定也不爲過。但信長於天正6年（1578）4月辭去右大臣和右大將的官職之後，雖還保有正二位的位階，卻並未擔任任何官職，這實在太過奇怪，也有違傳統。如果信長在此時擔任征夷大將軍開創幕府，就可順利解決所有的事。

就算大多數人有這樣的想法也不奇怪，如果可以由幕府維持傳統社會，就不需繼續打仗。毛利氏、長宗我部氏和九州各大名，光是知道信長將不會來襲就心滿意足了。

但信長當然不會這麼做。之前也提過好幾次，對信長而言，傳統社會的階級序列對他根本毫無意義，這從信長企圖成爲絕對神一事也可明顯看出。絕對神並非世上首屈一指的存在，因爲第一只是在第二之上，仍處於社會階級序列之中。

所謂絕對神與這樣的階級序列無關，也就是說存在於這個社會之外。如果說信長企圖成爲絕對神，聽起來像是他瘋了，身陷詭異的神秘主義中，但事實並非如此。信長的目標，應該是找出成爲從與這個社會的階級序列無關的地方，統治這個社會的絕對神存在的方法。

從這個角度來看，便可了解「三職推任」有別於以往的意義，是個值得注意的問題。這個問題證明信長直到最後都未被世人理解，當然他自己作夢也沒想到死期將近。

家康逗留安土

話題稍微扯遠了，再回到正題吧！在信長確定因應四國的對策告一段落之後，德川家康帶著穴山信君來到安土。打敗武田後，家康取得駿河，信君保有原來的領地，兩人來訪是爲了向信長致謝。

信長對此無法怠慢，尤其家康是長年的盟友，長遠來看是在與武田氏之戰中最辛苦的武將。在結束討伐武田勝賴返回安土途中的富士山之旅，家康對信長的體貼周到也不容忽視。

◆**織田家的勢力範圍⑤**　本能寺之前（1582年）

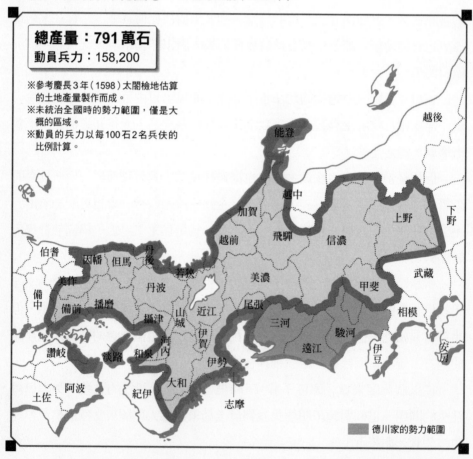

總產量：791萬石
動員兵力：158,200

※參考慶長3年（1598）太閤檢地估算
　的土地產量製作而成。
※未統治全國時的勢力範圍，僅是大
　概的區域。
※動員的兵力以每100石2名兵伕的
　比例計算。

越後

能登

越中

加賀

飛驒

上野

下野

伯耆

因幡　但馬

丹後

越前

信濃

武藏

美作

丹波

若狹

美濃

甲斐

相模

備中

備前　播磨

攝津

山城

近江

尾張

三河

駿河

伊豆

安房

讚岐

淡路

和泉

伊賀

伊勢

遠江

阿波

紀伊

大和

志摩

土佐

■ 德川家的勢力範圍

信長命令守備二人於途中落腳處的武將，要盡可能予以款待，甚至必須整頓街道。

家康與信君在5月14日抵達近江番場（滋賀縣坂田郡米原町），在此接受丹羽長秀的款待。

接著在15日抵達安土，信長命光秀接待預計在15至17日期間停留安土的兩人，光秀找來京都和堺的奇珍異食費心款待。

但信長偏偏在這個時候得知秀吉傳回備中戰況，請求支援的緊急使者同時抵達。

3月15日從姬路出發，隨後即進入備中的秀吉，於5月7日開始包圍清水宗治的高松城。高松城是毛利陣營防守備中的中心。

一提到秀吉包圍高松城，最著名的就是水攻。高松城是平城，三邊為沼澤包圍，一邊挖有壕溝，易守難攻。秀吉於是採取在城南興建大型堤防，引進因梅雨水位上升的足守川河水，將高松城孤立於人工湖中的策略。堤防長約4公里，和真的沒什麼兩樣。

秀吉就這樣對高松城展開水攻。毛利陣營對此則由毛利輝元、吉川元春和小早川隆景率領大軍壓境，與秀吉軍對峙。

得知消息的信長決定：「能夠與毛利軍近距離接觸，是老天爺給的大好機會。我們就趁現在一鼓作氣打敗中國勢力，連九州都一起擺平。」信長立刻派遣堀秀政為使者前往秀吉處，接著下令由明智光秀、細川忠興、池田恒興、高山右近（重友）和中川清秀等人擔任先鋒，離開安土返國預作準備。

明智光秀雖然正在款待家康，但於5月17日連忙趕回近江坂本城。

秀吉的求援似乎是在正接受款待的家康等人頭上潑了一桶冷水，但信長並不打算因此中止宴客，大概是覺得這麼做對家康這樣的大功臣未免太過失禮。

5月19日，信長邀請幸若大夫和梅若大夫於安土城郭內的總見寺演出舞蹈和能劇，家康等人一同觀賞。20日，信長與家康、信君和家康的眾家老於江雲寺大殿一同會餐，之後還邀請家康一行人前往安土城予以款待，並贈

送夏衣做爲謝禮。

　　家康一行人於是在安土多停留了三天，於5月21日前往京都。信長建議
一行人可前往京都、大坂、奈良和堺參觀，還交代親信長谷川秀一隨行負責
招待，參與款待家康一行人的信長嫡子信忠，也率領軍隊擔任護衛一同前往
京都。

🌸 本能寺前夕

　　信長在充分款待家康等人後，開始著手處理自己的工作。

　　5月29日，他下令「由於將立刻出征中國，做好應戰準備待命」，之後
僅帶領二、三十名小姓上洛，接著在申時（午後4時左右）入京，進入以往
經常落腳的四條坊門通西洞院本能寺。

　　同一天，家康一行人從京都前往堺。信忠因於數日前便知道信長上洛的
計畫，爲了迎接他而向家康一行人辭行。

　　由於5月是小月，次日便是6月1日。

　　當天眾朝臣列隊來到本能寺向信長致意，大概是因爲自天正9年（1581）
3月閱馬之後信長久未上京，前來致意的朝臣包括前太政大臣近衛前久父子
在內，超過四十人。由於信長從安土帶來三十八種著名茶具，閒聊後在茶會
上向眾人展示這些名品。

　　其中發生了一件小插曲。信長再度提及應使用京曆還是三島曆的問題，
之所以說是再次提出，是因爲此事從當年的新年就一直討論到現在。

　　京曆是京都使用的傳統曆法，三島曆則是尾張和東國使用的曆法，雖然
同是曆法但計算的方式有所不同。京曆是從隔年的正月次日進入閏月，三島
曆則是由當年的12月之後開始進入閏月，結果大不相同。而且由於京曆經
常被指出不夠正確，信長希望能夠使用更正確的三島曆。

　　信長以往提出這個問題時，便讓持不同看法的專家在安土一較雌雄，但
當時懸而未決。

　　此時他又再度提出這個問題，朝臣們抗議由於時序已進入6月，即使馬

上要改也是不可能的事。

　　從這一點也可看出，信長積極參與並企圖改良日本文化的所有問題。

　　在眾朝臣離開後，嫡子信忠和所司代村井貞勝等人於夜間來訪。由於是自己人的聚會，信長十分放鬆，入夜後他進入臥室，信忠則返回妙覺寺的住處。

　　次日信長是否已有什麼計畫並不清楚，但出征西國已迫在眉睫，從軍事的角度來看，此戰結束時信長已大致完成統一天下的工作，因爲他打算一鼓作氣平定九州。

　　但就在即將實現統一天下的夢想之際，命運出奇不意地擋住信長前進的腳步。

　　6月2日凌晨，原本應該前往備中援救秀吉的明智光秀軍，竟轉向攻擊信長，這就是所謂的「本能寺之變」。

◉ 造反的理由

　　關於明智光秀背叛信長的理由，從江戶時代便有不同的說法，數量超過五十種。最早的說法是認爲光秀怨恨信長，理由也各有不同，以下是其中幾種說法。

1. 光秀之母因信長而遭殺害

　　天正7年（1579）6月，正在攻打丹波的光秀，攻陷由波多野秀治和秀尚兄弟鎮守的八上城，當時光秀答應保住波多野兄弟性命，而將自己的母親送往八上城當做人質。但就在光秀將波多野兄弟送至安土之後，信長隨即處死二人，人在八上城做人質的光秀之母因此遭到虐殺。這個故事是根據《總見記》和《柏崎物語》而來，但全爲虛構，並非事實。

2. 於庚申待的宴會上讓他丟臉

　　事情發生在某年庚申待（某種避邪的習俗）的晚宴上。據傳當時爲天正10年（1582）5月，這次的宴會共有柴田勝家等二十名信長的重臣參加，席

間光秀因內急起身，結果信長責備他：「金柑頭（乃指禿頭），你爲什麼站起來？」還拿起長槍指著光秀的脖子。這是《義殘覺書》和《續武者物語》中的故事，但也被認爲是虛構。

3. 突然被解除款待家康的任務

前面已經提到，光秀於造反前受命款待來訪安土的家康一行人，根據《川角太閣記》的記載，當時家康一行人原本預定落腳光秀宅邸，此時信長前來視察，一進門便聞到一股魚腐敗的惡臭，信長大怒，臨時將負責款待的人變更成堀秀政，改命光秀出征西國支援秀吉。光秀對此念念不忘，但之前也提到當時光秀十分努力完成任務，因此這個故事應該也是虛構的。

關於光秀怨恨信長的說法，除此之外還有很多，但如同前面所介紹的多爲虛構。當然不能說因爲這樣他對信長就沒有怨恨，信長是會流放多年重臣佐久間信盛的人，就算家臣中有人怨恨他也不意外。而且光秀據說是個容易鑽牛角尖的人，也就是說他的個性和信長完全相反，因此多年來懷恨在心是很有可能的事。

也有人認爲本能寺之變並非光秀一人所爲，幕後另有指使者。最近特別受到重視的說法是認爲足利義昭或朝廷乃幕後指使者。

4. 足利義昭是藏鏡人

有一種說法認爲，此時遭信長流放於備後的鞆，受毛利氏保護的將軍義昭，在光秀背後策動這次的叛變。提出這個說法最具代表性的人物是藤田達生先生，詳見《本能寺之變群向　中世與近世的相剋》（雄山閣出版）。據藤田先生表示，從本能寺之變後光秀寫給雜賀眾領袖土橋重治的信中，可清楚看出義昭是背後的藏鏡人。由於此信確實存在，從這個角度來看藤田先生的說法頗具震撼力。然而這個說法有其弱點，井澤元彥先生也有同樣的看法：假如義昭是背後的藏鏡人，他在毛利氏的保護下當然應該與毛利氏合作，然而看不出有這樣的情形，因此這個說法也未有定論。

5. 朝廷是幕後黑手

乃指光秀是受到朝廷上級朝臣的指使，類似說法自古以來就有，最近受人矚目的是由立花京子女士提出的看法，詳見《信長與朝廷權力》（岩田書院出版）。之前也提到有人認為這是因為信長與朝廷對立，所以當然也不無可能。立花女士進一步發現，事件之後光秀與勸修寺晴豐和吉田兼見等朝臣合作無間，同時提出眾多確切證據，一步步發展出朝廷是背後指使者的說法。有趣的是，有別於其他人的看法，她認為安排信長前往京都乃朝廷所為，因為在事件之前發生的三職推任問題，是為了將信長找來京都，而信長這一趟就是為了於三項職務中選擇一項擔任。這個說法雖有眾多的環境證據，但由於缺乏直接證據，同樣未成定論。

除此之外，還有人從更實際的角度認為光秀於信長政權內立場的改變，是導致他造反最直接的原因，此時尤其值得注意的就是他與對手秀吉之間的關係。

6. 被秀吉超前

光秀有一段時間是所有家臣中最受信長賞識的人才。光秀在永祿10年（1567）左右開始為信長效命，在信長眾多實力派的家臣中可說是新人。但在元龜2年（1571）便獲賜近江坂本城和5萬石的領地，待遇形同大名。由於當時資格最老的柴田勝家和佐久間信盛皆未晉升大名之列，光秀可說是異軍突起。

日後光秀便與羽柴秀吉開始互別苗頭。天正元年（1573）秀吉獲賜近江長濱10萬石，光秀便於天正7年（1579）平定丹波，獲賜丹波一國29萬石和龜山城，加上近江共34萬石。但不久後秀吉獲賜播磨51萬石，這麼一來秀吉就居於領先的地位。

如果只是這樣就算了。到天正10年（1582）信長改變針對四國的政策，對光秀造成極大打擊，與三好氏交好的秀吉因此更加活躍，而與長宗我部氏

聯手的光秀卻痛失表現的舞台。也就是說，光秀在今後織田政權的西國政策中，越來越無法有所表現。

再加上信長對失去利用價值的人非常嚴厲，即使佐久間信盛是個極端的例子，但柴田勝家的情況也足以說明一切。信長授命勝家統治越前，但越前不僅距離京都十分遙遠，還必須面臨一向一揆的激烈反抗，勝家由於是譜代大名領袖級的重臣，老實說此項任命形同降級。也就是說，如今已喪失利用價值的光秀，或許有一天也會和勝家一樣，被調往距離京都十分遙遠的偏遠之地。

就這樣，由於在信長政權內苦無立足之地，光秀因此被逼得造反。或許有人會認為就因為這樣的理由而造反未免小題大作，但如果他有絲毫稱霸天下的野心，這點理由就足夠了。

🏵 光秀的大好機會

以上介紹了幾個一般流傳有關光秀造反的理由，不過這只是其中的一部分。

到底哪一個才是真正的理由，亦或者原因眾多且互相糾結，目前也只能靠想像。

然而無論理由為何，有一件事是很清楚的：光秀並不是非殺信長不可。他應該是想如果有機會的話就殺，而機會正好來了。

在安土負責招待家康一行人的光秀，由於必須前往支援秀吉，5月17日離開安土後，暫時進入近江坂本城（滋賀縣大津市）。當地為光秀在近江的居城。

26日，光秀離開坂本城進入丹波龜山城（京都府龜岡市荒塚南），此地是光秀為了治理丹波興建的居城。

光秀應該是在停留坂本城期間，得知信長將於5月29日帶領少數隨從上洛落腳本能寺。

如前所述，信長的嫡子信忠在5月27日得知信長將上洛，為了前去迎接

而與要到堺的家康一行人道別。這麼一來，即使光秀在此之前便得知信長將上洛一事，也沒有什麼好奇怪的。

當時的光秀，一定覺得這是千載難逢的大好機會。

不只是因爲眼中釘信長僅帶領少數護衛落腳本能寺（京都市中京區），當時信長的重要大臣中率領大批軍隊停留京都附近的也僅有光秀一人。秀吉率領大軍鎮守備中高松城，柴田勝家在越前，瀧川一益在上野廄橋（群馬縣前橋市），信長的三男信孝爲了渡海前往四國，率軍停留住吉（大阪市住吉區），同行的還有丹羽長秀。信忠雖然預定落腳妙覺寺（京都市中京區），但因主要根據地在岐阜，不至於率軍同行。

更讓人意外的巧合是，信長最大的盟友德川家康，或許正以毫無護衛的狀態逗留京都，當時的情況如果順利的話，不只信長，或許還可以解決信忠

◆本能寺之變前諸老臣的所在

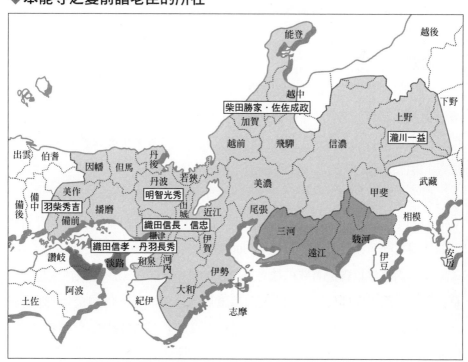

和家康。

此外還有一件重要的事，那就是如果光秀成功暗殺信長，秀吉、勝家和一益應該不會立刻返回京都，至少光秀是這麼想的吧！因為信長一旦死亡，秀吉、勝家和一益一定會遭到毛利氏、上杉氏和北條氏的阻撓。

這可說是幾近於奇蹟的機會。

進入丹波龜山城的次日5月27日，光秀登上愛宕山（京都市右京區），在愛宕權現神前抽了兩三次籤。抽籤雖然是一種祈求戰勝的方式，或許也是因為他心中還猶豫不決吧！

但到了次日28日他就下定決心。當天光秀於愛宕山威德院西坊舉行連歌會，就是著名的「愛宕百韻」，與會吟唱連歌的除光秀外，還包括當代一流的連歌師里村紹巴和威德院住持行祐等九人。

光秀帶頭吟唱道：

時間就是現在，下雨的五月

清楚表明了造反的決心。

「時間就是現在」指的當然是「此時就是行動的時候」，「此時」的日文發音與足利時代的名門「土岐氏」相通，指的是光秀。因為光秀雖非出身名門，但也是土岐氏之後。「下雨」指的是「統治天下」，也就說這首和歌的意思是「現在正是土岐氏之後光秀統治天下的5月」。

但光秀將自己的決定埋在心中，並未告訴任何一名家臣。

6月1日晚上，光秀才將自己的打算告訴齋藤利三和明智秀滿等五名老臣並取得認同，接著一說為發動13,000名兵力。

士兵們當然以為接著要前往秀吉所在的備中，正常來說應該往西越過三草山（兵庫縣加東郡杜町）。但光秀卻讓軍隊往東而行，告知士兵「翻越老之山（京都府龜岡市至京都市西京區），繞行山崎，進軍攝津」，並命令重臣擔任先鋒。

丹波龜山城距離京都本能寺僅20公里，即使是現代人花上五、六個小時就可以走到。翻越老之山後往左就是前往京都的道路。光秀讓軍隊朝這個方向前進，不久便抵達桂川，本能寺近在眼前。根據《川角太閤記》的記載，光秀當時下令「割掉馬蹄鐵」「徒步者穿上新的足半（無後腳跟的草鞋）」「火槍隊將火繩縮短為1尺5寸（45公分），點著後將火苗五個五個朝下」，進入備戰狀態。

此外，根據賴山陽的《日本外史》記載，光秀在渡過桂川時舉起鞭子指著東邊宣示叛變，說：「我們的敵人在本能寺。」

🏵 本能寺之變

6月2日凌晨左右，光秀率領13,000名士兵滴水不漏的包圍本能寺，之後從四面八方進攻。

由於信長經常落腳本能寺，因此於稍早前在四周挖掘壕溝，並於內側興建土牆，將本能寺改建成小城郭。

前一晚與嫡子信忠和村井貞勝暢談，夜半才就寢的信長，也被這場混亂吵醒。但他和隨行的小姓起初都以為是底下的人在吵架，直到明智軍高聲吶喊開火射擊大殿，才驚覺大事不妙。

「是有人造反嗎？是誰幹的好事？」信長問道。

「是明智！」小姓森蘭丸回答道。

「沒辦法了！」信長說道。

《信長公記》中記載這就是當時信長與蘭丸的對話。

「沒辦法了」的意思是「即使要明辨是非也沒辦法」和「不得已」，也就是說事到如今只能採取行動了。

如字面所說，信長立刻拿起自己的弓箭準備防禦，但不一會功夫每一把弓的弦都斷了。之後信長拿起長槍防守，但因手肘受傷也不得不作罷。

由於信長身邊還有女侍隨侍，他交代「女人別跟著受罪，快出去」，讓她們離開本能寺。

此時大殿已經著火，火舌逼近信長。信長決心不讓敵人為自己送終，走進大殿內部從屋內關上儲藏室的門，然後切腹，距離「人生50年」還差一年，享年49歲。

　當時本能寺至少還有50名信長的小姓和打雜的隨從，眾人群起奮戰，最後都戰死了。

　因為來襲的敵軍人數超過1萬，勝負早已論定。本能寺在上午7時左右被燒毀。

　本能寺遭到攻擊的消息隨即傳到信忠所在的妙覺寺（京都市中京區），妙覺寺雖位於本能寺東北方僅六到七百公尺處，但明智軍尚未來襲。

　當時信忠打算立刻趕往父親處，此時所司代村井貞勝趕到，告知本能寺已遭攻陷，而且明智軍即將前來，貞勝提議如欲防守，應前往結構較為堅固

◆本能寺之變　天正10年（1582）6月1日～2日

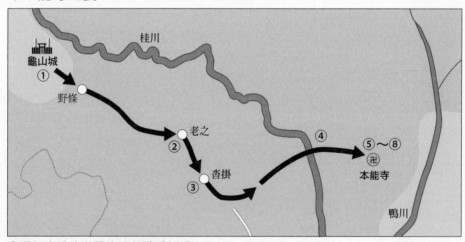

●明智光秀的進軍路線與戰爭經過

①率領13,000名士兵自龜山城出發。

②在前往京都時，於即將抵達老之坂前告知重臣謀反的企圖。

③於沓掛鄉下食用隨身攜帶的乾糧（填飽肚子暫作休息）。

④渡過桂川，讓火槍步卒點燃火繩備戰。

⑤從七條口進入京都包圍本能寺。

⑥於本能寺與信長開戰逼他自殺，隨即包圍信忠藏身的二條御所。

⑦讓親王一家離開二條御所避難。

⑧與信忠軍開戰，逼信忠自殺。

的二條御所。

這裡說的二條御所，有別於足利義昭的二條城，當地是天正5年（1577）信長為了做為在京都的宅邸所興建的，但他極少使用。之後於天正7年（1579）讓給誠仁親王，後來這座宅邸就被稱為二條御所或下御所，地點位於妙覺寺東側。

信忠於是率領500名手下移往二條御所，御所內當然還有誠仁親王一家人，信忠向他說明此地即將成為戰場，請他前往皇宮避難。

此時家臣中也有人勸信忠逃往安土，但他加以拒絕。或許是因為明智軍已堵住京都的出入口，與其死在小卒手中不如在此切腹。但事實上明智軍是否已經這麼做情況不詳，這個決定或許讓信忠錯失逃生的機會。

就在眾人七嘴八舌之際，明智軍攻了進來。雖然是以寡擊眾，但信忠軍還是積極出門迎戰奮力抵抗。但不一會功夫信忠軍就被逼入大殿，據傳信忠當時身穿盔甲拿著大刀奮勇殺敵。

◆本能寺之變　天正10年（1582）6月2日

包圍本能寺逼信長自殺的明智軍，隨即包圍從妙覺寺移往二條御所的信忠。

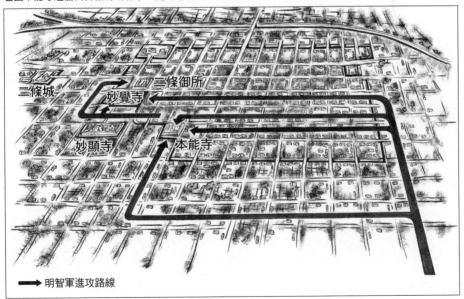

二條城　二條御所　妙覺寺　妙顯寺　本能寺

➡ 明智軍進攻路線

遭遇意外抵抗難以應付的明智軍，攻入位於二條御所北側的近衛前久宅邸，從屋頂以弓箭和火槍朝大殿開始胡亂射擊。這次的攻擊造成信忠陣營多人死傷，人數因此逐漸減少。事已至此信忠也有所覺悟，於是命鎌田新介負責爲他介錯（斬首），之後切腹，年僅26歲。

明智光秀的叛變就這樣順利成功，於6月2日上午8時或9時左右，一切宣告結束。

🏵 安土城火光衝天

因爲明智光秀引發的本能寺之變，織田信長就這麼死了，近在眼前的統一天下大夢也隨之消失。

日本歷史或許在那一瞬間喪失應該前進的道路，陷入茫然不知所措的狀態。

或許就連逼死信長和信忠父子的光秀，也沒有建立穩固政權的夢想。

當然他爲了穩固自己的立場，也做了一切的努力，對光秀而言最重要的是增加盟友。他寄信給相關人士要求對方力挺自己，還希望得到信長家臣中鎮守丹後的細川藤孝和忠興父子、大和的筒井順慶、攝津的池田恒興和高山右近（重友）等人的支持，尤其指望細川藤孝父子。藤孝原爲足利義昭的近侍，與光秀一同爲復興足利幕府效力，忠興之妻阿玉夫人則爲光秀之女。但他在寫給細川藤孝父子的信中，並未特別提及自己的政權構想，如果他已有完整的政權構想，應該在擊斃信長父子時便昭告天下。

信長只要取得新領地，便會立刻廢除關卡，訂定樂市和樂座制度。光秀爲什麼不這麼做？即使這次的行動有如支持足利義昭復興幕府般走回頭路，但只要大膽宣示，或許就能改變什麼。

這是因爲光秀缺乏信長的勇氣。

而他的敵人中就有這麼大膽的人，那就是羽柴秀吉。

6月3日晚上，秀吉在備中高松城得知發生本能寺之變，隨即與尚未得知信長死訊的毛利氏談和。他竭盡所能在當天深夜前結束談判，接著爲了

打探敵人動靜，在當地停留兩天，6月6日深夜以飛快的速度往東而去，這就是著名的「中國大撤退」。秀吉首先在當天晚上進入備前的沼（岡山市），7日上午冒著暴風雨從沼出發，一口氣走了70公里，在晚上抵達姬路城。由於秀吉移動的速度過快，士兵們追趕不上。

就這樣，秀吉在11日進入尼崎，呼籲織田（神戶）信孝和丹羽長秀等人討伐光秀，接著在13日與信孝和長秀會合，當天傍晚在山崎一戰中徹底擊敗明智軍。

光秀暫時進入勝龍寺城，打算趁夜前往近江坂本城，但途中在小栗栖（京都市伏見區）遭遇農民攻擊而喪命。

此時光秀的重臣明智秀滿雖已控制安土城，但在得知山崎戰敗的消息後，於14日移往坂本城，接著在15日放火燒毀天守自殺。

可惜的是，在此同時安土城因不明原因失火燃燒殆盡，就這樣在本能寺之變後的13日，連信長夢想的遺產也灰飛煙滅了。

但筆者認為唯一可以確定的是，因為信長統一天下的理想而牽動的時代潮流十分巨大，任誰也無法阻止，所有人應該都清楚感受到這件事。

因此，當時的問題是要由誰繼承信長的遺願，而且此人必須能夠與信長匹敵。

終曲：織田家的倖存者

🏵 中斷的正統

信長的時代因本能寺之變告終，同時也使得織田家族的命運產生極大的
變化。

之前提到於本能寺之變發生時，信長和信長嫡子信忠分別於本能寺和二
條御所戰死，但死於本能寺之變的織田家族不只他們兩人。當時在二條御所
的除信忠外，還有信長的五男（一說爲四男）勝長和其弟長利，同樣因爲反
抗明智軍而戰死。

信忠在進入二條御所前，一直在妙覺寺與年僅3歲的嫡子三法師（後來
的秀信）在一起，所幸三法師在信長的近侍前田玄以的保護下逃往清洲城。

信長的姪子信澄（織田信行之子）也因爲本能寺之變的關係死於大坂
城。由於信澄之妻爲明智光秀之女，因此被懷疑與光秀同謀，於事件後遭信
長的三男信孝和丹羽長秀攻擊。

信長的三男信孝和信忠的嫡子三法師雖從本能寺之變中死裡逃生，但在
日後直到關原之戰的一連串權力鬥爭中仍難逃一死。

信孝在信長死後與次子信雄爭奪繼承人之位，信雄與秀吉合作，信孝則
與柴田勝家聯手，因此當天正11年（1583）5月2日勝家在賤岳之戰中被滅
之後，信孝也在岐阜城被迫切腹。

另一方面，在秀吉於山崎合戰打敗光秀後，羽柴秀吉、柴田勝家、丹羽
長秀和池田恒興等人，在清洲城召開舊織田重臣會議，確定由三法師繼承信
長之位。當然因爲他年紀還小沒有實權，由秀吉擔任監護人，就這樣三法師
成爲秀吉陣營的一員。三法師於天正18年（1590）成爲岐阜城主，取秀吉的
名字中的一字改名爲秀信。慶長5年（1600）在關原之戰中因參與西軍戰敗，
隨後逃往高野山，慶長10年（1605）於當地過世，信長家的嫡系就此中斷。

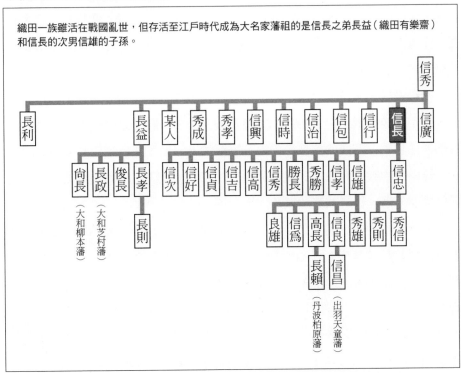

倖存者的命運

那麼，最後就來看看活下來的人。

信長的次子信雄雖於伊勢松島居城得知本能寺之變的消息，但因於前往京都途中遭遇伊賀國人反抗未能及時趕到，之後在清洲城舉行的舊重臣會議中獲賜尾張一國。之後於秀吉和勝家對立時支持秀吉。天正12年（1584）春天在小牧‧長久手之戰中，與家康聯手對抗秀吉，但於不久後談和。天正15年（1587）甚至還當上正二位內大臣，但當時秀吉已是關白和太政大臣，信雄總是甘於位居武家社會的第二把交椅。接著在天正18年（1590）小田原戰後，家康獲賜關東八國，信雄則獲賜家康的舊領地三河、遠江、近河、甲斐和信濃。當時由於信雄堅持想要尾張惹惱秀吉，不僅領地遭到沒收更被

◆信秀之後的織田家家譜

織田一族雖活在戰國亂世，但存活至江戶時代成為大名家藩祖的是信長之弟長益（織田有樂齋）和信長的次男信雄的子孫。

處以流放。但文祿元年（1592）秀吉於出兵朝鮮之際將信雄召回，文祿3年（1594）信雄之子秀雄成爲越前大野45,000石的大名，信雄負責擔任秀吉的顧問獲賜17,000石。信雄父子由於在慶長5年（1600）的關原之戰中隸屬西軍，戰後領地遭到沒收。但於大坂冬之陣後，家康賜予大和及上野的5萬石領地，遷往大和宇陀郡松山，信雄的血脈就這樣以大名的身分繼續傳承。

信長的弟弟中，信包和長益倖存。一說爲信秀四男或六男的信包，本能寺之變發生時，因人在主要根據地伊勢安濃津（三重縣津市）而無法採取行動，之後歸屬秀吉陣營。文祿3年（1594）移封至2萬石的近江，慶長3年（1598）遷移至36,000石的丹波冰上郡柏原城，慶長19年（1614）72歲時過世。但由於擔任柏原城主的信包子孫後繼無人，最後由信雄的子孫繼承。

另一方面，信秀的十男或十一男長益，於本能寺之變時隨信忠進入二條御所，但他冷眼旁觀眾人戰死自己逃出，日後效命秀吉。於慶長4年（1599）左右成爲攝津味舌15,000石的大名，接著由於在關原之戰時加入東軍，戰後新增3萬石的大和山邊郡，此外長益的長子長孝還給予他1萬石的美濃大野郡。由於在大坂之戰時協助家康，戰後又加封1萬石。長益的家族就這樣晉升德川幕府的大名之列。

信長的兒子中還有七男信高和九男信貞倖存。本能寺之變時兩人年紀雖小，但不久後分別獲賜2,000和1,000石效命秀吉。關原之戰時兩人雖隸屬東軍卻無法參戰，即使如此戰後仍得以確保領地，到了江戶時代都成爲旗本。

織田家的數條血脈就這樣存活至江戶時代，但江戶時代的時間很長，期間仍遭遇分家、移封或被消滅的坎坷命運。

最後延續到明治時代的大名家，有信雄家族2萬石的柏原藩、2萬石的天童藩以及長益家族1萬石的芝村藩和1萬石的柳本藩四家。旗本家則留有高家（江戶幕府職稱，負責代替將軍參拜、招待敕使等工作）三家、交替寄合（俸祿3千石以上的無職旗本，但需進行參勤交代，待遇同大名）兩家、書院番（江戶幕府職稱，負責擔任警備工作）兩家、西之丸書院番一家和小普請（俸祿在3,000石以下之無職旗本與御家人的組織）組一家共九家。

第二章

人物

人物索引及說明

●關於介紹的順序

依照包括信長在內的連枝眾、主要作戰的武將、主要負責內政的近侍和官員以及信長身邊的人物順序，介紹織田軍團的成員，之後再介紹盟友、敵對勢力和女性。此外，每個項目的詳細說明都清楚寫在開頭處。

●關於資料

介紹的資料內容包括下列四項：

生卒年：以日本紀元和西元年表示該人物的生卒年。

別名：介紹幼名、通稱、諱和道號，如曾改名則介紹更改後的名字。

身分：介紹該人物的身分，特別是在織田軍團中所擔任的職務如部將或馬迴。

居城：介紹該人物的主要根據地，基本上介紹擔任城主時的城池，而省略身為家
臣時居住的城池。此外，遷移的時間以西元年表示。

◆信長的家臣團

信長的家臣團大致可分為同族名字相連的連枝眾、主持織田家的家老、率軍鎮守城池在各地作戰的部將、與信長一同行動的小姓和馬迴等旗本，以及掌管內政的官員五種。下圖為初期的分類，織田政權到了後半段，部將還細分為方面軍，大致是由後來加入軍團的外樣和朝臣組成。

```
                  ┌─ 連枝眾 ── 津田信次（叔父）等
                  │
                  ├─ 家 老 ── 林秀貞等
                  │
                  ├─ 部 將 ── 柴田勝家、佐久間信盛等
                  │
信 長 ────────────┤                    ┌─ 馬 迴 ── 毛利良勝等
                  │                    │         ┌─ 黑母衣衆 ── 佐佐成政等
                  ├─ 旗 本 ────────────┤         └─ 赤母衣衆 ── 前田利家等
                  │                    │
                  │                    └─ 小 姓 ── 岩室長門守等
                  │
                  └─ 朝 臣 ────────────┬─ 奉行衆 ── 村井貞勝等
                                       │
                                       ├─ 文 書 ── 松井有閑等
                                       │
                                       └─ 同朋衆 ── 一雲齋針阿彌等
```

■依筆劃順序排列的人物索引

第二章 人物　人物索引及說明

■依死亡時間排列的人物索引

連枝眾

所謂連枝眾乃指信長的兄弟、子女、叔父（伯父）和外甥等近親一族，亦可稱為一族眾或一門眾。信長的家臣團雖奉實力主義為圭臬，但連枝眾還是受到特殊待遇，被安排在重要地點，形成建構織田家領國的體制。

織田信長

為統一天下奮戰的第六天魔王

Oda Nobuzumi

生卒年	天文 3 年～天正 10 年（1534~82）
別　名	吉法師、三郎、上總介、彈正忠、權大納言、右大將、內大臣、右大臣
身　分	戰國大名
居　城	尾張勝幡城→尾張那古野城（1546）？→尾張清洲城（1554）→尾張小牧山城（1563）→美濃岐阜城（1567）→近江安土城（1576）

　　戰國時代最優秀的武將之一。尾張守護代織田大和守家三奉行之一織田信秀之子，生於尾張勝幡城。天文21年（1552）由於父親驟逝信長隨即繼位，因此導致家臣團動盪不安，信長陷入孤立。因為當時信長無視於傳統的行為十分突兀，被家臣稱為「傻蛋」。

　　但信長以從年輕時自組的親衛隊為中心，將敵對的族人各個擊破。永祿2年（1559）將織田信賢趕出岩倉城統一尾張，永祿3年（1560）率領大軍於桶狹間擊敗進攻尾張的駿河超級大名今川義元，一舉成名。

　　此時的信長已以統一天下為目標。永祿5年（1562）與三河德川家康結盟鞏固背後，著手攻打相當於上洛通道的美濃。永祿10年（1567）終於驅逐齋藤龍興征服美濃，將井之口改稱岐阜，做為統一天下的據點，同時開始使用刻有「天下布武」之印。永祿11年（1568）擁立之前就希望擔任將軍的足利義昭上洛，驅逐三好三人眾復興幕府。

　　之後包括將軍義昭在內，信長陸續與石山本願寺的一向一揆、淺井氏、朝倉氏、武田氏和毛利氏等所有舊勢力為敵開戰，統一天下是遲早的問題。但在天正10年（1582）6月2日於落腳的本能寺遭明智光秀的軍隊攻擊，於夢想即將成真之際自殺。

　　信長堪稱是從中世到近世改變日本史的最大功臣，但另一方面因燒毀延曆寺等殘酷的政策而不斷遭到批評，因此被稱為「魔王」（第六天魔王）。

追隨父親腳步直到最後的長子

織田信長

Oda Nobutada

生卒年	弘治3年～天正10年（1557~82）
別　名	奇妙、管九郎信重、出羽守、秋田城介、 從三位左近衛權中將
身　分	連枝眾、織田家家督
居　城	美濃岐阜城

　　信長長子，13歲起便學習帝王學。元龜3年（1572）7月包圍江北小谷城是他的初陣，隔年天正元年（1573）負責管理尾張和東美濃。信忠率領自己的軍團，負責壓制東方。天正3年（1575）11月繼承織田家家督之位，受封尾張和美濃，成為岐阜城主。

　　父親信長直到天正5年（1577）2月攻打雜賀為止，擔任總司令率領織田軍，讓位後在軍事方面就不再出面，信忠取而代之成為總司令的機會增加。同年10月攻打大和信貴山城造反的松永久秀，就是由信忠擔任總司令，率領佐久間信盛、明智光秀和羽柴秀吉等人。天正6年（1578）2月，由於播磨三木城主別所長治背叛，使得正在作戰的秀吉陷入困境。信長立刻派遣援軍，援軍的總司令也是信忠，率領佐久間、瀧川、丹羽和明智等人。此外天正10年（1582）討伐武田勝賴也是由信忠擔任總司令，一眨眼的功夫就消滅武田氏。

　　由此可知信忠身為信長的繼承人，是個毫不遜色的優秀武將。

　　如此看來，不禁讓人覺得他在本能寺之變時，最後採取的應對方式是否正確。當時信忠人在本能寺不遠的妙覺寺，一接到通知立刻率領500名士兵前往救援。此時村井貞勝等人已告知本能寺被攻陷，信忠於是決定據守二條御所。當時有家臣勸信忠逃離京都，但信忠認為與其死在嘍囉手中不如力拚而加以拒絕，戰到最後結果切腹。

　　說他了不起還真是了不起，不過他如果逃離京都保住一命，歷史或許就不同了。

智勇兼備的信長之父
織田信秀
Oda Nobuhide

生卒年	永正7年？～天文21年？（1510?~52?）
別　名	三郎、彈正忠、備後守
身　分	戰國武將
居　城	尾張勝幡城→尾張那谷野城（1538）→尾張古渡城（1546）？→尾張末森城（1548）

　　織田信長之父，尾張下四郡守護代清洲織田家三奉行之一。最初以勝幡城為主要據點，地位雖不高卻是兼具武勇和智謀的人物。他利用勝幡城下商業都市津島的經濟力，於天文年間嶄露頭角，不久勢力便超過主人家。當時的織田氏分裂成好幾股勢力，使得尾張一直無法統一，信秀的活躍防止美濃和三河勢力入侵。天文21年（1552）左右病逝，統一尾張的夢想由嫡子信長繼承。

與信長同父異母的哥哥
織田信廣
Oda Nobuhiro

生卒年	？～天正2年（?~1574）
別　名	三郎五郎、津田信廣、大隈守
身　分	連枝眾
居　城	三河安祥城（1544）、近江勝軍城（1570）→美濃岩村城（1572）

　　信長的異母兄，通稱三郎五郎，於父親信秀時已擔任三河安祥城守將。天文18年（1549）遭今川氏攻擊而被攻陷城池成為俘虜，但與當時在織田家為人質的松平竹千代（之後的德川家康）交換返回尾張。弘治2年（1556）曾與美濃齋藤義龍聯手，企圖攻佔信州的清洲城，除此之外還算忠於信長。天正2年（1574）參與攻打伊勢長島戰死。

與信長對立而被謀殺的弟弟
織田信行
Oda Nobuyuki

生卒年	？～弘治3年（?~1557）
別　名	信勝、達成、信成、勘十郎、武藏守
身　分	連枝眾
居　城	尾張末森城

　　信秀之子，信長之弟，於父親死後繼承末森城，由柴田勝家等擔任家老。信長穿著奇裝異服參加父親喪禮而信行則儀容端正的故事眾人皆知，或許因此備受家臣愛戴。柴田勝家和信長的家老林秀貞等人，企圖廢信長讓信行繼承家督之位，但弘治2年（1556）8月於稻生之戰為信長所敗。之後林和柴田便服從信長，但信行再度企圖造反，最後信長用計在清洲城將他殺害。

忠心的連枝眾第三號人物

織田信包
Oda Nobukane

生卒年	天文12年～慶長19年（1543~1614）
別 名	三十郎、信良、上野介、民部大輔、左中將、老犬齋
身 分	連枝眾
居 城	伊勢上野城（1569）→伊勢安濃津城（1582）→丹波柏原城（1598）

　　通稱三十郎，道號爲老犬齋，是小信長9歲的弟弟，爲信秀的四男。永祿11年（1568）因信長進攻北伊勢，被送至長野市繼承家督之位。天正元年（1573）加入攻打淺井氏，負責將嫁給長政的信長之妹阿市夫人和三名女兒從小谷城接出。在連枝眾中僅次於信忠和信雄，爲第三號人物。於本能寺之變後，跟隨秀吉與柴田勝家開戰，秀吉死後擔任秀吉的嫡子秀賴的近臣。

四國地方軍總司令官

織田信孝
Oda Nobutaka

生卒年	永祿元年～天正11年（1558~83）
別 名	三七郎、神戶信孝
身 分	連枝眾
居 城	伊勢神戶城（1568）→美濃岐阜城（1582）

　　其實比次男信雄早生20天左右，但因爲生母與信雄不同、較晚通報而變成三男。永祿11年（1568）信長前進北伊勢時，被送往神戶氏做爲養嗣子，元龜元年（1571）繼承家督之位，爲連枝眾中的第四號人物。後來甚至成爲四國地方軍總司令官，之後發生本能寺之變。事變之後與秀吉聯手，在山崎打敗明智光秀的軍隊，但之後與秀吉對立，最後被迫切腹。

個性冒失的信長次子

織田信雄
Oda Nobukatsu

生卒年	永祿元年～寬永7年（1558~1630）
別 名	茶筅、左中將、三介、具豐、信意、信勝、北畠信雄
身 分	連枝眾、大納言、內大臣
居 城	伊勢松島城（1575）

　　具豐、信意爲諱，信男次子，永祿12年（1569）信長攻打南伊勢的北畠氏，談和的條件就是北畠氏收養信雄爲嗣子。天正3年（1575）繼承家督之位，在連枝眾中地位僅次於哥哥信忠。天正7年（1579）擅自攻打伊賀而戰敗，因此惹惱信長，舉止稍嫌莽撞。本能寺之變後，起初與秀吉聯手，接著是家康，企圖成爲父親的繼承人，但最後只能成爲接受家康5萬石俸祿的家臣。

立場惹禍的連枝眾
織田信澄
Oda Nobuzumi

生卒年	永祿元年？～天正10年（1558?~82）
別　名	坊丸、七兵衛、津田信澄
身　分	連枝眾
居　城	近江大溝城（1578）

　　七兵衛爲通稱。尾張時代遭信長謀殺的信長之弟信行之子。父親死後由柴田勝家養育，行戴冠禮後使用津田之姓，之後效忠信長。不僅擔任部隊大將也負責辦理許多活動，是十分活躍的近臣。天正2年（1574）奉信長之命迎娶明智光秀之女，深受信長喜愛，爲連枝眾中第五號人物。但於本能寺之變後，被懷疑與光秀共謀而遭織田信孝與丹羽長秀的軍隊襲擊，戰死大坂城。

落入武田手中的倒楣鬼
織田勝長
Oda Katsunaga

生卒年	？～天正10年（?~1582）
別　名	坊丸、津田源三郎
身　分	連枝眾
居　城	尾張犬山城（1581）

　　信長之子，四男或五男，小時候是東美濃遠山氏的養子，遷往岩村城。元龜3年（1572）遭武田大將秋山信友攻擊，被送往甲斐信玄處做爲人質。九年後的天正9年（1581）在信長與武田氏正式開打前，被武田勝賴送回織田家。隔年天正10年（1582）2月，跟隨哥哥信忠參與攻打武田氏，正式成爲織田家的一員。但在同年6月本能寺之變時，與信忠一同戰死在二條御所。

頑強存活的文化人
織田長益
Oda Nagamasu

生卒年	天文16年～元和7年（1547~1621）
別　名	源五郎、出雲守、武藏守、有樂齋
身　分	連枝眾
居　城	尾張大野城（1582）→攝津味舌城（1584）

　　信長之弟，據傳爲信秀的十男或十一男。天正9年（1581）曾以連枝眾的身分參與京都閱馬，但在此之前並無做爲武士的紀錄，僅以齋號爲有樂齋的茶人廣爲人知。天正10年（1582）本能寺之變時，雖與信忠進入二條御所，但瞞著其他人逃出。之後效忠秀吉，於關原之戰時投靠東軍，最後成爲俸祿3萬石的大名。

武 將

這裡的武將是指信長家臣中有別於官員屬於武鬥派的武士，其中
階級在率領部隊的指揮官以上者一般稱部將，而不具勢力以直屬
信長的旗本身分鞏固本營的騎馬武士稱馬迴。然而由於信長軍團
在短時間內擴大勢力，有不少人從馬迴一躍成為部將，階級並不
固定，因此將馬迴和部將統稱為武將。

柴田勝家

有「打破水甕的柴田」渾號的猛將

Shibata Katsuie

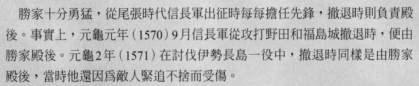

生卒年	？～天正11年（？~1583）
別　名	權六、修理亮
身　分	部將、北陸方面軍總司令官
居　城	越前北之庄城（1575之後）

　　權六爲通稱，從信長之父信秀時便效忠織田家的信長老將之一，堪稱信長家臣團中的領袖。前半生不詳，信秀死後起初爲信長之弟信行（信勝）的家老，於弘治2年（1556）稻生之戰時與信長爲敵開戰，戰敗之後，勝家才肯定信長的實力。

　　隔年信行企圖再次謀反，勝家緊急將此事告知信長，導致信行爲信長所殺，勝家改爲效命信長。信長十分重視當時勝家的忠心，因此重用。

　　勝家十分勇猛，從尾張時代信長軍出征時每每擔任先鋒，撤退時則負責殿後。事實上，元龜元年（1570）9月信長軍從攻打野田和福島城撤退時，便由勝家殿後。元龜2年（1571）在討伐伊勢長島一役中，撤退時同樣是由勝家殿後，當時他還因爲敵人緊追不捨而受傷。

　　其他還有以下的傳說。元龜元年（1570）6月，六角義賢（承禎）等5,000名軍力包圍勝家位於近江的長光寺城，當時勝家打破所有的水甕向城兵表示決不困守城池的決心後出征，打敗六角勢力，因此被稱爲「打破水甕的柴田」或「鬼柴田」。

　　天正3年（1575）9月勝家受封越前八郡，成爲北之庄城（福井市）城主，並受命帶領信長軍平定北陸地區。

　　但天正10年（1582），由於因應本能寺之變慢了一步，在信長政權的繼承人上與秀吉對立。天正11年（1583）於賤岳之戰爲秀吉軍所敗，在北之庄城與妻子阿市夫人自殺。

負責安土建城所有事務的功臣

丹羽長秀

Niwa Nagahide

生卒年	天文4年〜天正13年（1535~85）
別　名	萬千代、五郎左衛門尉、惟住長秀、羽柴越前守
身　分	部隊指揮官、游擊軍指揮官、四國方面軍副司令官
居　城	近江佐和山城（1571）、越前府中庄城（1575）→近江大溝城（1583）

　　從尾張時代便效命信長的功臣，功績與柴田勝家並列，但因擁有的兵力不夠強大，在擴大之後的信長軍中，多扮演輔助主力部隊的游擊軍角色參與多方面戰事。

　　柴田勝家以勇猛著稱，長秀的特徵則有別於此。在信長大致統一尾張進一步攻打美濃的過程中，長秀立下不少功勞，其中最值得注意的是他用計降服敵人。

　　其次是他在天正4年（1576）開始擔任興建安土城的總負責人，元龜4年（1573）將軍義昭造反時，信長為橫渡琵琶湖下令建造大船，負責這項工程的人也是長秀，由此可知他在這方面人脈眾多，深受信長信賴。

　　元龜2年（1571）受封近江佐和山城，於淺井和朝倉氏滅亡後負責管理若狹，但居城仍為佐和山。或許是因為兵力較弱，升遷落後其他人，柴田勝家、佐久間信盛和瀧川一益等人已成為方面軍司令官，他卻當不上。

　　本能寺之變時，長秀雖與織田信孝率領四國討伐軍於攝津作戰，一得知發生事變士兵幾乎都跑光。之後長秀與信孝聯手立刻攻打大坂千貫櫓，擊殺光秀的女婿織田信澄，雖然因此提振反光秀的氣勢，但與光秀軍在山崎的一戰，秀吉軍多達2萬，長秀軍僅3,000人。之後長秀完全歸順秀吉，最後秀吉賜予勝家舊領地越前一國與加賀兩郡，俸祿120萬石，但他似乎沒有特別高興。

「我的敵人在本能寺」

明智光秀

Akechi Mitsuhide

生卒年	享祿元年？～天正10年（1528?~82）
別　名	十兵衛、惟任日向守
身　分	部將、近畿方面軍總司令官
居　城	近江坂本城（1571）、丹波龜山城（1580）

　　十兵衛爲通稱，前半生多不詳。明智氏據傳爲美濃土岐氏一族，但是就連光秀父親的名字都不詳，因此，如果他真的是土岐氏的一族，也應該是庶民。

　　光秀的年齡也不詳，但由於在他死後一百多年所寫的《明智軍記》中，被認爲是光秀遺言的漢詩中有「五十五年夢」，以此推測他應該是生於享祿元年（1528）。

　　一般認爲他在效忠信長之前曾服侍朝倉義景，因而結識逃亡中的足利義昭和細川藤孝等人。

　　他的確是在永祿11年（1568）11月之前投入信長的陣營，隔年12年（1569）正月三好三人眾攻打將軍義昭所在的六條本圀寺時，曾爲保護將軍而戰。當時的光秀多留在京都處理將軍的事務，在效忠信長的同時也服侍將軍，地位特殊。雖然不久後義昭與信長爲敵，光秀則在過程中放棄義昭，徹底成爲信長的家臣。

　　之後光秀十分活躍，在家臣中開始嶄露頭角。元龜2年（1571）成爲近江坂本城主，天正3年（1575）獲賜姓氏惟任，被任命爲日向守，之後平定丹波與丹後。元龜8年（1580）獲賜丹波一國與龜山城，此時光秀是信長軍團中發跡最快的人，信長也認爲他是最大功臣。

　　光秀在本能寺之變後的第十二天戰死，因此經常被嘲笑爲「三日天下」，但我們不能忘記，他是曾被信長肯定爲第一家臣的武將。

靠著才智成為信長的繼承人

羽柴秀吉

Hashiba Hideyoshi

生卒年	天文6年～慶長3年（1537~98）
別名	日吉丸、木下藤吉郎、羽柴筑前守、豐臣秀吉、藤原秀吉
身分	武將、中國方面軍總司令官、參議、權大納言、內大臣、太政大臣、關白、太閣
居城	近江小谷城（1573）→近江長濱城（1575~76）→播磨姬路城（1581）→攝津大坂城（1586）、山城聚樂第（1587）

　　出生於尾張中村（愛知縣名古屋市中村區）的農民之家，從信長身邊的提鞋童開始發跡，在信長死後一統天下。秀吉是因為遇見只看能力運用人才的信長，得以成為留名歷史英雄的代表。他15歲時只帶著父親留下的遺物一貫文永樂錢便離開中村，最初服侍今川義元的部將松下之綱，能力曾獲得認同，但因遭同儕忌妒，18歲再度返回尾張，在朋友的介紹下改為效命信長。

　　之後秀吉很快就出人頭地。永祿8年（1565）信長正在攻打美濃時，秀吉和村井貞勝同時擔任信長的奉行人。永祿11年（1568）信長上洛時，他已成為率領一支部隊的指揮官，信長勢必是肯定他的才智和努力。

　　在信長的家臣團中，當初最為活躍的是明智光秀，元龜2年（1571）受封近江坂本城，俸祿5萬石。但秀吉也不落人後，天正元年（1573）便受封近江長濱城，俸祿12萬石。天正8年（1580）更受封播磨，俸祿51萬石，此時他已成為信長家臣團中最有出息的人。

　　天正10年（1582）本能寺之變時，秀吉正在水攻備中高松城，原本是無法立刻返回京都的，但他在短時間內與毛利軍談和，進行至今仍為人津津樂道、號稱「中國大撤退」的強行軍。

　　秀吉最後之所以能夠成為信長的繼承人，除了運氣好之外，他也是最適合繼承信長之位的武將。

瀧川一益

Takigawa Kazumasu

生卒年	大永5年～天正14年（1525~86）
別 名	九助、左近將監、彥右衛門、伊予守、入庵
身 分	部將→關東方面軍總司令官
居 城	尾張蟹江城→伊勢安濃津城（1569）→上野廄橋城（1582）

　　入庵爲落髮後的名字。瀧川一益與柴田勝家、佐久間信盛等人並列爲信長重臣。據傳他爲甲賀武士大原氏一族，也有一說認爲他出身忍者之家，從小就學習使用火槍。一益於天文年間便已效忠信長，永祿年間和勝家與信盛同樣成爲一軍之將，十分活躍。

　　永祿10年（1567）信長首次攻打北伊勢，一益事前被安排在伊勢、尾張和美濃的交界處負責壓制北伊勢。永祿12年（1569）攻打伊勢時也負責重要任務。之後以安濃津爲居城管轄伊勢灣，接著在天正2年（1574）9月平定伊勢長島後受封伊勢五郡，在日後的戰爭中率領伊勢軍，成爲信長軍中強而有力的游擊軍軍團長。

　　天正3年（1575）5月的長篠之戰中，與德川家康擔任先鋒。在天正4年（1576）7月第一次木津川口海戰後，奉信長之命建造大船。九鬼嘉隆造6艘，一益建造1艘，這些大船在天正6年（1578）11月的第二次木津川口海戰中立下大功。天正8年（1580）左右起負責東國地區，天正10年（1582）3月織田信忠討伐武田氏時擔任副將，武田氏滅亡後受封上野一國與信濃兩郡，進入廄橋城負責關東的戒備工作，也就是方面軍的司令官。

　　但不久之後發生本能寺之變，一益陷入與北條氏政敵對的窘境，因此無法立刻返回京都，及時參與事變之後織田家的政權之爭。日後勝家與秀吉因織田家的繼承問題日益對立，一益支持勝家。但勝家於賤岳之戰戰敗後，他只好投降，北伊勢的領地遭到沒收，因此失去一展身手的舞台。

信長黑母衣眾要角之一

佐佐成政

Sasa Narimasa

生卒年	天文5年？～天正16年（1536?~88）
別名	內藏助、陸奧守
身分	馬迴、黑母衣眾
居城	尾張比良城→越前府中城（1575）→越中富山城（1581）→肥後熊本城（1587）

為信長馬迴眾中的優秀人才。本能寺之變時擔任部將受命管理越中，出生時間一說為永正13年（1516）。

永祿年間初期，信長從馬迴眾中挑選特別優秀者，10名擔任黑母衣眾，10名擔任赤母衣眾，成政名列黑母衣眾。永祿3年（1560）參與桶狹間之戰，由於哥哥隼人於此戰中戰死，成政成為佐佐一族的領導者。他雖身為馬迴，但在信長支持足利義昭上洛時，便擔任小部隊的指揮官，十分活躍。

織田和德川軍在天正3年（1575）5月的長篠之戰中，善用火槍一事眾所皆知，當時包括成政在內的前田利家等五人，以鐵砲（火槍）奉行的身分擔任槍隊指揮官。交付的火槍有1,000支，形同每人指揮200人左右的槍隊。

天正3年（1575）9月平定越前一向一揆後，成政、前田利家和不破光治三人負責統治越前二郡，三人前往府中城，被稱為府中三人眾。之後成政一方面負責越前二郡的政務，一方面擔任柴田勝家北陸方面軍的一支，對抗加賀一向一揆和上杉軍。

天正9年（1581）2月受封越中一國，但當地仍未被征服，要平定越中極為困難，得手的富山城也為敵人所奪。天正10年（1582）3月與勝家等人設法搶回富山城，6月3日攻陷魚津城，在這樣的情況下，即使得知京都發生變故也無法立刻採取行動。

本能寺之變後數度與秀吉為敵，之後臣服於秀吉。天正15年（1587）受封肥後一國，但反而招致國人叛亂，最後奉秀吉之命切腹。

前田利家

從小姓變成加賀百萬石的大名

Maeda Toshiie

生卒年 天文6年〜慶長4年（1537~99）
別 名 犬千代、孫四郎、又左衛門尉、筑前守、
加賀大納言
身 分 馬迴
居 城 尾張荒子城（1569）→越前府中城
（1575）→加賀山尾（金澤）城（1583）

　　14歲便擔任小姓服侍信長，最後成爲100萬石的加賀藩始祖一事而廣爲人知。年輕時與信長同樣穿著奇裝異服，且由於十分勇猛，因此有「歌舞伎的又左」「槍的又左」的渾號。

　　除了信長最早期的萱津之戰外，也參與稻生和浮野之戰，之後因殺害服侍信長的十阿彌，遭信長逐出家門。即使擅自參與永祿3年（1560）的桶狹間之戰砍下三名敵人首級，也未獲得信長原諒。隔年於森部之戰中擊斃敵軍大將，才獲得原諒。

　　永祿年間信長挑選馬迴眾中優秀者，各命10人組成赤、黑母衣眾，此時由利家負責帶領赤母衣眾。

　　永祿12年（1569）受命信長取代多病的哥哥繼承家督之位，成爲俸祿爲2,500貫文領地的領主。之後仍繼續擔任直屬信長的馬迴，於天正3年（1575）的長篠之戰與佐佐成政等人一同指揮火槍隊。

　　天正3年（1575）9月平定越前一向一揆後，利家與佐佐成政和不破光治三人受命統治越前中的二郡，進入府中城與兩人合稱府中三人眾。

　　利家雖因身爲北陸方面軍的一員，與總司令官柴田勝家交往密切，但由於四女阿豪爲秀吉收爲養女，亦與秀吉交好，正因如此，在本能寺之變後勝家與秀吉對立時，利家的心中應該很痛苦。之後他雖然因此在賤岳之戰中脫離勝家軍，但善良的勝家絲毫未責備利家，反而勸其歸順秀吉，因此爲利家打下成爲秀吉部將，擁有加賀100萬石俸祿的基礎。

為勸諫傻蛋而切腹的家老
平手政秀
Hirate Masahide

生卒年	明應元年～天文22年（1492~1553）
別　名	監物、中務丞、清秀、五郎左衛門
身　分	初期的家老
居　城	尾張志賀城

　　起初爲信長之父信秀的家老，負責教育年幼時的信長。天文17年（1548）爲信長與齋藤道三之女濃姬的婚事而奔走，同時具有財力和教養，性喜氣派。但於天文22年（1553）閏正月突然切腹，根據《信長公記》中的記載是爲了勸諫信長的愚蠢行爲，但也有人認爲是因爲像政秀這樣傳統的強人十分礙眼而遭信長肅清。

果敢奮戰為武田所殺的部將
平手汎秀
Hirate Hirohide

生卒年	天文22年～元龜3年（1553~72）
別　名	清秀、長政、甚左衛門、甚右衛門
身　分	部將
居　城	一

　　據傳是爲了端正少年信長行爲以死相諫的平手政秀三男，雖不甚活躍，但一提到三方原之戰，一定會出現他的名字。元龜3年（1572）10月，武田信玄軍爲上洛進入遠江，德川家康隨即向信長求援，此時負責率領信長派遣的3,000名援軍的，就是佐久間信盛、水野信元和汎秀。此戰由武田軍獲得壓倒性勝利，信盛等人幾乎是不戰而逃，但汎秀勇敢奮戰最後戰死。

反抗信長的家老領袖
林秀貞
Hayashi Hidesada

生卒年	?～天正8年?（?~1580?）
別　名	新五郎、佐渡守
身　分	信長家老
居　城	尾張那古野城（1554）

　　年紀輕輕便成爲那古野城主，信長四名家老中的領袖。天文23年（1554）信長佔領清洲城後，秀貞受封那古野城。弘治2年（1556）與弟弟美作守和織田信行的家老柴田勝家聯手，企圖推翻信長、擁立信長之弟信行成爲家督，但於稻生之戰中慘敗，計畫受阻。日後秀貞雖保住織田家資格最老的家老這個特殊地位，但天正8年（1580）7月突然被流放遠方。

為信長親手所殺的叛徒
林美作守
Hayashi Mimasaka no kami

生卒年	？～弘治2年（？~1556）
別　名	無
身　分	部將
居　城	一

　　尾張時代效命信長的部將，爲首席家老林秀貞之弟。因對被稱爲「傻蛋」的信長不滿，與秀貞和柴田勝家聯手企圖擁立信長之弟信行。弘治2年（1556）5月信長與弟信時兩人單獨前往那古野城時，美作守向秀貞建議立刻暗殺信長，當時雖爲秀貞阻止，同年8月與秀貞和柴田勝家聯手造反，於稻生大戰信長軍，但爲信長親手以長矛刺死。

信長乳母養德院之子
池田恒興
Ikeda Tsuneoki

生卒年	天文5年～天正12年（1536~84）
別　名	勝三郎、信輝、紀伊守、勝入
身　分	馬迴、部將
居　城	攝津有岡（伊丹）城（1580）→美濃大垣城（1583）

　　勝入爲道號。由於信長的乳母養德院爲恒興之母，恒興雖小信長兩歲，但也跟著服侍信長之父信秀。他雖爲馬迴，但早早就帶領小型部隊征戰。到天正年間隸屬信長嫡子信忠軍團，做爲對抗武田氏的最前線，主要活躍於東美濃。天正8年（1580）於荒木村重離開後受封攝津一國。本能寺之變後雖歸順秀吉，但於秀吉和家康展開的小牧・長久手之戰中，死於長久手。

被信長流放的重臣
佐久間信盛
Sakuma Nobumori

生卒年	？～天正9年（？~1581）
別　名	半羽介、右衛門尉
身　分	織田家重臣、部將
居　城	尾張山崎城（1560）→近江永原城（1570）→三河刈屋城（1575）

　　從信長之父信秀時代便效命織田家，位居信長家臣團領導地位的重臣。有別於柴田勝家，於信秀死後仍效命信長，但天正元年（1573）8月攻打朝倉氏期間，信長斥責部將時僅他一人不斷爭辯，屢遭信長白眼以對。天正4年（1576）起雖擔任包圍本願寺的總司令官，但因五年來毫無戰果，與兒子信榮一同被流放至高野山。

佐久間信榮

重臣佐久間信盛的長子

Sakuma Nobuhide

生卒年	弘治2年～寬永8年（1556~1631）
別　名	正勝、勘九郎、駿河守
身　分	部將
居　城	一

　　信長重臣佐久間信盛的長子，輔佐父親馳騁於各地戰場。天正4年（1576）5月起由信盛擔任主將開始包圍石山本願寺，信榮擔任輔佐父親的副將，隨父親進入天王寺城。另一方面還於天正5年（1577）2月和10月分別參與攻打雜賀和信貴山城的行動，但天正8年（1580）於本願寺談和後，與父親一同遭到流放。天正10年（1582）正月獲得赦免，隸屬信忠，但之後就失去表現的舞台。

金森長近

與上級將校並駕齊驅的馬迴

Kanamori Nagachika

生卒年	大永4年～慶長13年（1524~1608）
別　名	可近、五郎八、飛驒守、素玄
身　分	馬迴、部將
居　城	越前大野城（1575）→飛驒高山城（1585）

　　素玄為道號。雖出生近江，但早早就效命信長。永祿2年（1559）2月信長首次上洛時，得知自己成為美濃刺客的目標，命家臣前往刺客落腳處傳話，當時前往拜訪刺客的家臣就是長近。他的身分雖是馬迴，但元龜年間便受到上級將校的待遇。天正3年（1575）平定越前一向一揆後，受封部分大野郡，之後隸屬柴田勝家。本能寺之變後歸順秀吉，受封飛驒一國。

森可成

初期織田軍的台柱猛將

Mori Yoshinari

生卒年	大永3年～元龜元年（1523~70）
別　名	滿、與三、三郎左衛門
身　分	部將
居　城	美濃金山城（1565）→近江宇佐山城（1570）

　　從尾張時代便效命信長的部將代表之一，為森蘭丸之父。據傳起初效命美濃齋藤氏，天文23年（1554）已參與信長攻打清洲城，逼迫守護代織田彥五郎（廣信）自殺。之後亦參與稻生、浮野和桶狹間之戰，永祿11年（1568）信長上洛後負責京都政務。元龜元年（1575）起擔任宇佐山城守將，當年9月對抗攻打該城的朝倉和淺井軍，因而戰死。

追隨父親和兄弟腳步的部將
森長可
Mori Nagayoshi

生卒年	永祿元年～天正12年（1558~84）
別名	長一、可長、勝藏、武藏守
身分	部將
居城	美濃金山城（1570）→信濃海津城（1582）

　　據傳爲可成的長子或次子，蘭丸之兄。於元龜元年（1570）父親死後，13歲成爲津山城主，繼承具有實力的部將地位。分別於天正2年（1574）和天正7年（1579），參與攻打伊勢長島和包圍有岡城之戰。天正10年（1582）攻打武田氏時，擔任信忠軍的先鋒奮戰，戰後受封信濃四郡。本能寺之變後仍效忠秀吉，天正12年（1584）4月於長久手之戰中遭家康軍突襲戰死。

長篠合戰火槍隊指揮官
原田直政
Harada Naomasa

生卒年	？～天正4年（?~1576）
別名	塙九郎左衛門重友、正勝、備中守
身分	馬迴、部將
居城	山城槙島城（1574）

　　從尾張時代便擔任信長的馬迴，獲選爲赤母衣眾，是個有能力的官員。永祿11年（1568）信長上洛後，與其他官員負責京都山城的行政工作。之後於天正2年（1574）被任命爲山城國守護，從天正3年（1575）起兼任大和守護。在同年5月的長篠之戰中，與佐佐成政和前田利家一同指揮火槍隊，但於天正4年（1576）5月攻打本願寺時戰死。

屈指可數的黑母衣眾成員之一
蜂屋賴隆
Hachiya Yoritaka

生卒年	？～天正17年（?~1589）
別名	兵庫頭、出羽守、羽柴敦賀侍從
身分	馬迴、部將
居城	近江肥田城（1577）？→越前敦賀城（1585）

　　據傳出生美濃，但很早就是信長的家臣，直到永祿年間中期皆爲信長的馬迴。永祿11年（1568）信長支持義昭上洛時，升格成爲率領一隊的部將，最後甚至成爲信長部將中屈指可數的大將。天正5年（1577）左右受封近江肥田城，天正10年（1582）5月信長以三男信孝爲總大將編制四國討伐軍，賴隆和丹羽長秀都擔任副將，本能寺之變後歸順秀吉。

桶狹間之戰活躍的赤母衣眾
毛利長秀
Mouri Nagahide

生卒年	天文10年～文祿2年（1541~93）
別 名	秀賴、河內守、羽柴河內侍從
身 分	馬迴、部將
居 城	信濃飯田城（1582）

　　為信長的馬迴，永祿年間獲選為赤母衣眾的菁英。永祿3年（1560）於桶狹間合戰中立下戰功，深受信長信賴。天正元年（1573）12月支持將軍義昭的松永久秀一投降，長秀便與佐久間信盛負責接收多聞山城。不久後信忠軍團編制完成，長秀隸屬於信忠旗下。天正10年（1582）信長討伐武田氏時，也以信忠軍的一員展開攻擊。本能寺之變後隸屬秀吉，日後獲賜豐臣的姓和羽柴的氏。

取得義元首級的黑母衣眾
毛利良勝
Mouri Yoshikatsu

生卒年	？～天正10年（?~1582）
別 名	新助、新介、新左衛門
身 分	馬迴、信長近侍
居 城	一

　　永祿3年（1560）5月於桶狹間合戰與服部小平太攻向敵軍，以砍下敵將今川義元首級而聞名，同時也是馬迴菁英集團黑母衣眾的成員之一。之後從元龜年間起擔任信長的近侍，負責發放文書的業務。天正10年（1582）本能寺之變時，良勝在信忠身旁果敢應戰包圍二條御所的明智軍團，壯烈戰死。

被一向一揆打敗的勇將
梁田廣正
Yanada Hiromasa

生卒年	？～天正7年（?~1579）
別 名	彌次右衛門、左衛門太郎、別喜右近太夫
身 分	馬迴、部將
居 城	加賀大聖寺城（1575）

　　江戶時代的戰爭故事記載，桶狹間之戰時信長的重臣都反對出征，只有梁田出羽守表示贊成，他就是廣正的父親。廣正自己則在元龜元年（1570）6月姉川之戰開打前信長軍從小谷城撤退時，與佐佐成政等人負責殿後。天正3年（1575）升任為信長家重臣，但因從同年8月起展開的平定加賀工作失敗，隔年被召回尾張，從此失勢。

輔佐信忠的老將	生卒年 大永7年～天正10年（1527~82）
河尻秀隆	別 名 鎮吉、重遠、與四郎、與兵衛、肥前守
Kawajiri Hidetaka	身 分 馬迴、部將
	居 城 美濃神篦城→甲斐府中城（1582）

　　弘治3年（1557）信長企圖將與他爲敵的弟弟信行誘出清洲城加以殺害，據傳當時下手的人就是秀隆。他擔任信長的馬迴十分活躍，永祿年間被選爲黑母衣眾。天正元年（1573）左右起隸屬織田信忠的軍團，由於十分老練，被賦予輔佐信忠的角色。天正10年（1582）討伐武田氏時，也輔佐信忠力求表現。戰後受封甲斐一國，但於本能寺之變後，遭甲斐一向一揆殺害。

力戰越前一向一揆的敦賀守將	生卒年 ？～天正7年（?~1579）
武藤舜秀	別 名 宗右衛門、彌兵衛
Nutou Kiyohide	身 分 部將
	居 城 越前敦賀城（1575）

　　爲天正2年（1574）正月於朝倉氏滅亡後成爲越前守護代的桂田長俊（前波吉繼）遭到殺害時，信長派往敦賀控制越前混亂的部將。在此之前的身分不詳。隔年8月信長軍出發討伐越前一向一揆，舜秀於敦賀迎接大軍，並加入掃蕩一向宗餘黨。平定一向一揆後正式受封敦賀郡，但不隸屬柴田勝家，而是獨立以游擊軍團的身分轉戰各地。於天正7年（1579）7月於圍攻有岡城時病逝。

單槍匹馬奮戰的馬迴	生卒年 天文11年～寬永4年（1542~1627）
兼松正吉	別 名 千熊、又四郎、修理亮
Kanematsu Masayoshi	身 分 馬迴
	居 城 一

　　從尾張時代就單槍匹馬跟隨信長的馬迴。前田利家等人爲率領兩三百名士兵的高階馬迴，正吉爲低階，僅率領兩三名隨從馳騁沙場。天正元年（1573）8月追擊朝倉軍時，他在山中四處追趕敵軍大將，最後終於砍下首級交給信長。當時信長看到正吉的腳被鮮血染紅，解下綁在腰間的草鞋（無跟草鞋）獎勵他的故事非常有名。

家康之母於大夫人的異母兄
水野信元
Mizuno Nobumoto

生卒年	？～天正3年（？~1575）
別 名	忠次、信之、藤七郎、四郎右衛門、下野守
身 分	部將
居 城	三河刈屋城

　　爲在三河擁有龐大勢力的豪族，德川家康之母於大夫人的哥哥。起初效命今川家，在義元時倒戈織田家，因與家康爲親戚，在桶狹間之戰後成立的織田德川同盟扮演極爲重要的中間人。由於與家康關係密切，因此雖是強而有力的老將，卻不受信長信賴。雖活躍於多場戰役，但天正3年（1575）12月因被懷疑將軍糧賣給武田一派的秋山信友而受命切腹。

因爭奪領地遭貶的重臣
中川重政
Nakagawa Shigemasa

生卒年	不詳
別 名	忠政、八郎右衛門尉、織田駿河守
身 分	馬迴、部將
居 城	一

　　從尾張時代便擔任信長的馬迴，之後獲選爲黑母衣眾。永祿11年（1568）信長上洛後，負責京都和畿內的治安與行政業務，是與秀吉、光秀、勝家和信盛等人並稱的重臣。元龜元年（1570）升格爲部隊指揮官，與森可成、信盛和勝家等人被安排在琵琶湖南岸的安土砦，防範六角勢餘黨作亂。但元龜3年（1572）與勝家互爭領地，因弟弟津田盛月殺害勝家的代官，重政遭到流放。

射箭高手，《信長公記》作者
太田牛一
Oota Gyuichi

生卒年	大永7年（1527）～？（慶長15年〔1610〕以後）
別 名	信定、又助、和泉守
身 分	馬迴、信長近侍
居 城	一

　　爲與信長有關的第一手資料《信長公記》的作者。最初爲柴田勝家的家臣，因射箭技術獲得信長賞識，爲射箭三名人之一。永祿8年（1585）攻打美濃堂洞城時，發揮射箭技術獲得信長賞賜。進入元龜年間後，擔任信長的文官。本能寺之變後，據傳曾效命丹羽長秀一段時間，之後成爲秀吉的文官，日後將處理行政事務期間所寫的紀錄整理成《信長公記》。

安藤守就
Ando Morinari

生卒年	？～天正10年（？～1582）
別　名	平左衛門尉、範俊、定治、日向守、伊賀守、道足
身　分	部將
居　城	美濃北方城

　　永祿10年（1567）倒向信長一派的美濃三人眾之一，另兩人為稻葉一鐵（良通）和氏家卜全（直元）。之前的天文23年（1554），信長在攻打今川一派的村木城時，向岳父齋藤道三請求支援，道三派遣的就是守就。天正3年（1575）信忠繼承織田家家督之位，美濃眾人皆成為信忠部將，只有三人眾在這之後仍直屬信長。但天正8年（1580）繼佐久間父子之後，守就父子也遭流放。

長命的美濃三人眾領袖

稻葉一鐵
Inaba Ittetsu

生卒年	永正12年～天正16年（1515~88）
別　名	通似、通朝、彥六、六郎、伊予守、貞通、良通
身　分	部將
居　城	美濃曾根城→美濃清水城（1571）？

　　良通和貞通為諱，一鐵為道號。永祿10年（1567）倒向信長一派的美濃三人眾之一，另外兩人為氏家卜全（直元）和安藤守就。倒戈後美濃三人眾以一個軍團的形式成為信長軍的一支，但只有一鐵深受信長信賴，曾獨自帶領軍團。天正3年（1575）起美濃眾被編入繼承織田家家督之位的信忠旗下，僅美濃三人眾日後仍直屬信長，本能寺之變後跟隨秀吉。

戰死長島深受信賴的部將

氏家卜全
Ujiie Bokuzen

生卒年	？～元龜2年（？~1571）
別　名	友國、常陸介、貫心齋、直元
身　分	部將
居　城	美濃樂田城→美濃牛屋城（1559）

　　直元為諱，卜全為道號。永祿10年（1567）倒向信長一派的美濃三人眾之一。倒戈後美濃三人眾以統一軍團的形式成為信長軍的一支，但美濃眾與尾張眾之間並無差別待遇。在三人眾中一鐵最受信長信賴，但無論在美濃或歸順信長後，卜全擁有的勢力最為強大。元龜2年（1571）5月參與討伐長島一向一揆之戰，撤退時殿後對抗一向一揆而戰死。

美濃三人眾卜全的長子
氏家直通
Ujiie Naomichi

生卒年	不詳
別 名	直昌、直重、左京亮
身 分	部將
居 城	美濃大垣城

　　氏家卜全的長子。元龜2年（1571）父親死後加入美濃三人眾，參與元龜4年（1573）攻打槇島城、天正元年（1573）包圍小谷城、天正2年（1574）攻打長島、天正3年（1575）的長篠之戰，以及討伐越前一向一揆之戰等戰役。天正3年（1575）信長將家督之位讓給嫡子信忠，尾張與美濃雖隸屬信忠，但美濃三人眾仍繼續擔任直屬信長的旗本部將。本能寺之變後隸屬秀吉，不久後過世。

與三人眾並稱的美濃眾代表人物
不破光治
Fuwa Mitsuharu

生卒年	？～天正11年？（？~1583?）
別 名	彥三、太郎左衛門、河內守
身 分	馬迴、部將
居 城	美濃西保（神戶）城→越前府中城（1575）

　　為美濃齋藤氏重用，於齋藤氏沒落之前效命信長，與美濃三人眾同樣受到重用。永祿11年（1568）7月雖為新加入的成員，但與村井和島田擔任使者，迎接足利義昭前往美濃。日後參與信長上洛之戰，以及永祿12年（1569）攻打伊勢大河內城的行動，率領小型部隊保護信長的本營。天正3年（1575）平定越前一向一揆後，與佐佐和前田管理越前二郡，被稱為府中三人眾。

與信忠一同戰死的道三之子
齋藤新五郎
Saitou Shingorou

生卒年	？～天正10年（？~1582）
別 名	長龍
身 分	部將
居 城	美濃加治田城

　　據傳為齋藤道三之子，為美濃齋藤氏的重心。永祿7年（1564）就放棄齋藤氏投靠信長，永祿12年（1569）8月參與平定伊勢之戰。最初以信長旗下的部將身分轉戰各地，從天正2年（1574）7月攻打伊勢長島時起加入信忠軍團，成為獨自率領部隊作戰的部將。天正10年（1582）6月本能寺之變發生時，他也在二條御所信忠身邊抵抗明智光秀的軍隊，之後戰死。

燒毀勢多橋阻止明智軍
山岡景隆
Yamaoka Kagetaka

生卒年	大永5年～天正13年（1525~85）
別　名	美作守
身　分	部將
居　城	近江勢多城

以燒毀勢多橋，阻止於本能寺之變後企圖進攻安土的明智軍而聞名。起初隸屬南近江的六角氏，永祿11年（1568）信長上洛之前便轉而效命於他。元龜年間成爲隸屬佐久間信盛的騎馬武士，被安排在舊比叡山領地。本能寺之變後拒絕光秀勸降，燒毀勢多橋加以抵抗。之後隸屬秀吉，但因被懷疑私通柴田勝家，領地遭到沒收。

擊敗毛利水軍的功臣
九鬼嘉隆
Kuki Yoshitaka

生卒年	天文11年～慶長5年（1542~1600）
別　名	右馬允、大隈守
身　分	部將
居　城	志摩田代城→志摩鳥羽城（1583）

九鬼氏自古便是伊勢志摩的海盜群之一，最初隸屬於伊勢國司的北畠氏，永祿11年（1568）開始效命信長，於隔年信長攻打北畠氏的大和內城時，擔任開船的將領。天正6年（1578）以自行建造的六艘鐵皮大船爲中心，擊敗木津川河口的毛利水軍立下大功，本能寺之變後效命秀吉。

背叛的高昂代價
荒木村重
Araki Murashige

生卒年	天文5年～天正14年（1536~86）
別　名	十次郎、彌助、信濃守、攝津守、道薰
身　分	部將、攝津守護
居　城	攝津茨木城（1573）→攝津有岡（伊丹）城（1574）

元龜4年（1573）將軍義昭叛變時，與細川藤孝參與信長陣營的攝津實力派人物。信長因此大喜，厚待村重，流放義昭後將攝津交由他管理。但他卻於天正6年（1578）10月私通毛利陣營，閉守有岡城叛變，但圖謀未果。隔年11月開城，村重族人黨羽超過500人遭到殺害，村重卻逃走，之後成爲精通茶道之人，與秀吉往來密切。

熊本細川藩藩主 **細川藤孝** Hosokawa Fujitaka	生卒年	天文3年～慶長15年（1534~1610）
	別 名	萬吉、與一郎、兵部大輔、幽齋、長岡藤孝
	身 分	部將、丹後國主
	居 城	山城勝龍寺城（1568）→丹後宮津城（1589）

　　起初爲室町幕府幕臣，將軍義輝死後救出遭到幽禁的義昭一同逃往越前。義昭成爲將軍後與信長對立，他捨棄義昭效命信長，之後成爲明智光秀軍的騎馬武士，參與平定丹波和丹後之戰，受封丹後一國，與光秀交好。本能寺之變後，光秀邀請藤孝助勢，但他拒絕轉而效命秀吉。關原之戰時參與東軍，因此建立江戶時代的超級大名細川家的基礎，子爲忠興。

明智光秀的女婿 **細川忠興** Hosokawa Tadaoki	生卒年	永祿6年～正保2年（1563~1645）
	別 名	熊千代、與一郎、越中守、左少將、三齋、宗立
	身 分	部將
	居 城	丹後宮津城（1582）→豐前中津城（1600）→豐前小倉城（1602）→肥後八代城（1632）

　　三齋爲號，細川藤孝長子。自元龜4年（1573）義昭陣營攻打槙島城以來，跟隨父親藤孝轉戰各地。藤孝與明智光秀關係密切，天正6年（1578）忠興迎娶光秀之女阿玉（日後的Gracia），因爲這層關係，本能寺之變後光秀數度前來求援，但藤孝與忠興父子加以拒絕，將阿玉軟禁在丹後三戶野，斷絕與光秀的關係，轉而支持秀吉。秀吉死後往家康靠攏，開啟成爲超級大名的康莊大道。

誤判情勢的戰國武將 **松永久秀** Matsunaga Hisahide	生卒年	永正7年？～天正5年（1510?~77）
	別 名	彈正忠、彈正小弼
	身 分	部將
	居 城	大和信貴山城（1559）→大和多聞山城（1560）

　　發跡於三好長慶處，永祿8年（1565）長慶死後，勾結三好三人眾殺害將軍義輝，稱霸畿內。但永祿11年（1568）信長上洛後，便帶著著名的茶具「九十九神」臣服，態度一百八十度改變。元龜年間配合武田信玄的行動與信長爲敵，隨後將軍義昭遭到流放，便投降再度效命信長。但天正5年（1577）再度背叛信長，在信長軍包圍信貴山城後自殺。

以岡山為據點的西方謀略家
宇喜多直家
Ukita Naoie

生卒年	？～天正10年（?~1582）
別　名	八郎、三郎右衛門、和泉守
身　分	部將
居　城	備前乙子城（1544）→美作新庄山城（1549）→備前沼城（1559）→備前岡山城（1570）

　　與毛利氏勢均力敵，助秀吉的中國方面軍一臂之力的部將。起初爲備前浦上氏的家臣，逐漸擴張勢力，天正5年（1577）超越浦上宗景成爲備前美作之主。此時和毛利氏聯手與織田氏爲敵，但同年10月因秀吉軍入侵播磨而改變立場，天正7年（1579）春天歸順信長。日後直家擔任織田陣營的前鋒奮戰，但因不受信長信任，對他的評價一直不高。

守護信長家扮演留守的角色
蒲生賢秀
Gamou Katahide

生卒年	天文3年～天正12年（1534~84）
別　名	藤太郎、右兵衛大輔
身　分	部將
居　城	近江日野城

　　本能寺之變時負責留守安土城者之一，因協助信長家人前往日野城避難而聞名。最初效命南近江六角氏，永祿11年（1568）歸順以上洛爲目標而進軍的信長，並立刻加入信長軍。元龜元年（1570）起擔任柴田勝家的騎馬武士，參與平定近江之戰。天正4年（1576）信長遷移至安土城後便直屬信長，擔任旗本。本能寺之變後光秀雖不斷邀請，但他接連拒絕，最後效命秀吉。

從人質發跡的信長女婿
蒲生氏鄉
Gamou Ujisato

生卒年	弘治2年～文祿4年（1556~95）
別　名	賦秀、鶴千代、忠三郎、飛驒守、Leon
身　分	部將
居　城	近江日野城→伊勢龜山城（1583）→伊勢松島城（1584）→會津黑川城（1590）

　　Leon爲教名，父爲近江日野城主蒲生賢秀。永祿11年（1568）信長支持足利義昭上洛時協助六角氏加以抵抗，但不久便投降。當時13歲的氏鄉以人質的身分擔任信長的小姓，能力獲得認可，隔年迎娶年僅12歲的信長么女，之後分別在元龜元年（1570）4月和元龜4年（1573）7月攻打朝倉和槇島城時大顯身手。本能寺之變後成爲秀吉的得力部將，最後成爲俸祿100萬石的超級大名。

基督教大名Don Justo	生卒年	天文22年？～元和元年（1553?~1615）
高山右近	別　名	重友、彥五郎、友祥、右近大夫、Don Justo
Takayama Ukon	身　分	部將
	居　城	攝津高槻城→播磨明石城（1585）

　　教名為Don Justo的知名基督教大名。起初效命和田惟政，元龜2年（1571）惟政戰死後佔領高槻城，效命信長陣營的荒木村重。天正6年（1578）村重造反，右近也閉守高槻城，但在信長派遣的傳教士說服下投降。本能寺之變後跟隨秀吉參與山崎等戰役，天正12年（1587）基督教徒驅逐令頒布後，選擇信仰放棄大名地位，到江戶時代被流放至呂宋島。

退出根據地的三好一族老將	生卒年	不詳
三好康長	別　名	孫七郎、山城守、笑巖、咲岩
Miyoshi Yasunaga	身　分	部將
	居　城	阿波岩倉城→河內高屋城（1552）？

　　笑巖或咲岩為道號。稱霸畿內的三好長慶的叔父，與三好三人眾聯手長期與信長為敵。永祿12年（1569）正月三好一派包圍將軍義昭暫時落腳的京都本圀寺，康長也參與其中。元龜年間和與信長為敵的松永久秀沆瀣一氣，但天正3年（1575）3月還是歸順信長。由於阿波是他的主要根據地，因此以平定四國之戰先鋒身分前往阿波，但因發生本能寺之變而退往堺。

帶著頭巾落髮出家的部將	生卒年	天文18年～天正12年（1549~84）
筒井順慶	別　名	藤勝丸、六郎、藤政、陽舜房順慶
Tsutsui Junkei	身　分	部將
	居　城	大和筒井城→大和郡山城（1580）

　　陽舜房順慶為法名。出生代代皆為大和興福寺門徒領袖之家，永祿初年起頻頻與在大和擴張勢力的松永久秀交戰。因久秀加入信長陣營而與信長為敵，但在元龜4年（1573）2月久秀表明反信長的立場後，立刻向信長靠攏。天正4年（1576）5月起受命統治大和，之後隸屬明智光秀，因此於本能寺之變時光秀寄予重望，最後卻跟隨秀吉施展身手。

保護足利義昭的甲賀名門
和田惟政
Wada Koremasa

生卒年	享祿3年～元龜2年（1530~71）
別　名	彈正忠、伊賀守、紀伊守
身　分	部將
居　城	攝津高槻城（1568）

永祿8年（1565）將軍義輝遭到殺害後，保護自奈良逃出的足利義昭的甲賀武士。義昭就任將軍後，惟政成為攝津三守護之一，之後以義昭重臣的身分參與幕政，並擔任信長家臣。但自永祿12年（1569）義昭與信長開始對立時起支持義昭，因而短暫從政治舞台上消失。元龜2年（1571）因松永久秀和三好義繼叛變，攝津情勢緊繃，惟政於混亂中對抗池田知正戰死。

信長側室吉乃之兄
生駒家長
Ikoma Ienaga

生卒年	？～慶長12年（?~1607）
別　名	八右衛門
身　分	馬迴
居　城	雲球宅邸

信長側室吉乃之兄。元龜元年（1570）4月以信長馬迴的身分攻打越前，對抗攻上前來的敵人保護信長，自己卻因此受傷。據傳為虛構的《武功夜話》中記載，生駒家在丹羽郡小折村擁有壯觀如城堡的宅邸，為富商之家，因販賣灰和油致富。對年輕時的信長而言如同贊助人，宅邸中收留眾多流浪漢，據傳秀吉年輕時也曾經住在生駒家工作過。

折磨信長的雜賀火槍軍團頭目
鈴木孫一
Suzuki Magoichi

生卒年	不詳
別　名	重秀、孫市、孫三郎、雜賀孫市
身　分	紀伊雜賀眾頭目
居　城	紀伊雜賀城

為雜賀眾七名長老之一。雜賀眾以火槍隊聞名，全體傾向支持石山本願寺，其中孫一更是始終與信長為敵。天正5年（1577）3月遭信長大軍攻擊，孫一與其他雜賀眾頭目曾一度投降，之後還是無法放棄支持本願寺。天正8年（1580）信長與本願寺終於談和，之後孫一歸順信長。本能寺之變後短暫成為獨立勢力，不久後擔任秀吉軍的火槍隊隊長。

與荒木村重並稱的攝津實力派

中川清秀
Nakagawa Kiyohide

生卒年	天文11年～天正11年（1542~83）
別　名	虎之助、瀨兵衛尉
身　分	部將
居　城	攝津茨木城

　　起初效命攝津的池田勝正，與荒木村重等人一同嶄露頭角。元龜4年（1573）將軍義昭叛變，清秀與村重同樣支持信長，村重受封攝津一國，清秀則隸屬於旗下。但天正6年（1578）10月村重造反，清秀率先向信長投降，攻打村重鎮守的有岡城。本能寺之變後隨即投入秀吉陣營，活躍於山崎合戰，但於賤岳之戰時遭佐久間信盛攻擊戰死。

◆　專　欄　◆

秀吉的幼名「日吉丸」與傳說

　　豐臣（羽柴）秀吉的幼名中以日吉和日吉丸較爲有名，但秀吉因出生於沒沒無聞的地主農民階級，事實上並無幼名。

　　甚至有人認爲不只幼名，秀吉出生的家應該連姓也沒有。秀吉最初廣爲人知的姓名爲木下藤吉郎，但據傳這個木下是日後秀吉借妻子娘家而且是本家的姓自稱。

　　這樣的秀吉之所以會出現幼名爲日吉或日吉丸的傳說，應是他自己宣傳的結果。秀吉是唯一一個以農民身分登上關白和太政大臣等高位的人物，因此從生前就流傳各類傳說，再加上他命自己的御伽眾（室町末期之後，在將軍或大名身邊陪伴解悶或講解書籍之人）之一的大村由己，無視於史實創作《關白任官記》《天正記》等故事，傳說因此廣泛流傳。其中甚至還有秀吉其實是天皇私生子的說法。

　　此外，秀吉分別在天正18年（1590）和文祿2年（1593）送往朝鮮和台灣的國書中，提到自己出生時母親夢見太陽入懷中，當晚日光普照室內。

　　他的太陽入母親懷中而生的說法，可說是秀吉的幼名爲日吉丸的理由。到了江戶初期的《太閤素生記》中，這個說法又變成秀吉的母親是向日吉山王權現祈求而生下他，因此將他命名爲日吉丸。

　　由於日吉和日吉丸這兩個幼名太有名，本書也將它寫在秀吉的項目中，但還是希望提醒各位，這些事實上都是與史實完全無關的傳說。

文官・近侍

大多時候指在信長身邊服侍或負責各類政務的人，除右筆、同朋
眾和奉行眾外，還有一群被稱為小姓的人。主要的工作如下：

・右筆……為主君代筆文書。

・同朋眾…作僧侶打扮，在主君身旁負責端茶等雜務。

・奉行眾…處理各類會議和事業，以文官身分負責政務，其中也
　　　　　有被分配到各直轄地，離開信長執行任務者。

・小姓……處理信長身邊的小事並擔任主君的貼身侍衛。

但需注意的是，由於當時的職務劃分未盡詳細，光是待在信長身
邊就可能從事各種不同的工作，因此這些人都根據不同的情況，
擔任類似秘書官的重要工作。例如一提到小姓，大家都覺得是年
輕人，但也有不少成人小姓，也有人最後從小姓登上大名的地
位。之所以會有出人頭地的可能，是因為經常在信長身邊負責重
要任務，展現自己的實力。

深受信長信賴的第一秘書
武井夕庵
Takei Sekian

生卒年	不詳
別 名	肥後守、肥後入道、二位法印
身 分	信長近侍、右筆
居 城	一

　堪稱信長第一秘書的右筆。起初效命美濃齋藤氏，永祿10年（1567）齋藤氏沒落後效命信長。從一開始便獲得信長的信賴，負責製作發送文件、興建房屋、辦理活動等行政和外交工作。雖非部將，但在織田家中地位崇高。天正6年（1578）正月信長邀請12名家臣參加茶會，夕庵獲賜坐在僅次於信長嫡子信忠的第二席次，但本能寺之變後欲振乏力。

近侍文官中的第一號人物
村井貞勝
Murai Sadakatsu

生卒年	？～天正10年（?~1582）
別 名	吉兵衛、民部丞、民部少輔、長戶守、春長軒
身 分	文官、奉行、京都所司代
居 城	一

　春長軒為道號。從尾張時代便擔任信長的近侍，為文官中的第一人。永祿11年（1568）信長上洛時貞勝也隨行，信長返回岐阜後，貞勝則留在京都負責政務。當時他和島田秀順與負責興建將軍義昭御所二條城的大工奉行朝山日乘，負責皇宮的修理工作。天正元年（1573）7月義昭遭流放後，貞勝成為京都所司代長駐京都。本能寺之變發生時他也在京都，與信忠在二條御所戰死。

擔任堺代官的信長近侍
松井有閑
Matsui Yuukan

生卒年	不詳
別 名	德庵、德齋、宮內卿法印
身 分	信長近侍、右筆
居 城	一

　為尾張清洲商人，很早就和信長有所往來，之後成為信長的近侍和右筆，尤其是在永祿11年（1568）信長上洛之後開始活躍。永祿12年（1569）負責讓前來京都者提供茶具等名產，天正2年（1574）執行信長拜領東大寺正倉院名香蘭奢待的任務。天正元年（1573）起擔任堺的代官，在信長的文官中地位特別崇高。

第二章 人物　文官・近侍

尾張時代奉行眾的代表人物

島田秀順
Shimada Hideyori

生卒年	不詳
別名	秀滿、所之助、彌右衛門尉、但馬守
身分	信長近侍、奉行眾
居城	一

　　尾張時代信長奉行眾的代表人物。弘治2年（1556）8月織田信行（信勝）投降時，與村井貞勝居中協調。永祿11年（1568）7月足利義昭前來投靠信長時，也與村井擔任負責迎接的使者。永祿12年（1569）興建將軍宅邸時，同樣與村井擔任大工奉行。元龜4年（1573）與義昭對抗時，則擔任負責談和的使者，但似乎由於年歲已高，義昭遭流放後就不再活躍於政壇。

替信長與堺牽線的中間人

今井宗久
Imai Soukyu

生卒年	永正17年～文祿2年（1520~93）
別名	彥八郎、彥右衛門、大藏卿法印、昨夢齋、納屋宗久、藥屋宗久
身分	堺的商人、信長直轄地代官
居城	一

　　於堺從事倉儲和火槍與火藥的生產而致富的新興商人，亦為替信長和堺牽線的中間人。永祿11年（1568）9月信長上洛後立刻與之靠攏，呈上著名茶具。隔年因信長課徵2萬貫的軍費與堺發生對立，宗久懷柔堺的抗戰派，避免一場戰爭。因為這項功勞開始接受信長的俸祿，並擔任山城和攝津直轄地的代官。他精通茶道，時而侍奉信長喝茶。

藉信長之力發威的怪和尚

朝山日乘
Asayama Nichizyou

生卒年	？～天正5年（?~1577）
別名	日乘上人、日乘朝山
身分	信長近侍
居城	一

　　出身出雲的僧侶。原本跟隨毛利氏，之後前往京都接受正親町天皇的庇護。永祿11年（1568）信長上洛後，受命負責聯絡信長，藉此機會取得信長信任，幾乎成為信長近侍，開始發揮實力。永祿12年（1569）維修皇居時與村井貞勝擔任修理奉行，然而由於如同法華宗徒般厭惡基督教，不久後失去信長的信賴，晚年不得志。

受信長寵愛的最後一名小姓
森蘭丸
Mori Ranmaru

生卒年	永祿8年～天正10年（1565~82）
別名	長定、成利、亂、亂丸、亂法師
身分	信長近侍、小姓
居城	美濃金山城

　　一般人較熟知蘭丸之名「蘭」應為「亂」，自天正7年（1579）起受信長寵愛的近侍小姓，為部將森可成的三男。少年時期開始服侍信長，負責處理身邊瑣事、接待客人和傳話。天正10年（1582）討伐武田氏之戰後，受封美濃金山與米田島。本能寺之變時與信長同在本能寺，最後戰死。弟弟坊丸和力丸亦為信長的小姓，當時一同戰死。

受信長寵愛的小姓
萬見仙千代
Manmi Senchiyo

生卒年	天文18年？～天正6年（1549?~78）
別名	重元
身分	信長近侍、小姓
居城	－

　　在著名的森蘭丸之前，最受信長寵愛的近侍小姓。天正3年（1575）已擔任信長近侍，十分活躍，主要工作為擔任派往戰地的使者、執行各項命令、接待客人和外交等，未曾擔任過部將迎戰敵人。天正6年（1578）10月荒木村重叛變時，與松井有閑和明智光秀一同被派作使者追究責任，但同年12月信長下令攻打村重鎮守的有岡城，仙千代也率火槍隊參與攻擊，因而戰死。

僅次於萬見仙千代的近侍
長谷川秀一
Hasegawa Hidekazu

生卒年	？～文祿3年（?~1594）
別名	竹、藤五郎
身分	信長近侍、小姓
居城	越前東鄉（槇山）城（1584）

　　僅次於萬見仙千代的近侍代表，年輕時便擔任小姓。從未活躍於戰場，但在天正6年（1578）和天正8年（1580）攻打播磨神吉城和家康的高天神城時，曾被派遣為使者觀察戰情。除擔任使者外，同時負責傳話、發放附信和各項活動。天正7年（1579）舉行安土宗論時擔任使者，負責各宗派與信長之間的聯絡工作。本能寺之變後跟隨秀吉，開始率領部隊作戰，於出兵朝鮮時病逝。

其他

這裡介紹的是非信長家臣，但當時圍繞信長身邊、特別具有代表性的三個人：基督教傳教士路易斯‧弗洛伊斯，堺的富商津田宗及和正親町天皇。基督教、堺和天皇在信長的政治與宗教的政策中，扮演極重要的角色，而這三個人對信長而言可說是不可或缺的人脈。

一級資料《日本史》的作者 **路易斯・弗洛伊斯** Luis Frois	生卒年	1532~1597
	別　名	Frois, Louis
	身　分	基督教傳教士
	居　城	─

　　葡萄牙的耶穌會傳教士。永祿6年（1563）31歲時來到日本，活躍於基督教傳教的第一線。永祿7年（1564）底起被派往京都，一直在京都停留到天正4年（1576）。期間會見保護基督教的織田信長，因此建立基督教會在日本發展的基礎。直到慶長2年（1597）在長崎過世為止，在日本度過約三十年的時間，著有了解當時的第一級資料《耶穌會日本年報》和《日本史》。

以和平敕命幫助信長的天皇 **正親町天皇** Ogimachi tenno	生卒年	永正14年～文祿2年（1517~93）
	別　名	方仁
	身　分	天皇（在位＝1557踐祚~86）
	居　城	京都御所

　　第106代天皇。當時天皇家財政窘迫，雖於弘治3年（1557）即位，但利用毛利元就的捐款於永祿3年（1560）才完成登基大禮。信長在此時出現，修復並新建直轄領地，整修皇宮，恢復朝廷評議，而天皇也協助信長，屢屢針對與信長敵對的勢力頒布談和敕令，助信長一臂之力。然而近年來有人認為，信長與正親町天皇其實互為敵人。

藉信長提升地位的大商人 **津田宗及** Tsuda Sougyu	生卒年	？～天正19年（?~1591）
	別　名	隼人、助五郎、更幽齋天信、法眼、天王寺屋
	身　分	堺的商人
	居　城	─

　　堺的富豪，負責町自治的會合眾之一，也是著名茶人，同時是精通和歌、連歌、插花和聞香的文化人，鑑賞用品的眼光當代首屈一指。永祿12年（1569）信長向堺課徵2萬貫軍事費用時，宗及與金井宗久一同說服反信長的強硬派，放棄戰爭繳納2萬貫守住堺。最後因負責為信長泡茶地位得以提升，信長死後也擔任秀吉的泡茶師父。

同盟者・敵對勢力

這裡介紹的是與信長結盟者和與之為敵的人，同盟者和敵對者雖然正好相反，但如同信長陣營中經常出現家臣造反而與之為敵的情形，也有不少原為同盟日後卻變成敵人的情況。這些與信長結盟或為敵的人，全都是戰國末期的實力派。

被稱為美濃蝮蛇的男人

齋藤道三

 Saitou Dousan

生卒年	明應3年？～弘治2年（1494?~1556）
別　名	藤原規秀、長井新九郎規秀、西村勘九郎、齋藤左近大夫利政、法蓮房、山城守
身　分	戰國大名
居　城	美濃稻葉山城（1539）→美濃鷺山城（1548）

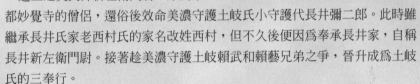

　　從出生山城國的賣油郎，搖身一變成為美濃武士，陸續奪取主人家，最後成為美濃一國的統治者。但這終究只是傳說，近來大多認為道三歷經父子兩代奪取美濃，當然這也是不得了的事。

　　道三之父長井新左衛門尉，原為京都妙覺寺的僧侶，還俗後效命美濃守護土岐氏小守護代長井彌二郎。此時雖繼承長井氏家老西村氏的家名改姓西村，但不久後便因為奉承長井家，自稱長井新左衛門尉。接著趁美濃守護土岐賴武和賴藝兄弟之爭，晉升成為土岐氏的三奉行。

　　接著是道三登場。他在天文2年（1533）繼承家督之位，隔年繼承長井氏的家名改姓齋藤，接著在天文4年（1535）支持土岐賴藝，流放守護賴武，掌握美濃土岐家的實權。日後因國內有土岐和齋藤一族的反抗，再加上趁隙入侵的鄰國朝倉氏、織田氏和六角氏，道三只能過著爭戰不斷的日子。天文17年（1548）道三利用女兒濃姬和信長成親的機會，與織田氏結盟，企圖藉此穩定美濃國。

　　就這樣在穩定美濃之後，天文21年（1552）道三甚至流放守護土岐賴藝，成為名副其實的美濃統治者。兩年後他自行引退，但弘治2年（1556）道三與繼承家督之位的兒子義龍感情不睦到了極點，因此引發長良川合戰，最後戰死。

　　他的人生可說是充滿權力鬥爭。

德川家康

Tokugawa Ieyasu

生卒年	天文11年～元和2年（1542~1616）
別　名	竹千代、松平二郎三郎、松平元信、松平元康、三河守、內府
身　分	戰國大名
居　城	三河岡崎城（1560）→遠江濱松城（1570）→武藏江戶城（1590）→駿河駿府城（1605）

　　家康之父松平廣忠雖爲三河岡崎城主，但由於當時三河爲駿河今川氏屬國，家康的少年時代都在今川家當人質，桶狹間之戰時也以今川氏前鋒的身分參戰。信長於此戰中擊斃今川義元，今川氏自三河撤退，家康好不容易才脫離今川氏，獨立返回岡崎城。

　　從這個角度來看，除了信長，桶狹間之戰也改變了家康的命運，而家康應該非常清楚此事。

　　永祿5年與信長結盟後到天正10年（1582）信長死於本能寺爲止，家康絕無二心不斷協助信長。永祿11年（1568）信長表示將支持足利義昭上洛，家康便派遣援軍。元龜元年（1570）4月信長攻打越前朝倉氏時，家康則自行率領援軍參戰。兩個月後的姊川之戰，他也率領5,000名士兵趕到。元龜3年（1572）12月的三方原之戰時，他以加上信長派來的3,000名援軍共11,000名的兵力，對抗將近3萬名的武田信玄軍，性命差點不保。

　　他還參與天正3年（1575）的長篠之戰和天正10年（1582）的討伐武田氏之戰，期間在天正7年（1579）家康甚至必須奉信長之命，殺害信長的正室築山殿和兒子信康。據傳是因爲兩人被懷疑勾結武田氏，但眞相不詳。

　　家康本身透過與信長的關係確實脫胎換骨，不過正如他在東國踏踏實實拓展領土般，還是比較像信玄這種傳統的戰國大名。他最後之所以能夠取得天下，得之於信長的部分極大。

靠一張紙就讓信長傷透腦筋的室町末代將軍

足利義昭

Ashikaga Yoshiaki

生卒年	天文6年～慶長2年（1537~97）
別　名	覺慶（奈良一乘院住持）、義秋、左馬頭、昌山道久
身　分	室町幕府第十五代將軍（征夷大將軍）
居　城	山城二條城（1569）→山城槇島城（1573）

昌山道久爲道號。父爲十二代將軍足利義晴，母爲近衛尚通之女。由於哥哥義輝繼承將軍一職，最初以向通養子的身分出家，成爲奈良一乘院住持，道號覺慶。

永祿8年（1565）義輝遭三好三人眾殺害，覺慶也遭幽禁，但爲細川藤孝等人救出，前往投靠近江甲賀土豪和田惟政。之後爲了復興幕府開始寄發書信，積極促使各國大名和武將出兵。不久後移往近江矢島，永祿9年（1566）2月還俗，改名義秋。同年11月前往投靠朝倉義景，進入越前一乘谷繼續推動復興幕府。

永祿11年（1568）4月，義秋於一乘谷行戴冠禮改名義昭，就在此時已進入岐阜的信長答應義昭請求。事情討論出結果後，信長的行動迅速，於同年7月將義昭迎往美濃。不久後義昭由信長護駕上洛，10月18日登上一直以來渴望的征夷大將軍寶座。

義昭雖然成爲將軍，但因政治實權爲信長掌握，逐漸與信長爲敵。義昭採取擅長的書信攻勢，忙著讓淺井、朝倉、武田和本願寺形成反信長的包圍網。元龜4年（1573）他自行起兵爲信長所敗遭到流放，期間武田信玄病逝，之後淺井和朝倉氏滅亡，情況益發不利，義昭卻未放棄復興幕府。天正4年（1576）他遷至備後的鞆投靠毛利氏追求夢想，但終究未能實現。

之後於天正16年（1588）趁後陽成天皇出巡聚樂地返回京都，出家後號昌山，視同三后。日後接受秀吉1萬石的俸祿，於山城槇島度過餘生。

進則極樂，退則地獄

顯如

Kennyo

生卒年	天文12年～文祿元年（1543~92）
別　名	光佐、法眼
身　分	本願寺第十一世
居　城	石山本願寺

　　讓信長最感棘手的一向一揆首領。一向宗原稱淨土眞宗，一般稱爲一向宗。所謂「一向」乃指一味或一心一意表示專心唸佛之意。

　　一向宗門徒開始聚集以武力進行暴動（一揆），是在15世紀後半。當時被稱爲本願寺中興之祖的第八世法祖蓮如一進入越前，本願寺的一向宗一下子推廣至北陸地區，不久後便聚集農民反抗武士。結果在加賀一向一揆驅逐守護富樫氏，由門徒統治一國，也就是說在信長出現之前，他們已有將近百年的歷史，反抗勢力堅強也是理所當然的事。

　　在顯如之父證如的時代，本願寺更是有權有勢，門徒在各地十分活躍。當時本願寺位於京都山科，天文元年（1532）法華宗徒進行攻擊燒毀山科本願寺。新本願寺於是遷往攝津石山，自此之後，石山本願寺成爲一向一揆的根據地。

　　天文23年（1554）顯如12歲時繼承法燈，儘管當時石山本願寺並無領地，但擁有的力量超越戰國大名。

　　而且由於是宗教團體，擁有一般戰國大名所沒有的特殊優勢，那就是將普通的戰爭轉化成宗教戰爭。

　　事實上開始對抗信長的顯如，向全國一向宗門徒發出上頭寫著「進則極樂，退則地獄」檄文，意思是說如果戰死雖可前往極樂，但如果不戰將墜入地獄。這麼一來死亡就一點也不可怕。由於對手是這樣的人，這場仗信長打起來當然難上加難。

君臨駿河、遠江和三河的超級大名

今川義元

Imagawa Yoshimoto

生卒年	永正16年～永祿3年（1519~60）
別 名	方菊丸、梅岳承芳、上總介、三河守
身 分	戰國大名、治部大輔
居 城	駿河駿府城

帶領戰國大名今川氏走向鼎盛時期的明君。在桶狹間之戰中雖然率領大軍，卻還是輸給人數較少的信長軍，容易讓人認爲這個大名沒什麼能耐，但事實絕非如此。果眞如此，信長的勝利也沒有什麼了不起了。

今川氏爲足利氏的一族，是當時的名門。如果本家將軍家沒有子嗣，則由吉良家繼承，如果吉良家也無人繼承就輪到今川家。

義元爲三男，最初出家，道號承芳，進入駿河善德寺。天文5年（1536）由於哥哥氏輝早逝，義元在與二哥惠探爭奪繼承家督之位中勝出。日後任用禪僧太原崇孚，全心全意經營領國。

相對於父親氏親有《今川假名目錄》的戰國法，義元則以製作二十一條的〈假名目錄追加〉而聞名。此外在義元這一代將三河納爲領國，統治包括駿河和遠江在內的三國。

不過由於出身名門，生活方式充滿朝廷貴族氣息。他以鐵漿染牙，燃燒沉香燻髮，之所以被視爲無能的戰國大名，或許就是這個原因也說不定。

義元因企圖將三河納入領地，而與信長之父信秀互爭，自從將三河收爲己有之後更積極進攻尾張，在愛知郡東部和知多郡建立勢力。由於信長加以阻止，義元因此率領大軍進攻尾張，引發桶狹間之戰，也有人認爲當時義元西行是爲了上洛，但事實不詳。

據傳義元的老師崇孚也是個優秀的軍事家，但在此戰之前五年便已過世。有人認爲如果崇孚還活著，或許義元就不會在桶狹間戰敗。

背叛信長的妹婿

淺井長政

Azai Nagamasa

生卒年	天文14年～天正元年（1545~73）
別名	新九郎賢政、備前守
身分	戰國大名
居城	近江小谷城

最後雖因背叛信長勾結朝倉氏而遭到消滅，但對年輕的長政而言，信長是他的偶像。

淺井氏原本只是隸屬近江守護京極氏的小勢力，於長政祖父亮政時，接受越前朝倉氏的援助，一邊應付南近江六角氏的入侵，好不容易建立成為戰國大名的基礎。但由於長政之父久政較為消極，淺井氏六度投入六角義賢（承禎）旗下。出生於此時的長政，因此在一開始時取義賢中的一個字命名為賢政，同時被迫迎娶六角氏家臣之女。

長政無法忍受這種情況，永祿3年（1560）不僅將妻子送回六角氏，並舉兵於野良田合戰中擊敗六角氏，因此聲名大噪，走向獨立戰國大名的康莊大道。

趁此機會繼承家督之位的長政，隔年將名字從賢政改為長政，這是因為崇拜前一年於桶狹間擊敗今川氏的信長，而取信長名字中的一字命名。

信長在這之後不久的永祿7年（1564）提出結盟的要求，長政立刻同意，之後並迎娶信長之妹阿市夫人。從這個角度來看，長政可說是西方的家康，信長應該對他也有不少的期待。

這樣的長政後來之所以與信長為敵，是因為信長未與長政商量便出兵討伐朝倉氏，也就是說比起與信長的同盟關係，他選擇感報舊恩。

然而事實果真如此嗎？長政也是信長認同的戰國大名，如果把這件事想成長政企圖與朝倉氏聯手打敗信長成為另一個信長，不也說得通嗎？

自我毀滅的名門意識
朝倉義景

Asakura Yosikage

生卒年	天文2年～天正元年（1533~73）
別 名	孫次郎、延景、左衛門督
身 分	戰國大名、越前守護
居 城	越前一乘谷城

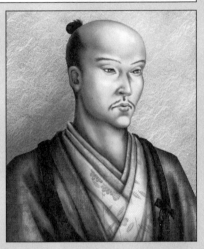

　　朝倉義景滅亡的原因，可說是因為他忘記朝倉氏也是利用下剋上的方式成為戰國大名一事。

　　朝倉氏與織田家原本都是隸屬於越前守護斯波氏的下級武士，在義景前四代的孝景（一說為敏景）趁斯波氏內亂成為守護，是戰國大名朝倉氏之始，當時為文明13年（1481）。

　　孝景十分有才幹，留下的戰國大名家法先驅〈朝倉孝景十七條〉也廣為人知。其中第一條寫到「朝倉家不置重臣，人才依能力和效忠的程度晉用」，第四條則是「與其揮舞一把價值一萬匹（匹＝計算金錢的單位）的名刀，一百支價值一百匹的長矛更能夠禦敵」。就某方面而言，他也和信長一樣是個現實主義者。

　　但到了第五代的義景時，祖先的家法已變成一種形式。越前雖然有一向一揆這顆不定時炸彈，但相形之下較為和平。一乘谷有眾多京都朝臣到此躲避戰亂，深受京風文化影響。

　　據傳義景也在這樣的影響下，將政事交付老臣，自己則沉溺在奢華的生活中。他之所以保護正在逃亡的足利義昭，應該覺得像是在保護京都的朝臣吧！他當然並不想為了義昭冒著危險上洛，但由於強烈的名門意識，因此對於出生尾張守護代家部將信長的要求完全充耳不聞。

　　結果因此與信長為敵。當初他似乎完全沒有危機意識，對淺井朝倉軍和織田德川軍激烈衝突的姊川之戰，也只派遣族人朝倉景健應戰，自己並未出征。從某方面來看，他的行為不正是反信長包圍網的弱點嗎？

讓信長害怕、最強悍的戰國大名
武田信玄

Takaeda Shingen

生卒年	大永元年～元龜4年（1521~73）
別　名	太郎、勝千代、晴信、德榮軒、信濃守
身　分	戰國大名、大膳大夫、信濃守
居　城	甲斐躑躅崎城

　　由於擁有戰國時代最強軍團，時常與上杉謙信的名字連在一起，應該一如風評十分強悍吧！信長與謙信比信玄在較早的階段就建立友好關係，也致力於維持這個關係。

　　然而，信玄有一項遠不如信長的地方。從在元龜3年（1572）才打算上洛這一點來看，信長的財力遠優於信玄。

　　當時信玄的領地為甲斐、信濃和駿河，信長則擁有尾張、美濃和伊勢。根據秀吉在慶長3年（1598）進行土地測量的結果，這些土地的產量信玄的部分為甲斐23萬石、信濃41萬石、駿河15萬石，共計約79萬石；信長方面則是尾張57萬石、美濃54萬石、伊勢57萬石，共計168萬石。要想打勝仗，最重要的是必須在物資上贏過對方，二者之間可說是天壤之別。

　　而且信長的領地接近京都，工商業等經濟發達，得以積極進行兵農分離，但信玄就沒辦法了。因為他的經濟基礎重心仍仰賴自耕農，家臣團也是由依靠自耕農的大小豪族組成。

　　這表示信玄較具實力的家臣，都與自己的領地連結密切，某種程度上是獨立的。因此即使是信玄也無法隨意使喚，更何況是像信長般推動兵農分離根本是不可能的事。

　　雖然有人說如果信玄還活著，信長不知是否能夠統一天下，但結果應該不會有太大的改變吧！

齋藤家最後的當主
齋藤龍興
Saitou Tatsuoki

生卒年	天文17年～天正元年（1548~73）
別　名	喜太郎、右兵衛大夫、邢部大輔
身　分	戰國大名
居　城	美濃稻葉山城

　　折磨信長的齋藤義龍之子。永祿4年（1561）由於父親突然過世，14歲便成爲美濃齋藤氏當主（當家主事者），但之後遭到織田氏和朝倉氏的攻擊，美濃三人眾等重臣也陸續背叛。永祿10年（1567）面對信長的攻勢，終於讓居城稻葉山城開城。龍興從伊勢長島逃往畿內又逃往越前，一邊持續進行打倒信長之戰，但夢想未能實現。天正元年（1573）在對抗進擊朝倉氏的信長軍時戰死。

被疾病打敗的信長強敵
齋藤義龍
Saitou Yoshitatsu

生卒年	大永7年～永祿4年（1527~61）
別　名	豐太丸、新九郎、美濃守、左京大夫、治部大輔
身　分	戰國大名
居　城	美濃稻葉山城

　　信長岳父齋藤道三之子。天文23年（1554）繼承道三的家督之位，兩年後的弘治2年（1556）父親在長良川之戰中戰死，齋藤和織田同盟因此瓦解，信長開始入侵美濃。身爲武將，義龍比起父親毫不遜色，他統領美濃國人，並與信長之弟織田信行和堂兄弟織田信清聯手，讓信長傷透腦筋。但在道三死後才五年，便因宿疾惡化驟逝。

名門今川家的最後當主
今川氏真
Imagawa Ujizane

生卒年	天文7年～慶長19年（1538~1614）
別　名	上總介、宗闇
身　分	戰國大名
居　城	駿河駿府城

　　宗闇爲道號。今川義元長男。於永祿3年（1560）父親死後繼任家督，擁有駿河、三河和遠江。他不像父親擁有統領領國的能力，無法阻止三河的德川家康和甲斐的武田信玄入侵。永祿9年（1566）之前便失去三河，到永祿12年（1569）連遠江和駿河也落入他人之手，只好逃往相模的北條氏處，今川家就此滅亡。但氏真受到家康的保護，以擅長和歌和蹴鞠的文化人身分度過晚年。

挑戰信長軍的戰國最後一位大名
武田勝賴
Takeda Katsuyori

生卒年	天文15年～天正10年（1546~82）
別　名	諏訪四郎、伊奈四郎
身　分	戰國大名
居　城	信濃高遠城（1562）→甲斐躑躅崎館（1573）→甲斐新府城（1581）

武田信玄四男，正面挑戰信長軍團的最後一位戰國大名。元龜4年（1573）父親死後繼承家督之位，隔年攻陷東美濃明知城和遠江高天神城，展現他的高明之處。但天正3年（1575）與織田德川聯軍在三河長篠一戰中慘敗，勢力減弱一蹶不振。天正10年（1582）遭織田信忠攻擊便棄新府城逃走，帶著族人和少數家臣在天目山自殺。

與信玄並稱戰國最強武將
上杉謙信
Uesugi Kenshin

生卒年	享祿3年～天正6年（1530~78）
別　名	虎千代、長尾景虎、政虎、宗心
身　分	戰國大名、關東管領
居　城	越後栃尾城→越後春日山城

以身為武田信玄宿敵聞名的越後戰國大名。與信長從永祿7年（1564）便保持友好關係，但天正3年（1575）信長軍殲滅越前一向一揆後，雙方的勢力範圍在加賀和能登地區毗鄰，開始敵對。天正4年（1576）謙信與本願寺談和，與毛利氏合作。天正5年（1577）攻陷織田陣營的能登七尾城，接著又在加賀手取川擊敗織田軍，但隔年3月於春日山城暴斃。

力有未逮的謙信繼承人
上杉景勝
Uesugi Kagekatsu

生卒年	弘治元年～元和9年（1555~1623）
別　名	卯松、喜平次、顯景
身　分	戰國大名
居　城	越後春日山城→會津若松城（1598）→出羽米澤城（1601）

上杉謙信的繼承人，為謙信的外甥。永祿7年（1564）親生父親長尾政景死後，為謙信收作養子。天正6年（1578）謙信一死，與另一名養子景虎（北條氏康之子）展開長達一年的上杉氏繼承人之爭，此即御館之亂。謙信開拓的領國因而瓦解，越中和能登落入織田信長之手，但日後與武田勝賴聯手固守越後一國。本能寺之變後臣服於秀吉。

西國英雄毛利元就之孫

毛利輝元
Mouri Terumoto

生卒年	天文22年～寬永2年（1553~1625）
別 名	幸鶴丸、少輔太郎、右衛門督、右馬頭、權中納言、宗瑞
身 分	戰國大名
居 城	安藝吉田郡山城→安藝廣島城（1589）→長門萩城（1603）

　　宗瑞爲道號。毛利元就之孫。永祿6年（1563）11歲時父親隆元過世，繼承家督之位。之後主要接受叔父吉川元春和小早川隆景的輔佐，維持廣達整個西中國地區的領國。天正4年（1576）因迎接足利義昭及援助石山本願寺軍糧而與信長爲敵，從隔年起遭到羽柴秀吉攻擊，於播磨和因幡開戰。本能寺之變後在不知道信長過世的情況下，於備中高松與秀吉談和，之後臣服於秀吉。

爲信長所滅的名門後裔

六角義賢
Rokkaku Yoshikata

生卒年	大永元年～慶長3年（1521~98）
別 名	四郎、左京大夫、承禎
身 分	戰國大名、南近江守護
居 城	近江觀音寺城

　　承禎爲道號。南近江的戰國大名。天文15年（1546）起協助足利義輝屢次出兵京都，甚至介入幕府政局。永祿元年（1558）落髮出家，將家督之位讓給長男義治，日後仍掌握六角氏實權。但永祿11年（1568）9月信長在率領軍隊上洛時展開攻擊，義賢棄主城觀音寺城逃往甲斐。元龜元年（1570）於甲賀野洲川下游對抗柴田勝家和佐久間信盛的軍隊，企圖力挽狂瀾，但爲時已晚。

不斷作對的三好三人眾之首

三好長逸
Miyoshi Nagayuki

生卒年	不詳
別 名	長緣、日向守、孫四郎、北齋
身 分	戰國武將
居 城	山城飯岡城

　　北齋爲道號。不斷與信長作對的三好三人眾之首，很早就效命稱霸畿內的三好長慶。永祿7年（1564）長慶死後，成爲三好一族的最大長老，與三好政康和岩成友通擔任長慶養子義繼的監護人。此三人即爲三好三人眾，與松永久秀支撐三好氏。日後暗殺將軍足利義輝，展現控制畿內的氣勢。但由於久秀背叛信長的上洛，三人眾被趕往阿波後逐漸失勢。

女性

接下來介紹信長身邊具代表性的女性：正室濃姬、側室吉乃、妹妹阿市夫人和女兒德姬。自古以來女人經常成為政治工具，到信長的時代情況並沒有改變。但她們對信長而言，可說是不可或缺的配角。

命運多舛的當代第一美女

阿市夫人

Oichi no kata

生卒年	？～天正11年（？~1583）
別 名	茶茶、市姬、小谷之方
身 分	信長之妹
居 城	尾張那古野城→近江小谷城（1567）？
	→伊勢上野城（1573）→越前北之庄城
	（1582）

　　信長與淺井長政結盟時，因政治聯姻嫁給長政的信長之妹。與長政成親後住進近江小谷城，所以又稱小谷夫人，生年不詳，一說爲天文13年（1544）。

　　元龜元年（1570）4月信長出發討伐越前朝倉氏時，長政背叛信長，企圖從背後攻擊越前的信長軍。此時阿市夫人湊巧要派遣使者前往越前探望正在作戰的哥哥信長，她沒有寫信，而是交代使者帶點心給哥哥。阿市夫人將紅豆放進袋子裡，用繩子將袋口前後綁死封口送給信長，藉此暗示信長前有朝倉氏後有淺井氏，已成甕中之鱉。由於這個故事記錄在《朝倉家記》中，因此無法說確有此事，但這個故事清楚表現阿市夫人無法公然背叛丈夫，也不能棄哥哥於不顧的苦悶心情。

　　天正元年（1573）8月，小谷城遭信長軍包圍而被攻陷，長政自殺。在此之前，長政說服阿市夫人將她與三個女兒一同送回信長處。據傳這是因爲他無法殺害號稱當代第一美女的妻子阿市夫人。

　　此後阿市夫人在信長的庇護下待在伊勢上野城，織田信包的居城，然而在本能寺之變後，她再度成爲政治工具。在織田信孝的策動下，阿市夫人嫁給柴田勝家，但勝家因與秀吉之戰戰敗，於天正11年（1583）4月放火燒毀北之庄城後自殺。此時阿市夫人跟隨勝家自殺，但三名女兒被送往秀吉處保住性命。

　　日後阿市夫人的長女茶茶成爲秀吉側室淀君，四女阿初成爲京極高次的正室常高院，三女阿江則成爲德川秀忠的正室崇源院。

信長寵愛的側室	生卒年　享祿元年？～永祿9年（1528?~66）
吉乃	別　名　久庵、生駒氏
Kitsuno	身　分　信長的側室
	居　城　雲球屋敷→尾張小牧山城（1563）

　　生駒家宗之女，據傳爲信長最寵愛的側室。生有奇妙（信忠）、茶筅（信雄）和五德（德姬）。正確的史實不詳，但吉乃最初是嫁給土田彌平次。弘治2年（1556）因丈夫戰死，於是前往生駒氏本家哥哥家長的雲球屋敷（愛知縣江南市）。當時年輕的信長經常來訪雲球屋敷，邂逅20歲的吉乃，非常寵愛她。吉乃於永祿9年（1566）39歲時，死於小牧山城。

後半生成謎的信長正室	生卒年　天文4年～慶長17年？（1535~1612?）
濃姬	別　名　鷺山殿、阿濃夫人、歸蝶、胡蝶
Nouhime	身　分　信長正室
	居　城　美濃稻葉山城→尾張那古野城（1549）

　　因尾張織田家與美濃齋藤家結盟而嫁給信長的齋藤道三之女。兩人於天文18年（1549）成親，當時信長16歲，濃姬15歲。濃姬長相貌美，擅長詩歌，聰明伶俐，但與信長之間沒有子嗣。濃姬之後的情況完全不詳。道三死後，信長與濃姬娘家齋藤家爲敵，之所以沒有濃姬的記錄，或許與此事有關。

招致築山殿之死的媳婦	生卒年　永祿2年～寬永13年（1559~1636）
德姬	別　名　五德、岡崎殿、見星院
Tokuhime	身　分　信長之女、家康長子信康之妻
	居　城　三河岡崎城（1567）

　　永祿6年（1563）信長與吉乃之女爲強化同盟關係，與德川家康長子信康締結婚約，當時德姬和信康都只有5歲。之後在永祿10年（1567）德姬9歲時嫁至岡崎。但由於信康之母築山殿爲今川一族之女，而信長爲今川的仇人，因此婆媳關係並不好。天正7年（1579）德姬終於將信康和築山殿母子的所作所爲告訴信長，信長因此命家康殺害母子倆，結果築山殿被殺，信康則自殺。

第三章

情報

Data

●日本群雄割據圖（天文22年〔1553〕左右）

（　）內為家徽名

- ⊚…伊達家（竹雀）
- ⊛…上杉家（上杉矮竹）
- ◈…武田家（割菱）
- △…北條家（北條鱗）
- ⛩…今川家（今川赤鳥）
- ✶…齋藤家（立波）
- ⊚…織田家（織田木瓜）
- ⊕…朝倉家（三碗木瓜）
- ⊛…淺景家（三碗龜甲）
- ◆…三好家（釘拔）
- ⊞…尼子家（七等份平四眼）
- ⊠…毛利家（文字一和三顆星）
- ⊛…長宗我部家（七葉酢漿草）

關於齋藤家的家徽

✶ 左圖的瞿麥雖爲美濃守護代齋藤家的家徽，但道三喜歡的如同波浪起伏的家徽，是地圖上使用的立波。

關於今川家的家徽

＝ 今川家爲足利將軍家的旁系，於南北朝時代隸屬足利尊氏，獲賜左圖的二引兩爲家徽，與它同樣有名的是地圖上所用的今川赤鳥。

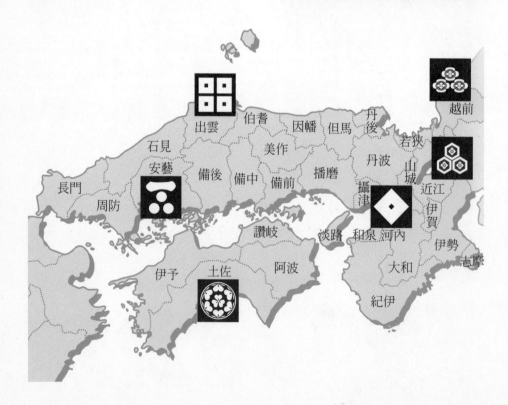

出羽

陸奥

越後

能登

越中

加賀

飛驒

信濃

上野

下野

常陸

美濃

武藏

尾張

甲斐
駿河

相模

下總

三河

遠江

伊豆

上總

安房

織田信長合戰錄

織田軍團從尾張時代便與眾多敵人開戰，以下主要是整理眾多合戰中由信長負責指揮的戰事。

●依中文筆劃順序的合戰索引

初陣

攻打三河吉良大濱城
Mikawa Kiraoohamajouzeme

年	天文 16 年（1547）	結果	旗開得勝（但只燒毀村落便撤軍）
指揮官	織田信長		
敵方	今川氏		

地區

三河

尾張國內戰

赤塚之戰
Akatsuka no tatakai

年	天文 21 年（1552）4 月	結果	勝負未分，雖攻打投靠今川陣營的鳴海城山口父子，但勝負未分，雙方皆撤軍。
指揮官	織田信長		
敵方	山口教繼、九郎二郎		

地區
尾張

萱津之戰
Kayadu no tatakai

年	天文 21 年（1552）8 月	結果	勝利。擊斃10名反信長的清洲軍，成功奪回松葉城和深田城。
指揮官	織田信長		
敵方	坂井大膳		

地區

尾張

成願寺之戰
Jouganji no tatakai

年	天文 22 年（1553）7 月	結果	勝利。河尻左馬丞等清洲城實力派戰死，孤立握有實權的坂井大膳。
指揮官	柴田勝家		
敵方	織田彥五郎		

地區

尾張

攻打村木城
Murakijouzeme

年	天文 23 年（1554）1 月	結果	勝利。奮戰9小時攻陷村木城，並在今川氏的攻勢下守住緒川城。
指揮官	織田信長		
敵方	今川陣營		

地區

尾張

美濃和北伊勢攻略戰

jyushijou no tatakai / Karumi no tatakai
十四條之戰／輕海之戰

年	永祿4年（1561）5月23日	結果	戰敗。在白天的十四條之戰中織田廣良（信清之弟）戰死。晚上的輕海之戰雙方則由於天色昏暗而撤軍。
指揮官	織田信長		
敵方	齋藤龍興		

地區：美濃

Inuyamajouzeme
攻打犬山城

年	永祿7年（1564）8月左右	結果	勝利。佔領支城後包圍並攻陷犬山城，城主織田信清逃往甲斐。
指揮官	織田信長		
敵方	織田信清		

地區：尾張

Unumajouzeme
攻打鵜沼城

年	永祿7年（1564）	結果	勝利。包圍鵜沼城的結果使得城主大澤基康投降。
指揮官	織田信長		
敵方	齋藤陣營和大澤基康		

地區：美濃

Sarubamijouzeme
攻打猿啄城

年	永祿7年（1564）	結果	勝利。丹羽長秀切斷城內水源，令猿啄城主多治見修理投降。
指揮官	織田信長		
敵方	齋藤陣營和多治見修理		

地區：美濃

Douborajouzeme
攻打堂洞城

年	永祿8年（1565）9月28日	結果	勝利。為奪回歸順信長的東美濃加治田城，攻陷齋藤陣營興建的堂洞城。
指揮官	織田信長		
敵方	齋藤龍興		

地區：美濃

Kawanoshima no tatakai
河野島之戰

年	永祿9年（1566）8月左右	結果	戰敗。渡過木曾川出征，但撤退時遭遇洪水，大軍溺斃者眾。
指揮官	織田信長		
敵方	齋藤龍興		

地區：美濃

Kuwanaomote no tatakai
桑名表之戰

年	永祿10年（1567）8月左右	結果	勝利。攻打楠城和高岡城等北伊勢小領主的城池，攻陷楠城。
指揮官	織田信長		
敵方	北伊勢土豪		

地區：北伊勢

第三章　情報　織田信長合戰錄

Inabayama jouzeme			地區
攻打稻葉山城			 美濃
年	永祿 10 年（1567）8 月	結果	勝利。於美濃三人眾倒戈後，突襲驅逐齋藤龍興，佔領稻葉山城。
指揮官	織田信長		
敵方	齋藤龍興		

Takaoka jouzeme / Anoutsu jouzeme			地區
攻打高岡城／攻打安濃津城			北伊勢
年	永祿 11 年（1568）2 月	結果	勝利。神戶氏和長野氏投降，信長的三男信孝和弟弟信包，分別成為神戶氏和長野氏的繼承人。
指揮官	織田信長		
敵方	神戶氏、長野氏		

上洛、畿內、南伊勢平定戰

Mitsukuri jou			地區
攻打箕作城			近江
年	永祿 11 年（1568）9 月	結果	勝利。攻陷反抗信長上洛的六角氏箕作城。
指揮官	織田信長		
敵方	六角義賢（承禎）		

Kannonji jouzeme			地區
攻打觀音寺城			近江
年	永祿 11 年（1568）9 月	結果	勝利。因反抗信長上洛，遭信長攻陷觀音寺城，城主六角義賢父子棄城逃走。
指揮官	織田信長		
敵方	六角義賢（承禎）		

Yamashiro Syouryuji jouzeme / Settsu Akuda jouzeme			地區
攻打山城勝龍寺城／攻打攝津芥川城			畿內
年	永祿 11 年（1568）9 月	結果	勝利。在上洛之後，於平定畿內戰中將勝龍寺城主岩成友通和芥川城主三好長逸驅逐出城。
指揮官	織田信長		
敵方	岩成友通、三好長逸		

Settsu Ikeda jouzeme			地區
攻打攝津池田城			畿內
年	永祿 11 年（1568）10 月	結果	勝利。馬迴攻進畿內，經過一陣激烈的短兵相接後，城主池田勝正投降。
指揮官	織田信長		
敵方	池田勝正		

Azaka jouzeme
攻打阿坂城

年	永祿12年（1569）8月	結	勝利。攻陷北畠氏支城阿坂城。
指揮官	木下藤吉郎秀吉	果	
敵方	北畠具教		

地區

南伊勢

Okawachi jouzeme
攻打大河內城

年	永祿12年（1569）8月	結	勝利。大軍從四周包圍，城主北畠
指揮官	織田信長	果	具教和具房父子投降，信長四男信
敵方	北畠具教		雄成為北畠氏繼承人。

地區

南伊勢

與信長包圍網之戰

Tedutsuyama jouzeme
攻打手筒山城

年	元龜元年（1570）4月	結	勝利。第一次遠征越前便攻陷朝倉
指揮官	織田信長	果	陣營的手筒山城，擊斃1,370人。
敵方	朝倉陣營		

地區

越前

Kanegasaki jouzeme
攻打金崎城

年	元龜元年（1570）4月	結	勝利。繼手筒山城之後又攻陷金崎
指揮官	織田信長	果	城，但由於淺井長政的背叛，突然
敵方	朝倉陣營		撤軍。

地區

越前

Moriyamajou koubousen
守山城攻防戰

年	元龜元年（1570）5月	結	勝利。擊退呼應淺井氏背叛而舉兵
指揮官	稻葉一鐵（良通）	果	的六角陣營土豪的攻擊。
敵方	六角義賢（承禎）		

地區

近江

Yasugawa no tatakai
野洲川之戰

年	元龜元年（1570）6月	結	勝利。擊敗以甲賀和伊賀土豪為中
指揮官	柴田勝家	果	心再度舉兵的六角陣營，擊斃780
敵方	六角義賢（承禎）		人。

地區

近江

Anegawa no tatakai
姉川之戰

年	元龜元年（1570）6月	結果	勝利。28,000名的織田德川聯軍擊敗13,000名的淺井朝倉聯軍。一說淺井朝倉陣營的死亡人數為9,000。
指揮官	織田信長		
敵方	淺井長政、朝倉義景		

地區
近江

Noda Fukushimazeme
攻打野田、福島

年	元龜元年（1570）8月～9月	結果	勝負未分。三好陣營提出談和，勝利在望，但因本願寺參戰而陷入苦戰。
指揮官	織田信長		
敵方	三好黨＋本願寺		

地區
攝津

Sakamoto no tatakai
坂本之戰

年	元龜元年（1570）9月	結果	戰敗。淺井朝倉聯軍再度舉兵，信長陣營的森可成戰死。
指揮官	森可成		
敵方	朝倉淺井聯軍		

地區
近江

Usayamajou koubousen
宇佐山城攻防戰

年	元龜元年（1570）9月	結果	勝利。森可成的騎馬武士武藤等人奮戰，在淺井朝倉聯軍的攻勢下守住宇佐山城。
指揮官	武藤五郎右衛門		
敵方	朝倉淺井聯軍		

地區
近江

Hieizanhoui
包圍比叡山

年	元龜元年（1570）9月～12月	結果	勝負未分。由於淺井朝倉聯軍逃入比叡山而進行包圍，最後與淺井及朝倉氏談和。
指揮官	織田信長		
敵方	朝倉淺井聯軍		

地區
近江

Katata no tatakai
堅田之戰

年	元龜元年（1570）11月	結果	戰敗。為包圍比叡山行動中唯一的一場戰事，堅田被佔。
指揮官	坂井政尚		
敵方	朝倉淺井聯軍		

地區
近江

Miura no tatakai
箕浦之戰

年	元龜2年（1571）5月	結果	勝利。擊退攻打鄰近秀吉橫山城的鎌刃城的淺井軍。
指揮官	木下藤吉郎秀吉		
敵方	淺井長政		

地區
近江

Hieizanyakiuchi
比叡山燒討

年	元龜2年（1571）9月
指揮官	織田信長
敵方	比叡山

結果　勝利。燒毀延曆寺的建築物和日吉神社等，一說共殺害三到四千人。

地區　近江

Daiichiji Odanijouzeme
第一次攻打小谷城

年	元龜3年（1572）7月
指揮官	織田信長
敵方	淺井長政

結果　勝負未分。雖展開猛烈攻擊，但未能攻陷堅不可摧的小谷城。於虎御前山築砦，持續包圍。

地區　近江

Mikatagahara no tatakai
三方原之戰

年	元龜3年（1572）12月
指揮官	德川家康
敵方	武田信玄

結果　慘敗。為企圖上洛的武田信玄軍打敗，信長派遣的援軍將領平手汎秀戰死。

地區　遠江

Ishiyama Imakatada kougeki
攻擊石山、今堅田

年	元龜4年（1573）2月
指揮官	柴田、明智、丹羽、蜂屋
敵方	足利義昭

結果　勝利。石山與今堅田的砦數日便開城。

地區　近江

Kamigyou yakiuchi
上京燒討

年	元龜4年（1573）4月
指揮官	織田信長
敵方	足利義昭

結果　成功。放火後包圍二條御所，與足利義昭談和。

地區　京都

Namazuejouzeme
攻打鯰江城

年	元龜4年（1573）4月
指揮官	佐久間、柴田
敵方	六角氏

結果　成功。燒毀支持鯰江城的百濟寺等處。

地區　近江

Nijoujoukoui
圍攻二條城

年	元龜4年（1573）7月
指揮官	織田信長
敵方	足利義昭陣營、三淵藤英等人

結果　勝利。義昭再度舉兵將幕臣困在二條城內，但不久後便開城。

地區　山城

Makinoshima kougeki
攻擊槙島城

年	元龜4年（1573）7月		勝利。7萬兵力展開攻擊，攻陷槙島城，流放足利義昭。
指揮官	織田信長	結果	
敵方	足利義昭		

地區

山城

Yamadayama Asakuragun tsuigekisen
山田山朝倉軍追擊戰

年	天正元年（1573）8月		勝利。從北近江追擊至敦賀，擊斃超過3,000人。朝倉義景切腹，朝倉氏滅亡。
指揮官	織田信長	結果	
敵方	朝倉義景		

地區

越前
近江

Dainiji Odani jouzeme
第二次攻打小谷城

年	天正元年（1573）8月		勝利。淺井久政、長政父子切腹，淺井氏滅亡。
指揮官	織田信長	結果	
敵方	淺井長政		

地區

近江

Wakaejouzeme
攻打若江城

年	天正元年（1573）11月		勝利。三好義繼切腹。
指揮官	佐久間信盛	結果	
敵方	三好義繼		

地區

河內

Tamonyamajouzeme
攻打多聞山城

年	天正元年（1573）12月		勝利。松永久秀投降。
指揮官	佐久間信盛	結果	
敵方	松永久秀		

地區

大和

本願寺、一向一揆之戰

Kokiejou boueisen
小木江城防衛戰

年	元龜元年（1570）11月		戰敗。防守伊勢長島的一線基地小木江城被奪，信長之弟信興自殺。
指揮官	織田信興	結果	
敵方	長島一揆		

地區

尾張

			地區
Daiichiji Nagashimamonto toubatsusen			
第一次長島門徒討伐戰			
年	元龜2年（1571）5月	結果	戰敗。率領5萬兵力出征未果，撤退時柴田勝家負傷，氏家卜全戰死。
指揮官	織田信長		
敵方	長島一揆		

伊勢長島

			地區
Dainiji Nagashimamonto toubatsusen			
第二次長島門徒討伐戰			
年	天正元年（1573）9月	結果	戰敗，攻陷數座長島陣營的城池，但未能拿下長島。
指揮官	織田信長		
敵方	長島一揆		

伊勢長島

			地區
Ichijoudani syueikan boueisen			
一乘谷守護館防衛戰			
年	天正2年（1574）1月	結果	戰敗。越前守護桂田長俊（前波吉繼）戰死，之後越前為一揆把持。
指揮官	桂田長俊（前波吉繼）		
敵方	富田長秀＋越前一揆		

越前

			地區
Daiichiji Takayajouzeme			
第一次攻打高屋城			
年	天正2年（1574）4月	結果	勝利。擊斃與本願寺和三好康長聯手的河內守護代遊佐信教。
指揮官	柴田、明智、長岡（細川）、荒木		
敵方	遊佐信教		

攝津

			地區
Daisanji Nagashimamonto toubatsusen			
第三次長島門徒討伐戰			
年	天正2年（1574）7月～9月	結果	勝利。以7萬大軍猛攻，殲滅長島一揆勢力。
指揮官	織田信長		
敵方	長島一揆		

伊勢長島

			地區
Honganji shijou shinborizeme			
攻打本願寺支城新堀			
年	天正3年（1575）4月	結果	勝利。擊斃閉守新堀城的香西越後守和十河一族等勢力。
指揮官	織田信長		
敵方	本願寺		

攝津

			地區
Dainiji Takayajouzeme			
第二次攻打高屋城			
年	天正3年（1575）4月	結果	勝利。控制高屋城的三好康長獻城投降。
指揮官	織田信長		
敵方	三好康長		

攝津

敦賀、府中討伐戰
Tsuruga Fuchu toubatsusen

年	天正3年（1575）8月	結果	勝利。以5萬大軍殲滅越前一向一揆，將越前賜予柴田勝家等人。
指揮官	織田信長		
敵方	越前一向一揆		

地區
越前

天正四年攻打本願寺
Tensyou yonen Honganjizeme

年	天正4年（1576）4月～5月	結果	戰敗。遭擁有數千支火槍的1萬名本願寺軍攻擊，織田陣營慘敗。信長立刻親自出擊，解除危機。
指揮官	織田信長		
敵方	本願寺		

地區
攝津

本願寺包圍戰
Honganji houisen

年	天正4年（1576）5月～8年（1580）8月	結果	勝利。包圍長達五年之後，終於和本願寺談和。
指揮官	佐久間信盛		
敵方	本願寺		

地區
攝津

第一次木津川口海戰
Daiichiji Kizugawaguchikaisen

年	天正4年（1576）7月	結果	戰敗。面對800艘毛利水軍船隻，織田水軍慘敗，使得軍糧送入本願寺。
指揮官	佐久間信盛		
敵方	毛利水軍		

地區
攝津

攻打雜賀
Saikazeme

年	天正5年（1577）2月～3月	結果	勝利。以10萬名大軍進攻雜賀，以鈴木孫一為首的雜賀眾臣投降。
指揮官	織田信長		
敵方	雜賀眾		

地區
紀伊

第二次木津川口海戰
Dainiji Kizugawaguchikaisen

年	天正6年（1578）11月	結果	勝利。利用九鬼嘉隆和瀧川一益建造的大船擊敗毛利水軍，確保大坂灣的制海權。
指揮官	織田信長		
敵方	毛利水軍		

地區
攝津

與武田氏之戰

Akechijou kyuensen
明知城救援戰

年	天正2年（1574）2月
指揮官	織田信長
敵方	武田勝賴

結果 戰敗。雖包圍武田勝賴的東美濃明知城，但信長援軍未能及時趕到。

地區　美濃

Takatenjinjou kyuensen
高天神城救援戰

年	天正2年（1574）5月～6月
指揮官	小笠原長忠
敵方	武田勝賴

結果 戰敗。雖包圍武田勝賴的遠江高天神城，但信長援軍未能及時趕到。

地區　遠江

Nagashino no tatakai
長篠之戰

年	天正3年（1575）5月
指揮官	織田信長
敵方	武田勝賴

結果 勝利。30,000名織田德川聯軍給予15,000名武田勝賴軍毀滅性的打擊。

地區　三河

Iwamurajouzeme
攻打岩村城

年	天正3年（1575）11月
指揮官	織田信忠
敵方	秋山信友

結果 勝利。在經過長期的包圍後，岩村城終於投降。

地區　美濃

Nobutadagun Shinao hokujou
信忠軍北上信濃戰

年	天正10年（1582）2月
指揮官	織田信忠
敵方	武田陣營

結果 勝利。面對前來討伐武田氏的信忠軍團，信濃武田陣營的城池毫不抵抗陸續開城。

地區　信濃

Takatoojou kouryakusen
高遠城攻略戰

年	天正10年（1582）3月2日
指揮官	織田信忠
敵方	仁科盛信

結果 勝利。在河尻秀隆等人的猛攻下，包括盛信在內超過400人戰死。

地區　信濃

第三章　情報　織田信長合戰錄

Takedakatsuyori tuitousen			
武田勝賴討伐戰			地區
年	天正10年（1582）3月	結果	勝利。逃往田野的武田勝賴，在瀧川一益軍隊的包圍下自殺，武田氏滅亡。
指揮官	織田信忠		
敵方	武田勝賴		

信濃
甲斐

北國之戰

Nanaojou kyuensen			
七尾城救援戰			地區
年	天正5年（1577）閏7月～8月	結果	戰敗。上杉謙信包圍能登七尾城，信長雖馬上派遣援軍，但未能及時趕到。
指揮官	柴田勝家		
敵方	上杉謙信		

能登

Tedorigawa no tatakai			
手取川之戰			地區
年	天正5年（1577）9月	結果	戰敗。七尾城救援軍撤退時於手取川遭謙信軍突襲，敗走。
指揮官	柴田勝家		
敵方	上杉謙信		

加賀

Tsukiokano no tatakai			
月岡野之戰			地區
年	天正6年（1578）10月	結果	勝利。織田軍趁謙信死後的混亂進軍越中，擊敗上杉陣營的河田長親和椎名小四郎的軍隊。
指揮官	齋藤新五郎		
敵方	上杉餘黨		

越中

Kaga heiteisen			
加賀平定戰			地區
年	天正6年（1578）～8年（1580）11月	結果	勝利。信長與本願寺談和後，勝家軍幾乎是出其不意地攻進加賀石川郡，擊斃一向一揆主謀。
指揮官	柴田勝家		
敵方	加賀一向一揆		

加賀

Noto Ecchusyu syukuseisen			
能登、越中眾肅清戰			地區
年	天正9年（1581）	結果	勝利。乘著平定加賀的餘威，一鼓作氣肅清上杉陣營的能登和越中勢力。
指揮官	柴田勝家		
敵方	能登、越中眾		

能登

越中

Uozujouzeme 攻打魚津城		地區
年	天正10年（1582）3月～6月	越中
指揮官	柴田勝家	結果 勝利。在經過兩個月的包圍之後展開總攻擊，攻陷城池，時間是信長死後的6月3日。
敵方	上杉陣營和中條景泰	

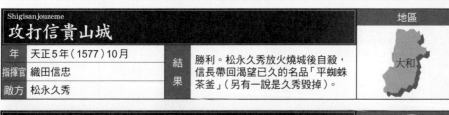

其他戰事

Shigisanjouzeme 攻打信貴山城		地區
年	天正5年（1577）10月	大和
指揮官	織田信忠	結果 勝利。松永久秀放火燒城後自殺，信長帶回渴望已久的名品「平蜘蛛茶釜」（另有一說是久秀毀掉）。
敵方	松永久秀	

Mikijouzeme 攻打三木城		地區
年	天正6年（1578）3月～8年（1580）1月	播磨
指揮官	羽柴秀吉	結果 勝利。因秀吉軍長期的包圍，開始有人餓死，在歷經長達兩年的守城之後終於開城。
敵方	別所長治	

Ariokajou houisen 有岡城包圍戰		地區
年	天正6年（1578）～7年（1579）11月	攝津
指揮官	織田信忠	結果 勝利。在將近一年的包圍之後攻陷城池，但荒木村重逃走，信長殺害村重一族、家臣及妻子等多人。
敵方	荒木村重	

Yakamijouzeme 攻打八上城		地區
年	天正7年（1579）6月	丹波
指揮官	明智光秀	結果 勝利。在光秀軍的包圍下陸續有人餓死，城兵抓住城主波多野交給光秀軍。
敵方	波多野秀治	

Kuroijou kouryakusen 黑井城攻略戰		地區
年	天正7年（1579）8月	丹波
指揮官	明智光秀	結果 勝利。城軍出城展開最後決戰，但遭擊敗，城主赤井逃走。
敵方	赤井忠家	

第三章 情報 織田信長合戰錄

Nobukatsu no Igazeme
信雄攻打伊賀

年	天正7年（1579）9月
指揮官	織田信雄
敵方	伊賀眾

地區

 伊賀

結果 戰敗。信雄未經信長許可率領1萬名軍隊攻入伊賀，於撤退時遭受猛攻慘敗。

Tottorijou kouisen
鳥取城攻圍戰

年	天正9年（1581）7月～10月
指揮官	羽柴秀吉
敵方	吉川經家

地區 因幡

結果 勝利。以2萬大軍包圍鳥取城，城內因為出現吃人肉的慘況而開城，城主經家切腹。

Igasyu senmetsusen
伊賀眾殲滅戰

年	天正9年（1581）9月
指揮官	織田信雄
敵方	伊賀眾

地區 伊賀

結果 勝利。以4萬大軍攻入伊賀，不僅攻陷各城，且虐殺逃入山中的伊賀百姓。

Takamatsujouzeme
攻打高松城

年	天正10年（1582）5月
指揮官	羽柴秀吉
敵方	清水宗治和毛利氏

地區 備中

結果 勝利。以著名的水攻圍城將近一個月之後開城，在此之前秀吉得知信長死訊。

本能寺之變

Honnouji no tatakai
本能寺之戰

年	天正10年（1582）6月
指揮官	織田信長
敵方	明智光秀

地區 山城

結果 戰敗。遭13,000名明智軍突擊本能寺，信長自殺，眾多小姓戰死。

Nijougojo no tatakai
二條御所之戰

年	天正10年（1582）6月
指揮官	織田信忠
敵方	明智光秀

地區 山城

結果 戰敗。攻陷本能寺的明智軍攻擊二條御所，信忠在經過一番奮戰後自殺，全軍覆沒。

●織田家勢力範圍的變遷

※參考慶長3年（1598）太閤檢地估算的土地產量製作而成。
※未統治全國時的勢力範圍，僅是大概的區域。
※動員兵力以每1百石2名兵役的比例計算。

1

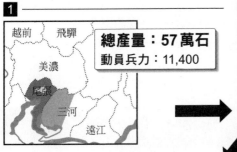

總產量：57萬石
動員兵力：11,400

2

總產量：112萬石
動員兵力：22,400

3

總產量：276萬石
動員兵力：55,200

4

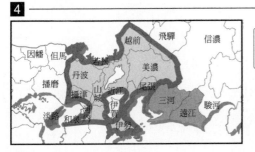

總產量：447萬石
動員兵力：89,400

5

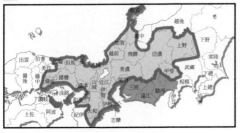

總產量：791萬石
動員兵力：158,200

　　　　為德川家的勢力範圍

第三章　情報

織田家勢力範圍的變遷
織田信長合戰錄

●主要武將生卒年比較表

下圖為比較主要武將的生卒年和各事件發生時的年齡，圖中❶～❻表示左方框內事件。

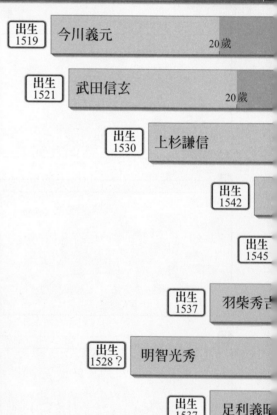

一四九五年 一五〇〇年 一五〇五年 一五一〇年 一五一五年 一五二〇年 一五二五年 一五三〇年 一五三五年 一五四〇年

| 出生 1534 | 織田信長 |

| 出生 1494？ | 齋藤道三　　20歲　　30歲　　40歲　　50歲 |

| 出生 1519 | 今川義元　　20歲 |

| 出生 1521 | 武田信玄　　20歲 |

| 出生 1530 | 上杉謙信 |

| 出生 1542 |

| 出生 1545 |

| 出生 1537 | 羽柴秀吉 |

| 出生 1528？ | 明智光秀 |

| 出生 1537 | 足利義昭 |

其他武將的年齡

❶ 信長繼承家督時（1552年）
前田利家16歲／佐佐成政17歲／瀧川一益28歲／丹羽長秀18歲／朝倉義景20歲／顯如10歲

❷ 桶狹間之戰（1560年）
織田信忠4歲／織田信雄3歲／織田信孝3歲／前田利家24歲／佐佐成政25歲／瀧川一益36歲／丹羽長秀26歲／朝倉義景28歲／顯如18歲

❸ 上洛（1568年）
織田信忠12歲／織田信雄11歲／織田信孝11歲／前田利家32歲／佐佐成政33歲／瀧川一益44歲／丹羽長秀34歲／朝倉義景36歲／顯如26歲

❹ 姉川之戰（1570年）
織田信忠14歲／織田信雄13歲／織田信孝13歲／前田利家34歲／佐佐成政35歲／瀧川一益46歲／丹羽長秀36歲／朝倉義景38歲／顯如28歲

❺ 長篠之戰（1575年）
織田信忠19歲／織田信雄18歲／織田信孝18歲／前田利家39歲／佐佐成政40歲／瀧川一益51歲／丹羽長秀41歲／顯如33歲

❻ 本能寺之變（1582年）
織田信忠26歲／織田信雄25歲／織田信孝25歲／前田利家46歲／佐佐成政47歲／瀧川一益58歲／丹羽長秀48歲／顯如40歲

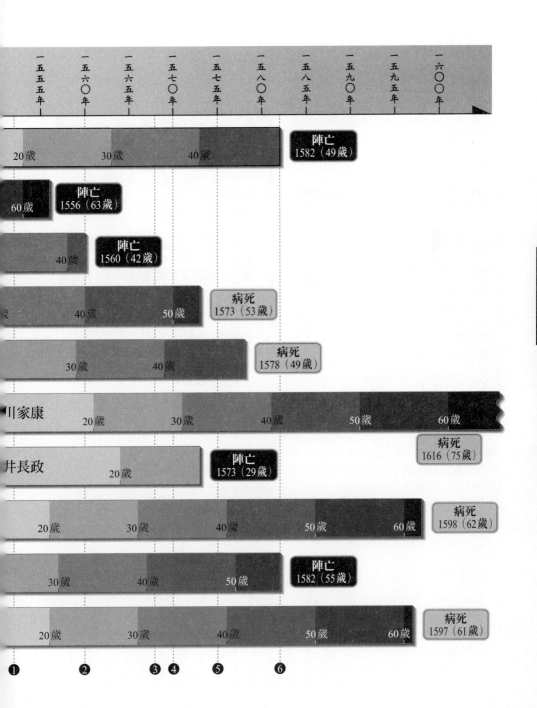

●信長領土的擴大與俸祿和動員兵力的變化

信長領土的擴大、俸祿和動員的兵力並未留有確切的紀錄，以下為參考太閣檢地預估的土地產量估算的大概數字。

※參考慶長3年（1598）太閣檢地估算的土地產量製作而成。
※未統治全國的勢力範圍，僅是大概的區域。
※動員兵力以每1百石2名兵役的比例計算。

① 統治尾張（1560年左右）

統治地區：尾張
總產量：57萬石
動員兵力：11,400

② 平定美濃（1567年左右）

統治地區：尾張／美濃／飛驒南部（1/4）
總產量：112萬石
動員兵力：22,400

③ 上洛（1568年左右）

統治地區：尾張／美濃／飛驒南部（1/4）
／北伊勢（1/2）／近江中央（1/3）／山
城／河內／攝津／和泉／南丹波（1/2）
總產量：276萬石
動員兵力：55,200

④ 討伐淺井和朝倉、流放將軍（1573年左右）

統治地區：尾張／美濃／飛驒南部（1/4）
／越前／近江（4/5）／伊勢／志摩／山
城／北大和（1/2）／攝津／河內／和泉
／丹波／丹後／若狹／淡路
總產量：447萬石
動員兵力：89,400

⑤ 本能寺之前（1582年）

統治地區：上野／北武藏（1/10）／西
下野（1/10）／南越後（1/10）／北甲斐
（2/3）／信濃／西越中（1/2）／飛驒
（4/5）／能登／加賀／尾張／美濃／
越前／近江／伊勢／志摩／山城／大和
／伊賀／東紀伊（1/3）／攝津／河內／
和泉／丹波／丹後／若狹／淡路／但
馬／播磨／因幡／東美作（1/2）／備前
（4/5）／讚岐（1/5）／阿波（1/5）
總產量：791萬石
動員兵力：158,200

■土地產量的變化

下表根據上述估算製作而成，其中可看出信長在取得美濃上洛時，成長最為顯著。

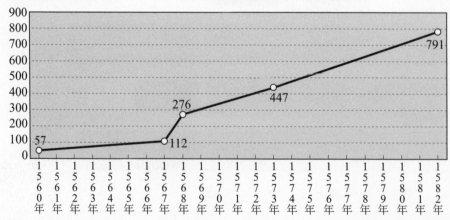

●信長與家康統治的領國土地產量一覽

參考慶長3年（1598）太閣檢地估算的土地產量製作而成。

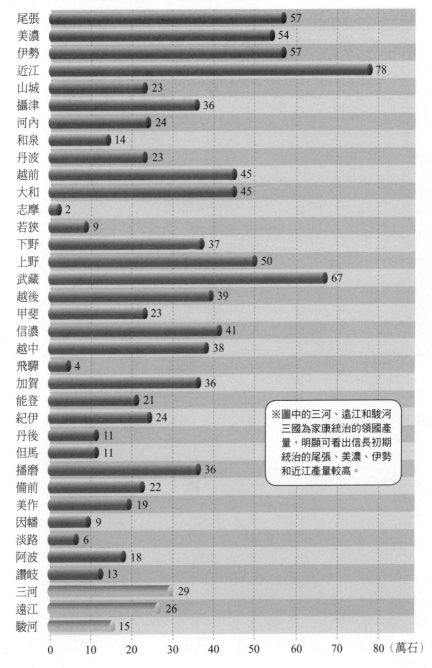

領國	產量（萬石）
尾張	57
美濃	54
伊勢	57
近江	78
山城	23
攝津	36
河內	24
和泉	14
丹波	23
越前	45
大和	45
志摩	2
若狹	9
下野	37
上野	50
武藏	67
越後	39
甲斐	23
信濃	41
越中	38
飛驒	4
加賀	36
能登	21
紀伊	24
丹後	11
但馬	11
播磨	36
備前	22
美作	19
因幡	9
淡路	6
阿波	18
讚岐	13
三河	29
遠江	26
駿河	15

0　10　20　30　40　50　60　70　80（萬石）

※圖中的三河、遠江和駿河三國為家康統治的領國產量，明顯可看出信長初期統治的尾張、美濃、伊勢和近江產量較高。

●信長與義昭的蜜月期和流放義昭之前的過程

各自想法微妙交錯重疊，一路相隨的信長和義昭。下表為事件發生的經過，與當時義昭對信長信賴程度的假設。

西元	No.	事件
1565年	1	室町幕府第十三代將軍足利義輝遭到暗殺
	2	收到義昭發出復興幕府的信函
	3	義昭任命信長為尾張守，信長表明上洛的意願
1566年	4	義昭要求朝倉氏前往越前
1568年	5	足利義榮成為第十四代將軍，但隨即病逝
	6	明智光秀居中牽線，義昭從越前移往岐阜
	7	信長展開上洛之戰，擊敗六角氏
	8	信長成功上洛擊敗洛中和洛外的敵人
	9	義昭成為第十五代將軍
	10	信長結束畿內戰後的安頓工作，返回岐阜
	11	義昭寄送感謝狀給信長
1569年	12	三好三人眾攻打京都，信長單槍匹馬入京，三好義繼和池田勝正等人趕來救援，擊退敵人
	13	制定幕府殿中法九條（追加七條）
	14	信長成為普請奉行，興建二條城
	15	信長攻打北畠家，此為義昭與信長衝突之因
1570年	16	五條備忘錄、行使天下靜謐令執行權※1
	17	義昭開始向各地大名發出打倒信長的信函
	18	信長於姉川之戰擊敗淺井朝倉聯軍
	19	三好三人眾舉兵，信長與義昭也出兵，但因本願寺興兵，淺井朝倉聯軍逼近京都而撤退
1571年	20	比叡山燒討
1572年	21	十七條意見書
	22	武田軍西行，於三方原之戰打敗德川軍
	23	義昭於今堅田和石山興建砦
1573年	24	義昭於京都二條城挖掘壕溝，鞏固防禦
	25	信玄於西行途中病倒，武田軍折返
	26	義昭舉兵，信長燒毀上京，包圍毫無防備的二條城，之後與義昭談和
	27	義昭再度舉兵，信長軍入京攻陷二條城與槙島城，流放義昭※2

※1：此後義昭與信長敵對，陸續形成信長包圍網。

※2：此後義昭輾轉前往三好義繼的若江城、堺、紀伊國由良興國寺和毛利氏的鞆，暗中持續擔任反信長陣營的主力。

■事件與信賴程度的變化

下圖事件的編號對應上表的事件。

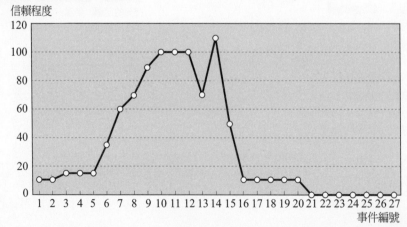

●足利義昭的足跡

與信長上洛，以將軍身分停留京都期間，為義昭人生的鼎盛時期。在此之前和之後在各地流浪，不做長期停留。

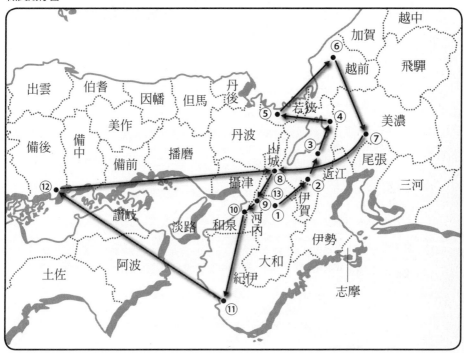

① 大和奈良

② 近江甲賀（和田惟政）

③ 近江觀音寺城（六角義賢）

④ 近江八島

⑤ 若狹後瀨山城（武田義統）

⑥ 越前一乘谷城（朝倉義景）

⑦ 美濃岐阜城（織田信長）

⑧ 山城二條城和槙島城

⑨ 河內若江城（三好氏）

⑩ 和泉堺

⑪ 紀伊由良興國寺

⑫ 備後鞆（毛利輝元）

⑬ 山城京都※

※信長死後與毛利氏談和的秀吉給予京都1萬石，義昭得以度過餘生。

●年表

西元	日本紀元	月	事件
1534	天文3	5	為織田信秀的長子，出生於尾張勝幡城，幼名吉法師
1546	天文15	一	13歲行戴冠禮，自稱織田三郎信長。此時遷往那古野城
1547	天文16	一	於三河吉良大濱城初陣
1548	天文17	一	與齋藤道三之女濃姬訂親
1552	天文21	3	父親信秀過世，信長繼位
		4	赤塚之戰，對手為山口教繼、九郎二郎
		8	於萱津之戰擊敗坂井甚介的清洲軍，奪回深田、松葉二城
1553	天文22	閏1	平手政秀以死相諫
		4	於富田聖德寺會見齋藤道三
		7	人在清洲城的守護斯波義統遭守護代織田彥五郎和坂井大膳殺害，信長趁此機會攻打清洲城，於成願寺之戰中擊敗兩人
1554	天文23	1	攻陷今川陣營的尾張村木城
		4	叔父信光與信長聯手佔據清洲城
		5	因成功佔領清洲，信長自那古野城遷往清洲城
		11	信光遭家臣暗殺
1555	天文24	6	叔父信次的家臣誤殺信長之弟秀孝，信次棄守山城而逃
1556	弘治2	4	齋藤道三與其子義龍於長良川開戰，因而戰死
		8	於稻生擊敗企圖擁立弟弟信行的林秀貞、林美作守和柴田勝家的軍隊
1557	弘治3	11	由於柴田勝家倒戈，發現弟弟信行企圖再次叛變，將信行誘出清洲城加以殺害
1558	永祿元	7	趁岩倉城內亂出兵，於浮野之戰擊敗岩倉軍
1559	永祿2	2	上洛謁見將軍義輝
		3	攻打岩倉城，包圍兩三個月後攻陷並加以破壞
1560	永祿3	5	於桶狹間之戰擊敗今川義元
1561	永祿4	一	春天時與松平元康（德川家康）談和
		5	美濃國主齋藤義龍過世，龍興繼位，之後開始攻打美濃，於森部之戰擊敗齋藤軍。於十四條和輕海與齋藤軍開戰
1562	永祿5	1	松平元康來訪清洲城，締結同盟
1563	永祿6	一	將主要根據地從清洲城遷往小牧山城，信長之女五德與松平元康的嫡子竹千代（信康）訂親
1564	永祿7	8	攻陷織田信清的尾張犬山城，同時攻陷東美濃的鵜沼城和猿啄城
		9	開始與上杉謙信的外交
1565	永祿8	5	松永久秀和三好三人眾殺害將軍義輝
		7	義輝之弟覺慶（足利義昭）在細川藤孝等人的協助下逃出奈良，前往近江
		9	攻陷東美濃堂洞城
		11	養女與武田信玄的嫡子勝賴成親
1566	永祿9	8	於河野島遭遇洪水，為齋藤軍徹底擊敗
		11	足利義昭進入越前一乘谷
1567	永祿10	8	出兵北伊勢擊敗眾小領主，同時美濃三人眾倒向信長陣營
		9	驅逐齋藤龍興奪取稻葉山城，將主要根據地遷往岐阜
		11	開始使用刻有「天下布武」的印章，同時領受正親町天皇的聖旨
		一	妹阿市夫人在這一年與淺井長政成親
1568	永祿11	2	收服北伊勢的神戶氏和長野氏。三好三人眾支持的足利義榮成為第十四代征夷大將軍

西元	日本紀元	月	事件
1568	永祿11	7	將足利義昭接往岐阜
		9	為上洛從岐阜出征。攻打近江的箕作城和觀音寺城，上洛。足利義榮過世
		10	擊敗三好三人眾中的岩成友通和三好長逸，平定畿內。足利義昭就任征夷大將軍。信長撤除各國的關卡，於加納頒布樂市樂座制。返回岐阜
1569	永祿12	1	三好三人眾襲擊人在六條本圀寺的將軍義昭，信長立刻趕往京都。要求義昭接受九條的殿中法
		2	開始為義昭興建二條城
		8	包圍伊勢北畠氏的大河內城，10月令其開城
		10	與義昭嚴重衝突，之後返回岐阜
1570	永祿13	1	要求義昭接受五條備忘錄
		2	上洛謁見天皇，取得天下靜謐執行權
	元龜元	4	討伐越前朝倉氏，攻打天筒山城和金崎城。此時淺井氏突然造反
		6	於姉川之戰擊敗淺井朝倉聯軍。佐久間和柴田軍於野洲川擊敗六角軍
		8	於野田和福島與三好三人眾開戰
		9	本願寺突然攻擊信長軍，淺井朝倉聯軍前進南近江，森可成於坂本和宇佐山之戰中戰死，淺井朝倉軍進入比叡山，信長軍展開包圍
		11	長島一向一揆攻打小木江城，令織田信興自殺
		12	與淺井氏和朝倉氏談和
1571	元龜2	5	攻打長島一向一揆失敗，遭追擊慘敗
		9	燒毀比叡山延曆寺
1572	元龜3	5	將軍義昭在給武田信玄的回信中要求討伐信長
		7	攻打北近江淺井氏的小谷城，展開長期包圍
		9	送交十七條意見書給義昭
		10	武田信玄為了上洛從甲府出征
		12	織田德川聯軍在三方原之戰中徹底敗給武田軍
1573	元龜4	2	義昭舉兵，織田軍於石山和今堅田擊敗義昭軍
		4	上洛放火燒毀上京，恐嚇義昭。此時信玄於信濃駒場病逝
		7	義昭再度舉兵，困守槇島城，信長展開攻擊，之後流放義昭，室町幕府滅亡
	天正元	8	出征江北，追擊消滅朝倉氏
		9	消滅淺井氏，攻打長島一向一揆
		11	攻陷勾結義昭的三好義繼河內若江城，義繼自殺
1574	天正2	1	越前一向一揆頻仍，信長陣營的守護桂田長俊（前波吉繼）遭到殺害，武田勝賴包圍東美濃明知城
		2	未能及時援救明知城
		3	分割東大寺正倉院的名香蘭奢待
		4	石山本願寺舉兵，織田軍攻打本願寺和河內高屋城
		5	武田勝賴包圍遠江高天神城
		6	再度未能及時援救高天神城
		9	徹底鎮壓長島一向一揆
1575	天正3	4	於第二次攻打河內高屋城時收服三好康長
		5	長篠之戰，織田德川軍擊敗武田軍
		8	鎮壓越前一向一揆
		9	將越前賜予柴田勝家等人
		10	與本願寺談和
		11	成為權大納言、右近衛大將，將家督之位讓與嫡子信忠

西元	日本紀元	月	事件
1576	天正4	1	開始興建安土城
		2	遷移至安土
		4	攻打石山本願寺遭門徒反擊，原田直政戰死
		5	為拯救因攻打本願寺而陷入危機的織田軍，出征大坂贏得勝利。以佐久間信盛為主將開始包圍本願寺
		7	毛利水軍援救本願寺，第一次木津川口海戰織田水軍戰敗
		11	成為正三位內大臣
1577	天正5	2	攻打紀伊雜賀一揆
		3	收服雜賀鈴木孫一等人
		6	向安土山下町發出十三條殿中法
		9	柴田勝家軍於加賀手取川為上杉謙信軍所敗
		10	信忠軍攻打信貴山城，令松永久秀自殺。秀吉軍出征中國，明智光秀出征丹波
		11	成為從二位右大臣
1578	天正6	1	安土城外火災，借此機會將家臣完全遷移至安土。成為正二位
		2	播磨三木城別所長治叛變
		3	上杉謙信死於越後春日山城
		4	辭去右大臣、右近衛大將
		5	信忠為援助秀吉率軍前往播磨
		6	九鬼嘉隆駕駛大船從伊勢灣前往大坂灣途中，遭無數雜賀小船攻擊，但予以擊退
		9	前往堺，檢視九鬼和瀧川建造的大船
		10	荒木村重叛變
		11	九鬼水軍於第二次木津川口海戰擊敗毛利水軍
		12	攻打荒木村重的有岡城失敗，展開包圍戰
1579	天正7	5	遷移至安土城天守。法華宗（日蓮宗）在安土宗論中落敗，由淨土宗獲勝
		8	明智光秀平定丹波
		9	荒木村重離開有岡城遷往尼崎城
		11	將原本興建做為信長宅邸的二條城讓予誠仁親王。有岡城開城
		12	處死荒木村重一族與家臣
1580	天正8	1	秀吉攻陷播磨三木城
		閏3	最後與本願寺談和
		4	顯如離開大坂，遷往紀伊鷺森
		8	教如離開大坂，本願寺失火
		11	柴田勝家平定加賀
		一	這一年流放佐久間信盛父子、林秀貞和安藤守就
1581	天正9	1	於安土舉辦左義長火祭
		2	於京都閱馬
		3	二度於京都閱馬
		9	信雄軍出征伊賀，10月平定
		10	秀吉攻打鳥取城
1582	天正10	1	於安土舉辦左義長火祭
		3	信忠軍消滅武田氏
		4	結束與武田氏之戰後於凱旋歸國途中，順道遊覽富士山
		5	三職推任的敕使前來安土。秀吉包圍備中高松城，德川家康和穴山信君來訪安土
		6	本能寺之變，信長信忠父子自殺

| 索引及拼音 |

城／地

事件／戰役

其他

│ 結語 │

　　寫完一整本的織田信長之後，讓人不得不覺得信長果然是個了不起的人物。

　　或許有不少讀者會認為這是理所當然的事，但筆者還是要這麼說，因為在寫作此書時，我突然想起一件事。

　　在寫作信長的故事時，大家經常會討論一件事：假如信長沒有死於本能寺之變，後續的發展又會是如何？這樣的想法當然有趣。但我希望各位想想有趣在哪裡？答案很簡單。因為信長已經懷抱一個巨大的夢想，而現實可說已朝夢想前進，所以我們才能夠想像夢想的後續發展。

　　你也可以說：「那又如何？」我希望大家想想完全相反的情況，也就是如果從一開始就沒有一個名叫信長的武將那會怎麼樣？這麼一想，會讓人更了解信長的偉大。

　　事實上假如信長不曾存在，根本無法想像古老的中世這個時代將如何變化，至少是不會產生大變革的。

　　當然因為時間無限，時代或許會在某個時間點因某人的力量而改變，但一提到這樣的人，我們也只會想起信長之流的人物。

　　在現在這個追求改變的時代，信長之所以經常成為話題，一定是因為對我們而言他是最標準的革命家典範。

　　更難能可貴的是，對信長而言典範不曾存在，他只能靠自己從零開始。

　　對信長的所作所為，確實有人贊成也有人反對。因為他對比叡山和一向一揆所做的事，任誰來看都覺得殘酷，所以一直以來都認為他是人見人怕的魔王。但如果要這麼說，我倒想知道該怎麼做才能改變日本。信長也是人，要求他盡善盡美會不會太過分了呢？

草野巧

國家圖書館出版品預行編目資料

織田信長：天下一統之野望／草野巧作；孫玉
珍譯. -- 初版. -- 臺北市：遠流, 2010.12
　　面；　　公分. --（日本館・潮；J0232）
ISBN 978-957-32-6730-0（平裝）

1. 織田信長　2. 傳記

783.1856　　　　　　　　　　99022059

日本館・潮　J0232

織田信長
天下一統之野望

作者──草野巧
譯者──孫玉珍
企劃主編──吳倩怡
執行主編──林淑慎
特約編輯──陳錦輝

發行人──王榮文
出版發行──遠流出版事業股份有限公司
臺北市 100 南昌路二段 81 號 6 樓
郵撥／0189456-1
電話／2392-6899　　傳真／2392-6658
法律顧問──董安丹律師
著作權顧問──蕭雄淋律師
□ 2010 年 12 月 1 日　初版一刷
行政院新聞局局版臺業字第 1295 號
售價新台幣 320 元（缺頁或破損的書，請寄回更換）
有著作權・侵害必究　　Printed in Taiwan
ISBN 978-957-32-6730-0

ib 遠流博識網　http://www.ylib.com
E-mail:ylib@ylib.com